Weimarer Reminiszenzen

Klassiker und Romantiker im Irrgarten der Beziehungen

Ein historischer Episodenroman

von

Karl-Wilhelm Rosberg

Bibliografische Information der Deutschen Nationalbibliothek: Die
Deutsche Nationalbibliothek verzeichnet diese Publikation in der
Deutschen Nationalbibliografie; detaillierte bibliografische Daten sind
im Internet über dnb.d-nb.de abrufbar.

TWENTYSIX – Der Self-Publishing-Verlag
Eine Kooperation zwischen der Verlagsgruppe Random House und
BoD – Books on Demand

© 2016 Rosberg, Karl-Wilhelm

Herstellung und Verlag:
BoD – Books on Demand, Norderstedt

ISBN: 978-3-7407-1681-3

Inhalt

Prolog 7

Personen 11

Neubeginn in Weimar 19

Ich mag sie wohl beide... 24

Demut kommt vor dem Fall....................................... 29

Wer ist Faustina? 33

Achten Sie mehr auf meinen Sohn 37

Liebesgeschichten 40

Ab mit Ihnen in das Jägerhaus................................. 42

Dem französischen Spuk ein Ende machen.............. 44

Wer ist Christiane? 56

Die Frühromantiker finden zusammen 60

Wozu Trauscheine? 66

Warum habe ich das nicht bemerkt? 69

Man müsste ihm ein Kind machen 71

Der Meister kommt nach Jena 73

Beginn einer Freundschaft 80

Romantiker Beziehungen sind anders....................... 84

Ein eigenwilliger Professor macht Ärger 87

Eine Seelenverwandtschaft entsteht 91

Die haben es gerade nötig... 94

3

Am Hof von Gotha ist sicher alles besser? 97

Man müsste ihr Gift geben 98

Welche von beiden soll es denn sein? 101

Eine Frau sieht Rot 103

Diese dilettantischen Schreiberlinge 106

Auch der Meister möchte in Jena dabei sein 108

Die Affäre um eine Minderjährige 111

Eine neue Hofsängerin in Weimar 113

Ein Balladensommer 116

Ist den Romantikern denn gar nichts heilig? 118

Das Maß ist voll 120

Wie schön wäre ein Rittergut 122

Stücke braucht Weimar: Wallensteins Lager 124

Ein Professor fliegt 126

Auch ein Poet muss mal an die frische Luft 127

Wozu braucht ein junger Professor ein Gehalt? 129

Warum musste ich nur nach Weimar ziehen? 131

Den Kopf abhacken geht gar nicht 134

Die Christenheit oder Europa 136

Kaum verheiratet, schon getrennt 139

Ein Skandal nimmt seinen Lauf 144

Dem Manne muss geholfen werden 148

Der Meister braucht Luftveränderung 152

Da fehlt noch ein Planet 156

Man lache nicht! 159

Unangenehme Nachbarschaft 163

Romantiker scheiden glücklich 167

Die verkörperte Intelligenz Weimars wird zu den Waffen
gerufen. 169

Kann diese Frau nicht irgendjemand totschlagen? 174

Deine natürliche Tochter gefällt mir besser, als dein
natürlicher Sohn 177

Ausdrücklich verbitte ich mir jedes Andenken 181

Mein Herzogtum ist so groß, wie Sie befehlen, Sire 182

Alles Gute zum letzten Neujahrsfest 185

Ohne Aufhebens ist er gekommen und so auch wieder
gegangen 187

Alles aufs Geratewohl ins Blaue gedichtet 189

Die Franzosen in Weimar 191

An Leib und Seele verderbliche Immoralität 195

Das er mit so einem geringen Menschen reden möge 199

Den unwürdigen Redereien ein Ende machen 202

Er ließ mich gleichsam gelten 203

Vom Untergang solch hoher Seelenkräfte kann in der Natur
niemals die Rede sein 206

Freiheit ist eine Kunst, sich selbst treu zu bleiben..................208

Ich will Gott bitten, dass ihm diese Stanzen verziehen werden 210

Ja wie meent er des?...213

Eine wahnsinnige Blutwurst..216

Magst du meine Jugend zieren mit gewaltiger Leidenschaft.......218

Leere und Totenstille in und außer mir.............................222

Auf den Hund gekommen 223

Gab mir ein Gott zu sagen, was ich leide...........................226

Dich höchsten Schatz aus Moder fromm entwendend......... ...233

Ich habe gewusst, dass ich einen Sterblichen gezeugt habe.......235

Schau her: Über allen Wipfeln ist Ruh.............................237

Epilog...239

Prolog

Der Roman führt uns in das Ende des 18. Jahrhunderts nach Weimar, Jena und Gotha, genau genommen in das Herzogtum Sachsen- Weimar- Eisenach. Das politisch eher unbedeutende Herzogtum ragte zu dieser Zeit allerdings kulturell weit heraus. Der kulturfördernde Herzog Karl August hatte den schon in hohem Ansehen stehenden Dichter Johann Wolfgang Goethe aus Frankfurt nach Weimar geholt und ihn zeitlebens großzügig alimentiert.

Zudem existierte in Jena eine bedeutende Universität, an der die damals wohl größten Philosophen, Literaten und Naturwissenschaftler lehrten. Diese beiden Umstände führten dazu, dass sich in Weimar und Jena, auch im benachbarten Gotha, eine in der Geschichte wohl einmalige Mischung von bedeutenden Genies begegneten, miteinander lebten, stritten, gesellschaftlichen Umgang pflegten und die Kultur und Wissenschaft sprunghaft weiter entwickelten.

Es handelte sich unter anderen um: Goethe, Schiller, die Brüder Schlegel, Fichte, Schelling, Tieck, Schleiermacher, von Hardenberg (Novalis), Herder, Hegel, Wieland und aus Berlin regelmäßig kommend auch die Gebrüder von Humboldt. Diese Genies mit ihren Frauen, Kindern und Geliebten fanden sich im Geiste der Klassik und Romantik nennenden kurzen Epoche zusammen, liebten und begehrten sich, durchlebten aber auch alle Höhen und Tiefen des Zusammenlebens. Kein menschliches Gefühl war ihnen fremd: Liebe und Eifersucht, Anbetung und Verachtung, Treue und Intrigen, Anerkennung und Neid, Hoffnung und Verzweiflung, Stolz und Depressionen.

Die für die deutsche Kulturgeschichte so bedeutenden Frauen und Männer durchlebten einen wahren Irrgarten der Beziehungen und Gefühle. Der Episodenroman soll diese bedeutende Zeit und ihre herausragenden Menschen erneut zum Leben erwecken. Die Namen, Fakten und Überlieferungen werden möglichst wahrheitsgetreu wiedergegeben. Die Ereignisse waren so spannend und turbulent, dass kein Autor eine bessere Geschichte erfinden könnte.

Beim Verfassen des Episodenromans war es besonders hilfreich, dass die Zeit der Klassik, Romantik und des Idealismus von namhaften Historikern exzellent analysiert und nahezu widerspruchsfrei aufgearbeitet worden ist und als historische Analysen vorliegen. Beispielhaft genannt seien hier nur: Rüdiger Safranski: Romantik, Eine deutsche Affäre; Goethe, Kunstwerk des Lebens; Friedrich Schiller, Die Erfindung des Deutschen Idealismus; Goethe & Schiller, Geschichte einer Freundschaft; Richard Friedenthal: Goethe, Sein Leben und seine Zeit; Albert Bielschowsky: Goethe Sein Leben und seine Werke; Sabine Appel: Caroline Schlegel-Schelling, Das Wagnis der Freiheit; Ernst Wieneke: Caroline und Dorothea Schlegel in Briefen; Sigrid Damm: Goethes Freunde in Gotha und Weimar; Heinrich Döring: J.W.v.Goethes Biographie, Friedrich Schillers Biographie. Stefan Bollmann, Warum ein Leben ohne Goethe sinnlos ist. Historiker, die ich hier nicht nenne, mögen mir verzeihen, aber das Literaturangebot ist überwältigend.

Außerordentlich ergiebig, waren natürlich auch die Dichtungen, Romane, Schriften, Vorträge und Veröffentlichungen aller vorkommenden Akteure im Original, wie sie z.b. im Gutenberg Projekt der Zeitschrift DER SPIEGEL jeweils im Originaltext bereitgestellt werden, ein wunderbares und einmaliges Archiv.

Es soll daher auch gar nicht der Versuch unternommen werden, eine weitere historische Analyse dieser so gut dokumentierten Zeit hinzuzufügen. Vielmehr kommt es dem Autor darauf an, die Zeit der Klassiker, Romantiker und des Idealismus und ihre so wunderbaren Akteure in Form eines Romans wieder zum Leben zu erwecken, um den Leser am Denken und Handeln der großen Frauen und Männer dieser Zeit teilhaben zu lassen.

Bei der Gestaltung des Episodenromans besteht allerdings eine grundlegende Schwierigkeit. Die handelnden Personen gehörten zu den wirklichen Großen ihrer Zeit. Goethe war Jurist, Politiker, Dichter und Naturwissenschaftler. Schiller war Mediziner, Philosoph, Dichter und Professor. August Wilhelm Schlegel war Theologe, Philosophieprofessor, Literaturkritiker und Schriftsteller. Schelling war Theologe, Philosophieprofessor und Publizist. Alle – auch die an dieser Stelle noch nicht genannten - gehörten dem gehobenen Bildungsbürgertum an und pflegten eine entsprechende Sprache, die wir sowohl vom Ausdruck, als auch inhaltlich zum Teil heute nur schwer verstehen. Es werden Beispiele dazu gegeben.

Wir können ihre Sprache heute aus ihren Werken, Veröffentlichungen und Briefen nachempfinden. Die wörtliche Rede kennen wir nicht mehr. So muss im Episodenroman ein Weg gefunden werden, ihr Zusammenleben, ihre Probleme, Hoffnungen und Sorgen in eine heute verständliche Form zu bringen. Dabei darf der historische Kern der Ereignisse nicht verunstaltet und es muss versucht werden, sowohl den großen Figuren der Zeitgeschichte, als auch den Erwartungen der Leser gerecht zu werden. Am Ende wird man feststellen, dass die Genies auch nur Menschen waren. Das ist sicher keine neue Erkenntnis, soll aber mit Freude erneut bewiesen werden.

Personen

Der Roman beginnt im Jahr 1788. Soweit das Alter der Personen angegeben wird, bezieht es sich auf dieses Jahr. Die Handlung überdeckt einen Zeitraum bis 1832.

Johann Wolfgang von Goethe. 39 Jahre (1749-1832). Geheimer Rat und Minister am Hof des Herzogs von Sachsen-Weimar-Eisenach. Schon zu der Zeit berühmter und verehrter Dichter der Klassik, Theaterintendant und Schriftsteller. Seit 1782 geadelt.

Friedrich Schiller, 29 Jahre (1759-1805). Medizinstudium, Dichter der Klassik und des Idealismus, Schriftsteller und Theaterregisseur. Geht vor allem wegen Goethe nach Weimar, wird unbezahlter Professor an der Universität Jena und nach längeren Anlaufschwierigkeiten Goethes lebenslanger Freund. Schiller wird später geadelt.

Karl August Herzog von Sachsen-Weimar-Eisenach, 31 Jahre (1757-1828). Bis 1775 unter der Vormundschaft der Herzoginmutter Anna Amalia, danach Herzog. Holte Goethe 1775 nach Weimar und förderte ihn lebenslang durch Staatsämter und durch eine großzügige Versorgung.

Luise von Hessen-Darmstadt, 31 Jahre (1757-1830). Gemahlin des Herzogs Karl August. Nach mehreren Frühtodesfällen ihrer Kinder wurde sie 1783 Mutter des Erbprinzen Carl Friedrich und 1792 des Prinzen Bernhard. Die Ehe mit dem Herzog verlief unglücklich.

Anna Amalia von Braunschweig- Wolfenbüttel, 49 Jahre (1739-1807). Mutter des Herzogs Karl August. Nach dem frühen Tod ihres Gemahls, des Herzogs Ernst August Konstantin Herzog von Sachsen-Weimar und Sachsen-Eisenach (1758) führte sie als Regentin das Herzogtum und erzog den Erbprinzen Karl August. Zog sich nach 1775 zurück und lebte ein gesellschaftlich anspruchsvolles Leben auf den Schlössern Ettersburg und Tiefurt. Förderte Goethe, die Kunst, die Musik und das Theater.

Ernst II. Ludwig von Sachsen- Gotha- Altenburg. (1745-1804). Verheiratet mit Charlotte von Sachsen-Meinigen. Galt als aufgeklärter Landesfürst, förderte die Kunst, u.a. Goethe, den Maler Tischbein und die Wissenschaft, insbesondere die Astronomie.

Emil Leopold August Herzog von Sachsen- Gotha- Altenburg (1772-1822). Zweiter Sohn von Herzog Ernst von Sachsen- Gotha-Altenburg und Charlotte von Sachsen- Meinigen. Übernahm nach dem frühen Tod seines älteren Bruders Ernst bereits 1804 das Herzogtum. Großer Bewunderer Napoleon Bonapartes.

Charlotte Albertine Ernestine Freifrau von Stein, 46 Jahre (1742-1827). Verheiratet mit dem Oberstallmeister Josies von Stein, Hofdame der Herzoginmutter Anna Amalia und Vertraute der Herzogin Luise. Mit Goethe befreundet, von Goethe glühend geliebt, erhielt sie von ihm 1700 Briefe. Nach Goethes Zuwendung zu Christiane Vulpius kühlte die Verbindung ab, blieb aber als Freundschaft lebenslang erhalten.

Johanna Christiana Sophie Vulpius, 23 Jahre (1765-1816). Goethes Geliebte und Haushälterin, ab 1806 Ehefrau Goethes. Stammte aus kleinbürgerlichen Verhältnissen und war Putzmacherin in Weimar, bekam 1789 ihren und Goethes Sohn August. Vier weitere Kinder mit Goethe verstarben frühzeitig.

Charlotte von Lengefeld, (1766-1826), Seit 1790 Schillers Frau. Schwester von Caroline von Lengefeld und Patentochter von Charlotte von Stein. Führte Schiller und Goethe zum ersten Mal ohne großen Erfolg zusammen.

August Wilhelm Schlegel, (1767-1845). Theologie- und Philosophiestudium, zieht 1796 nach Jena, wo er 1798 an der Jenaer Universität Philosophieprofessor wird. Dichter, Übersetzer, Literaturkritiker und zusammen mit seinem Bruder Friedrich Schlegel Herausgeber der Literaturzeitschrift Athenäum. Heiratet 1796 Caroline Michaelis, verwitwete Böhmer. Sein Haus ist Mittelpunkt der Jenaer Romantiker.

Caroline Schlegel, geb. Michaelis, verw. Böhmer, (1763-1809). Bewegtes Vorleben der Professorentochter, mit mehreren früh gestorbenen Kindern aus einer unglücklichen Ehe, nur Auguste überlebte. Nach den Mainzer Unruhen Festungshaft und uneheliches Kind mit einem französischen Offizier. Von den Behörden verfolgt, fand sie schließlich Ruhe bei August Wilhelm Schlegel und gehörte zum Mittelpunkt der Frühromantiker in Jena, wo sie Friedrich Wilhelm Joseph von Schelling kennen und lieben lernt.

Auguste Böhmer, (1781-1800). Tochter von Caroline Schlegel aus ihrer Ehe mit Böhmer. Spielte später im Hause Schlegel unter den Romantikern die Rolle der koketten, frühreifen Tochter. Starb früh 1800. Ihr Tod löste einen Skandal in Jena aus.

Friedrich Schlegel, (1772-1829), Bruder von August Wilhelm Schlegel, Schulabbrecher, dennoch Studium in Göttingen (Jura, Philologie, Geschichte, Philosophie). Ging mit seinem Bruder nach Jena, war Mitherausgeber des Athenäums, versuchte sich als Dichter und Schriftsteller, auch mit Vorlesungen in Jena. Lebte zunächst mit Dorothea Veit zusammen, die er 1804 heiratete. Aktives Mitglied des Kreises der Romantiker.

Dorothea Friederike Schlegel, geb. Brendel Mendelssohn, gesch. Veit, (1764-1839). Lebte mit Friedrich Schlegel zusammen, für den sie ihre Familie verließ, heiratete ihn 1804. Schriftstellerin und Literaturkritikerin. Mitglied des Kreises der Romantiker.

Friedrich Wilhelm Joseph von Schelling, (1775-1854), Theologe, Philosoph und Professor in Jena, Würzburg, München und Berlin. Seinetwegen trennte sich Caroline Schlegel 1800 und heiratete ihn nach der Scheidung von Schlegel 1803. Ihm wurde die Schuld an Augustes Tod gegeben.

Johann Gottlieb Fichte, 26 Jahre (1762-1814). Nicht abgeschlossenes Theologiestudium, Schüler Kants, verheiratet mit Johanna Maria Rahn, Nichte Klopstocks. Ab 1794 Philosophieprofessor in Jena. Fiel beim Herzog in Ungnade und wurde 1799 entlassen. Ging dann nach Königsberg und Berlin.

Johann Gottfried Herder, 44 Jahre (1744-1803). Studium in Königsberg der Medizin, Theologie, und Philosophie. Dichter und Philosoph. Generalsuperintendent in Weimar. Hochgeachteter Dichter und Denker. Wurde schon vom jungen Goethe sehr verehrt.

Christoph Martin Wieland, 55 Jahre (1733-1813). Studium der Philosophie und Jura. Professor für Philosophie in Erfurt, ab 1772 Prinzenerzieher in Weimar. Begründete als Dichter den ersten deutschen Bildungsroman.

Friedrich Daniel Ernst Schleiermacher, (1768-1834).Studium der Theologie, Philosophie und Philologie in Halle, Hauslehrer der Familie des Grafen Dohna, Hofprediger. Professor für Theologie und Publizist. Mitglied der Berliner Akademie der Wissenschaften. Prediger an der Dreifaltigkeitskirche. Mitglied des Schlegelschen Kreises der Romantiker.

Johann Ludwig Tieck, (1773-1853).Dichter, Schriftsteller, Herausgeber, Übersetzer und Dramaturg des Hoftheaters Dresden. Schuf das umstrittene Bühnenstück „Der gestiefelte Kater" und gehörte zum Kreis der Romantiker.

Georg Friedrich Phillip Freiherr von Hardenberg (Novalis), (1772-1801). Rechtstudium in Jena, Tätigkeiten bei der Salinendirektion. Amtshauptmann für den Thüringischen Kreis. Dichter und Mitglied des Kreises der Romantiker.

Georg Wilhelm Friedrich Hegel, (1770-1831). Theologiestudium, Hauslehrer in Bern und Frankfurt am Main. Professor für Philosophie an der Universität Jena und an der Berliner

Universität. Veröffentlichte u.a. wissenschaftliche Werke und Enzyklopädien.

Friedrich Wilhelm Heinrich Alexander von Humboldt, (1769-1859). Studium der Naturwissenschaften und des Bergbaus. Zusammen mit dem französischen Botaniker Bonpland Weltreisender zur Erforschung der Geografie, Anthropologie und Botanik der Erde. Sammler und Publizist. Berater des Preußischen Königs. Hatte über seinen Bruder Wilhelm Kontakte zu den Romantikern in Jena.

Friedrich Wilhelm Christian Karl Ferdinand Freiherr von Humboldt, (1767-1835). Studium der Naturwissenschaften, der Sprachen, Philosophie und Staatswissenschaften. Bekleidete im preußischen Staatsdienst hohe Ämter, war zeitweise in Jena Berater Goethes und Schillers. Leitete als Sektionsleiter im Kultusministerium die Preußische Bildungsreform ein, wurde Gesandter beim Wiener Kongress und im Bundestag in Frankfurt am Main. Wegen seines Widerstands gegen die Karlsbader Beschlüsse verlor er alle Ämter, unternahm Reisen und widmete sich bis zu seinem Lebensende sprachwissenschaftlicher Forschung in Berlin.

Karoline Jagemann, (1777-1848). Schauspielerin, Sängerin und Theaterintendantin. Ab 1797 Hofsängerin in Weimar und Geliebte des Herzogs Karl August. Überwarf sich mit Goethe, der daraufhin die Leitung des Weimarer Theaters niederlegte.

Anna Louise Germaine de Stael (1766-1817). Französische Schriftstellerin und Literaturkritikerin. Zweimal verheiratet, 5 Kinder von 3 Männern. War zweimal in Weimar und beschäftigte August Wilhelm Schlegel nach dessen Scheidung als Literaturberater.

Weitere Personen:

Hofbedienstete, Buchhändler, Verleger, entfernte Freunde und deren Frauen.

Neubeginn in Weimar

Goethe befindet sich auf der Heimreise nach einer längeren Italienreise. Die Kutsche ist nicht allzu schwer und daher schnell. Eine faltbare Abdeckung schützt ihn vor Regen und übermäßigem Sonnenschein. An die elend langen Tagesetappen hat er sich gewöhnt. Wer reisen will, muss das in Kauf nehmen. Immerhin kann er während der langen Fahrten etwas arbeiten. Notizen und Ideen werden bei stark rüttelnder Kutsche schnell hingeworfen. Nach Ankunft muss alles noch einmal abgeschrieben werden. Goethe hat seine Kutsche bestellt, um sich abholen zu lassen. Die ewigen Kutschfahrten mit der Postkutsche hat er satt. „Wie lange noch bis Gotha?" Der Kutscher beugt sich etwas herunter: „Vielleicht noch zwei Stunden, wenn nichts dazwischen kommt."

Während der langen Kutschfahrt bis Weimar hat Goethe viel Zeit, über seinen Aufenthalt in Italien, aber auch über sein zukünftiges Leben in Weimar nachzudenken. In Italien ist ihm klar geworden, dass er sein Künstlerleben verschwendet, wenn er sich in Weimar weiterhin vorwiegend mit weltlichen Dingen der Regierungsgeschäfte abgibt. Andererseits sichert ihm diese Tätigkeit sein Einkommen und seinen Lebensstandard. Außerdem hat er dem Herzog Karl August gegenüber Pflichtgefühle. Der Herzog finanziert ihm sein aufwendiges Leben großzügig und kann als Gegenleistung natürlich Dienste als Minister erwarten. Verlässt er Weimar, findet er Zeit für seine Berufung als Dichter, weiß aber nicht, ob die Honorare zum Leben ausreichen. Der Hof von Gotha wäre möglicherweise eine Alternative. Bleibt alles so, wie es vor seiner Abreise war – vielleicht war es auch eine Flucht - gefährdet er möglicherweise sein Lebenswerk. Eine wahrhaft schwere Entscheidung.

Hinzu kommt, dass Goethe auf der Reise festgestellt hat, dass er im Vergleich zu anderen gleichgesinnten Menschen völlig am Leben vorbei lebt. Zwei Ereignisse haben ihm in Italien die Augen geöffnet. In Neapel hat er den englischen Gesandten William Hamilton kennen gelernt. Dieser biedere Diplomat – wesentlich älter als Goethe – wohnte zusammen mit einer wunderschönen jungen Frau, Emma Harte. Diese Frau machte alle Besucher des Hauses verrückt, indem sie ihren Körper mehr oder weniger verhüllt darbot und vorgab, künstlerisch lebende Bilder darzustellen. Was Goethe aber besonders ärgerte war, dass Sir Hamilton die Frau als Mitbewohnerin ausgab, in Wirklichkeit aber mit ihr ein ausschweifendes Liebesleben führte. Emma Harte wurde später Lady Hamilton.

In Rom lernte er auf der Rückreise eine feurige Italienerin kennen, die er wahrscheinlich durch Entlohnung für sexuelle Dienstleistungen gewann. Das war wahrscheinlich seine erste wirkliche sexuelle Beziehung, die ihm Lust auf mehr machte.

Sein Plan war also ein zweifacher: Zum einen wollte er Weimar zu einem Zentrum der Dicht- und Bühnenkunst machen, ergänzt durch Maler, Bildhauer und Architekten. Zum zweiten wollte er Schluss machen mit seinen platonischen Frauenbeziehungen, von denen er jetzt genug hatte. In Weimar wollte er so schnell wie möglich eine richtige, junge Frau haben, die mit ihm freudig das Bett teilte. Die adeligen Damen der höheren Gesellschaft kamen dazu nicht in Frage.

Die Kutsche kommt in Gotha an. Das Städtchen ist Mittelpunkt des Herzogtums Sachsen- Gotha und Goethe kennt sich hier schon ganz gut aus, da er häufig auch zum herzoglichen Hof reisen musste. Hier erwartet ihn sein Hofbeamter und Vertreter, Christian Gottlob Voigt, und steigt für den Rest der Reise in seine Kutsche. So kann sich Goethe über den Lauf der Dinge am Hof ausführlich berichten lassen. Zuvor kehrt man aber noch ein. Schließlich halten Speise und Trank Leib und Seele zusammen. Dann geht es weiter nach Weimar, drei Stunden Fahrt. Viel Zeit, um sich zu informieren.

„Was gibt es neues, Voigt? In zwei Jahren dürfte sich doch einiges ereignet haben?" Voigt, ein untersetzter Mann mit streng geordneter Kleidung eines Hofbeamten schaut auf seinen Vorgesetzten, den er jetzt zwei Jahre vertreten hat und weiß gar nicht so recht, womit er beginnen soll. Er räuspert sich etwas, beginnt aber mit einer Frage: „Darf ich mir erlauben zu fragen, wie lange die Fahrt in diesen Kutschen war?" „Lassen sie mich nachdenken. Bis in die Schweiz sind es gut neunhundert Kilometer. Durch die Schweiz dann dreihundert bis zum Großglockner. Dann runter nach Italien und noch einmal gut dreihundert bis Florenz. Dann dreihundert – alles nur ganz grob geschätzt – bis Rom vierhundert bis Neapel und dann noch einmal so viel bis Sizilien. Wie viel Kilometer sind das bis jetzt?" „Das sind ungefähr zweitausenddreihundert!" ruft der Kutscher. „Richtig, und das ganze zurück sind dann viertausendsechshundert." „Mein Gott", brummt Voigt ungläubig, „und wie lange fährt man da?" „Das auszurechnen ist meine Sache", lacht der Kutscher, „bei hundert Kilometer am Tag fährt man fast fünfzig Tage." Laut lacht der Kutscher: „Gottlob müssen wir das nicht laufen. Aber ich habe den Herrn Geheimrat ja nur auf dem letzten Teil der Reise gefahren. Die eigentliche Strecken wurden ja mit Postkutschen gefahren, manchmal auch mit der Nachtkutsche."

„Was ist mit ihrem Bericht?" möchte Goethe jetzt wissen. „Ich habe mir einige Notizen gemacht, Herr Minister. Also, die Amtsgeschäfte laufen normal, immer der gleiche Kleinkram. Den können wir wohl auslassen. Nur das wichtigste. Das Schloss ist teilweise ausgebrannt und muss wieder erneuert werden. Der Herzog wartet schon ganz ungeduldig auf sie. Er meint, das wäre auch eine Gelegenheit, manches etwas künstlerischer zu gestalten. Das sollen sie wohl machen, oder jedenfalls bestimmen." „Wie konnte das kommen?" „Das weiß niemand so genau. Kerzen müssen wohl die Vorhänge angezündet habe, bei einem Windzug vielleicht." „Schön", brummt Goethe, „das heißt natürlich, nicht schön. Was gibt es noch?" „Die Herzoginmutter wünscht ein neues Theaterstück für Weimar. Sie meint, das Programm sei jetzt tödlich langweilig. Haben sie etwas mitgebracht?" „Das kann schon sein, jedenfalls habe ich einiges fertiggeschrieben. Das ist wahrscheinlich kein Problem." „Der Bergbau in Ilmenau ist abgesoffen, Verzeihung, ich meine, wir hatten einen Wassereinbruch." „Wird da gearbeitet?" „Nein, im Augenblick nicht. Man wartet auf ihre Anweisungen." „Soll ich das Wasser selber herausschöpfen?" „Verzeihung?" „Ist schon gut, Voigt. Ich habe sie verstanden." Goethe lehnt sich nachdenklich zurück, als Voigt fortfährt. „Die Straßen sind schlecht in Weimar. Die Besucher beklagen sich beim Herzog. Sie sagen, die Straßen seien nirgends so schlecht, wie in Weimar. Frauen in anderen

Umständen könnten da gar nicht mehr mit der Kutsche fahren. Der Herzog sagt, das sollen sie sofort abstellen, wenn sie wieder da sind." „Kutscher", ruft Goethe, „umdrehen. Wir fahren sofort zurück nach Italien!" Der angesprochene dreht sich lächelnd um. Er hat das Gespräch mit angehört und weiß, was er von dem Zuruf zu halten hat.

Das ist das genaue Gegenteil von dem, was Goethe sich für die Zeit nach seiner Rückkehr vorgenommen hat. Er wird dem Herzog vorschlagen, Voigt auch weiterhin ihn in allen Tagesgeschäften vertreten zu lassen, damit er sich mehr auf seine literarischen Ambitionen konzentrieren kann. Dazu muss Voigt aber mit mehr Kompetenzen ausgestattet werden. Das mit dem Theater ist natürlich seine Angelegenheit, aber alles andere kann auch Voigt machen, wenn man ihn nur lässt, vielleicht bis auf den Bergbau.

Jetzt kehrt etwas Ruhe ein und jeder hängt den eigenen Gedanken nach. Die Kutsche fällt jetzt in ein tiefes Loch und schüttelt die Insassen kräftig durcheinander. „Sehen sie, Herr Minister, wir sind jetzt auf Weimarer Gebiet." Goethe sagt kein Wort. „Darf ich noch etwas bemerken?" fragt Voigt vorsichtig an. „Was denn noch?" „Da ist kurz nach ihrer Abreise ein junger Dichter aufgetaucht, der überall nach ihnen fragt. Schiller heißt der. Ich weiß nicht, was der von ihnen will, aber er sagt, dass sie zusammen mit ihm zu den großen Dichtern zählen. So ungefähr drückt er sich aus. Er möchte wohl mit ihnen zusammenarbeiten. Und da sie für die Kultur zuständig sind, musste er warten." „Begabter junger Mann", brummt Goethe, „aber zum großen Dichter reicht es noch nicht. Der hat bisher nur ein Bühnenstück geschrieben, Die Räuber. Der Herzog mag das Stück überhaupt nicht. Das ist die reinste

Volksverhetzung, sagt der Herzog." „Und was sagen sie?" „Das Stück ist gut, aber wir werden es in Weimar nicht aufführen. Das können wir dem Herzog nicht antun. In Mannheim hatte es aber Erfolg. Das ist wahrscheinlich der Grund, warum Schiller nach Weimar gekommen ist. Bei seinem Herzog Ernst in Stuttgart kann er sich nicht mehr sehen lassen. Der wirft ihn ins Gefängnis wegen des Stückes." „Mein Gott", bemerkt Voigt, „dichten ist ja lebensgefährlich. Ich bleibe lieber Bediensteter."

Ich mag sie wohl beide

Zwei Reiter sind unterwegs von Volkstedt nach Rudolstadt. Sie sind in Mäntel eingehüllt, da es heute etwas kühler ist und sie erst am Abend zurückreiten werden, nach dem Besuch aufgrund einer Einladung im Hause Lengefeld. Beide sind erwartungsvoll, da sie sich auf das Zusammensein mit den beiden Töchtern des Hauses freuen.

Sie wählen den Weg durch das romantische Saaletal, das den Blick freigibt auf das Schiefergebirge und die nördlich des Saalebogens gelegene Kleinstadt Rudolstadt. Sie haben knapp fünf Kilometer zu reiten und lassen sich Zeit.

Während des Rittes unterhalten sie sich darüber, was wohl werden wird, nach der Rückkehr des Meisters Goethe, der in Weimar schon mit Spannung erwartet wird. Der eine Reiter ist Friedrich Schiller, der andere sein ehemaliger Studienfreund Wilhelm Wolzogen. Dieser lacht laut auf, als Schiller ihm von dem

Gerücht erzählt, Goethe würde möglicherweise überhaupt nicht mehr nach Weimar zurückkehren. Er fragt Schiller, was er dann wohl machen würde, denn Goethes wegen, sei er schließlich hier. Schiller ist unsicher, denn trotz vielfacher Bemühungen, hat er es noch nicht geschafft, Goethe zu treffen. Das ist aber der Hauptgrund für seinen Aufenthalt in Weimar.

„Ich habe die Hoffnung noch nicht aufgegeben, Wilhelm, frage mich aber, wieso Goethe so lange verreisen kann. Ist er nicht im Dienst des Herzogs?" Wilhelm Wolzogen lacht. „Das sind Verhältnisse, die wir niemals verstehen, Friedrich. Jeder weiß doch, dass Goethe vor allem für seine Anwesenheit in Weimar bezahlt wird. Er soll den Hof und das Herzogtum mit seinem Genius adeln und Kultur in diese Gegend bringen. Goethes wegen kommen andere Künstler, auch Wissenschaftler. Du bist ja auch seinetwegen hier." Schiller schüttelt kaum erkennbar den Kopf. „Mir geht das nicht in meinen Verstand, dass jemand nur für seine Anwesenheit bezahlt wird. Das ließe ich mir natürlich auch gefallen." „Na ja, ganz so ist es ja nun auch nicht. Goethe ist im geheimen Rat des Herzogs und soll sich um die Kultur und um die Universität in Jena kümmern. Dazu ist er Minister geworden. Und ein Minister verdient schon ganz ordentlich." „Und da kann er mal eben zwei Jahre Urlaub machen?" „Goethe schon. Sieh mal, in Italien sammelt er Eindrücke über Kultur, Bauwesen und Malerei. Die bringt er mit nach Weimar. Das ist der eigentliche Wert der Reise. Aber im Ernst, man munkelt das es zu Anfang gar keine Dienstreise war, sondern eine Flucht. Er hat sich ja nicht einmal abgemeldet. Ist einfach von Karlsbad aus, wo er zur Kur war, nicht nach Weimar zurückgekehrt, sondern nach Italien abgereist."

„Flucht vor wem?" „Man sagt, vor den weltlichen Aufgaben die ihn am Dichten hindern. Vor allem aber vor einer Frau." „Charlotte von Stein?" „Ja, genau die. Das muss ein merkwürdiges Verhältnis zwischen den beiden gewesen sein. Der Mann ist Oberstallmeister in Berlin, die Frau – im besten Alter und gut aussehend- immer allein zu Hause. Die hat doch noch Träume. Dann kommt dieser von der ganzen Künstlerwelt verehrte Goethe und macht ihr den Hof. Welche Frau könnte da nicht schwach werden?" „Ist sie schwach geworden?" „Woher soll ich das wissen? Charlotte von Stein ist eine äußerst tugendsame Frau, sagt man, die als Gesellschafterin der Herzoginmutter auf ihren Ruf achten muss. Sie wird sich geziert haben." „Und das spornt natürlich einen Mann wie Goethe erst recht an." „Genau, und deshalb ist er wahrscheinlich auch davongeeilt."

Die beiden Reiter erreichen schließlich den Ortseingang von Rudolstadt, wo sie schon von den beiden Schwestern Karoline und Charlotte erwartet werden. Gemeinsam geht man zum Landgut der Lengefelds, macht aber noch einen kleinen Umweg, um den gemeinsamen Spaziergang auszudehnen.

Karoline ist die ältere von beiden, kess, quirlig und verheiratet. Charlotte ist die ruhigere, zurückhaltend und ein wenig scheu. Sie ist noch zu haben. Die beiden Schwestern haben sich schick gemacht und ihre besonders farbigen Kleider angelegt. Beide tragen Hüte von beeindruckendem Format. Charlotte trägt einen zierlichen Sonnenschirm und am Handgelenk baumelt ein Täschchen. Karoline hat sich sofort bei Schiller untergehakt und schaut ihn erwartungsvoll, auch ein bisschen neugierig an. „Welche Ehre, Herr Schiller. Sie wohnen in Volkstedt? Gefällt es ihnen dort?" „Klein, aber fein. Was mir besonders gut gefällt, ist die Ruhe. Da kann ich wunderbar arbeiten." Charlotte geht zusammen mit Wolzogen, ist aber schweigsam. „Schreiben sie ein neues Bühnenstück?" möchte Karoline jetzt wissen. „Ich schreibe immer irgendetwas. Im Augenblick befasse ich mich mit der traurigen Geschichte eines spanischen Prinzen, einer Königin, die er liebte und seinem eifersüchtigen Vater, der ihn hinrichten ließ. Don Carlos wird das Stück heißen." „Wie aufregend. Der Prinz war in die Königin verliebt?" „Ja, ursprünglich sollte er sie sogar heiraten. Dann hat aber sein Vater sie selber zu seiner dritten Frau gemacht und damit war das Problem da." Charlotte beteiligt sich jetzt an dem Gespräch. „Woher nehmen sie den Stoff für solch ein Stück?" „Aus der Geschichte. Sie ist voller tragischer Ereignisse für dramatischen Stoff."

Sie erreichen das Landgut. Man begibt sich zu einer Kaffeetafel ins Haus, wo Frau von Lengefeld ihre Besucher schon erwartet. Der Vater, ehemaliger Oberforstmeister und alter Adel, ist schon vor Jahren gestorben. Karoline lebt in einer sich auflösenden Ehe und Charlotte, das Patenkind von Charlotte von Stein, ist noch frei. Die Mutter ist an einer baldigen, aber standesgemäßen Heirat von Charlotte durchaus interessiert. Sie hat aber klare Vorstellungen über den gesellschaftlichen Stand ihres künftigen Schwiegersohns.

Es wird Tee und Gebäck gereicht und nachdem die Diener sich zurückgezogen haben, spricht Frau von Lengefeld Schiller unmittelbar an: „Sie leben in Volkstedt, Herr Schiller? Kann man da als Künstler existieren?" Das ist eine mehr als direkte Frage und Schiller ahnt worauf das hinaus laufen soll. „Ich bin erst seit kurzem hier, gnädige Frau und suche noch einen geeigneten

Standort. Weimar wäre mir sehr angenehm. Ich warte auch auf die Rückkehr des Herzogs Karl August aus Berlin, der mir von Ferne eine Hofratsstelle angeboten hat." „Wollen sie nun Hofrat oder Dichter sein?" Schiller räuspert sich, ihm wird sichtbar unwohl bei diesem einer Inquisition ähnelndem Gespräch." So versucht er, sich aus dieser Klammer zu lösen. „Dichtender Hofrat, so etwa wie der Minister und Geheimrat Johann Wolfgang von Goethe. Man sagt, er komme demnächst aus Italien zurück." Schiller hofft, dem Gespräch eine andere Richtung gegeben zu haben und schaut Wolzogen verzweifelt an. Der hat sofort verstanden, was von ihm erwartet wird.

„Sie haben ein sehr schönes Landgut, gnädige Frau. Bewirtschaften sie das ganz alleine?" „Mit einem Verwalter, Herr Wolzogen." „Ist der tüchtig? Ich meine, steht er seinen Mann?" Schiller verschluckt sich fast an einem Keks und muss sehr darauf achten, nicht lauthals zu lachen. Er beobachtet Frau von Lengefeld, die erkennbar über den Sinn der Frage nachdenkt. Karoline senkt den Kopf und nimmt ein Taschentuch vor den Mund, Charlotte wirkt wie versteinert. „Er versteht etwas von der Verwaltung, wenn sie das meinen, oder haben sie etwas anderes gehört?" „Beileibe nein. Ich meine, ein Verwalter muss sich um alles kümmern. Er ist schließlich der Mann im Haus."

Jetzt entsteht eine fast schon peinlich werdende Pause, die von Karoline beendet wird. „Sollen wir sie noch ein Stück begleiten? An der Saale gibt es ein schönes Plätzchen, wo man noch etwas plaudern kann. Vielleicht kann uns Herr Schiller noch etwas aus seinen Werken vortragen?" Dieser Eingriff war nötig, um die Beteiligten aus ihrer Umklammerung zu lösen. Die Tee Tafel wird aufgehoben und man verabschiedet sich höflich, nicht ohne sich bei der Hausherrin für die Einladung zu bedanken. Eine Folgeeinladung unterbleibt fürs erste. Die jungen Leute schlendern noch zur Saale und bleiben noch etwas beieinander, bis Schiller und Wolzogen sich auf den Weg machen.

Auf dem Heimweg fragt Wilhelm Wolzogen Schiller, welche der beiden Töchter er denn vorziehen würde. Schillers Antwort verblüfft ihn. Schiller mag beide. Noch einmal sprechen sie über das merkwürdige Gespräch mit Frau von Lengefeld und Wolzogen meint: „Ich kann mir nicht helfen, aber ich habe das Gefühl, dass Charlotte unter die Haube soll. Wenn du keine derartigen Absichten haben solltest, dann solltest du vom Haus Lengefeld in der nächsten Zeit fern bleiben.

Demut kommt vor dem Fall

Das barocke Schloss in Weimar ist Goethe schon sehr vertraut. Er nähert sich dem breiten Hauptflügel durch den Schlosspark. Die gelb getönten Fassaden zierten einst eine Sommerresidenz. Jetzt wird sie vom Herzog als Hauptresidenz genutzt. Goethe bleibt stehen und versucht Spuren des Brandes auszumachen, kann aber zumindest von außen nichts feststellen.

Er begibt sich in das Schloss, wo die Diener ihn freundlich empfangen und sofort zum Herzog Karl August vorlassen, wo er sich nach einer langen, fast zwei Jahre dauernden Italienreise, die der Herzog großzügig finanziert hat, zurückmelden möchte. Ganz wohl ist Goethe bei der Sache nicht. Die Abreise vor zwei Jahren glich eher einer Flucht aus dem Kurort Karlsbad. Es dauerte Wochen, bis er sich brieflich beim Herzog aus Italien meldete und eine Entschuldigung für sein Verhalten finden musste.

Beide sehen sich jetzt nach langer Zeit zum ersten Mal wieder, und obwohl Goethe ihm regelmäßig geschrieben hat, gibt es viele Fragen, gibt es viel zu berichten. Karl August empfängt Goethe mit ausgebreiteten Armen, umschließt ihn und hält ihn fest. „Willkommen daheim, mein Freund. Sie können sich gar nicht vorstellen, wie sehr ich sie vermisst habe. Jeden Tag musste ich an sie denken. Am meisten habe ich mich aber gesorgt, dass ihnen etwas zustoßen könnte, auf dieser langen Reise. Kommen sie, setzen sie sich und erzählen mir alles. Aber lassen sie nichts aus. Ich bin sehr neugierig und habe heute alle Zeit der Welt. Niemand wird uns stören. Seien sie auch mein Gast zum Abenddiner."

Goethe ist erleichtert. So einfach hat er sich das gar nicht vorgestellt, aber er ist natürlich zufrieden, wie der Herzog reagiert. Alles scheint wieder in bester Ordnung. Man setzt sich und Goethe berichtet ausführlich: über die langen Tagesreisen, die Alpen, seinen Aufenthalt in Florenz, in Rom, Neapel und Sizilien. Überall hat er wichtige Leute getroffen, Dichter, Maler, Baumeister, auch Adelige und Kirchenmänner. „Das eigenartige an Italien ist aber, dass man in eine vollkommen andere Welt eintaucht. Alles ist so leicht, so unbeschwert. In Italien lebt man, auch wenn man etwas arbeiten muss. Man lebt förmlich während der Arbeit. Ein Künstler ist in Italien hoch angesehen. Und überall stolpert man über Kunst. Das Land ist voll davon."

„Was ist mit den Frauen?" Goethe lächelt. „Die Frage habe ich schon erwartet. Die Frauen sind wie Schmetterlinge, flattern überall herum in ihren schönen Kleidern und eh man sich versieht, hat eine auf dir Platz genommen." „Wirklich?" „Ja, man denkt sich überhaupt nichts dabei. Die Männer scheinen nicht einmal eifersüchtig zu sein, die kennen das." „Haben sie Erlebnisse gehabt?" „Das lässt sich überhaupt nicht vermeiden, Karl August. Man will doch nicht unhöflich sein und sie einfach von sich fortstoßen." „Wir müssen zusammen nach Italien fahren."

Der Herzog möchte auch wissen, wie sich Goethe das Leben in Weimar jetzt weiter vorstellt. In seinen Briefen hat Goethe einige Andeutungen diesbezüglich gemacht. Er möchte wissen, welches Problem Goethe hat. Der entschließt sich, ganz offen mit seinem herzoglichen Freund zu sprechen. Er schildert ihm seinen Konflikt zwischen Regierungsarbeit und seiner gefühlten dichterischen Berufung. Karl August versteht ihn sofort und macht ihm klar, dass er unter keinen Umständen Weimar verlassen darf, schon gar nicht in Richtung Gotha, wo Goethe vom dortigen Herzog Ernst heftig umworben wird. Er bittet darum, Goethe möge ihm einen Vorschlag machen, wie es künftig gehen soll und endet mit der Feststellung, dass ein Goethe, der in Weimar im Schlosspark nur spazieren ginge, mehr Wert sei, als jeder Minister. Der Herzog bespricht mit Goethe auch den Stand der Schlosserneuerung, die nach dem verheerenden Brand jetzt erforderlich ist. Goethe will sich auch darum kümmern. Er hat in Italien einen Baumeister –

Meyer heißt der – kennen gelernt und nach Weimar eingeladen. Der ist genau der richtige Mann.

Zum Abschluss des vertraulichen Gesprächs eröffnet der Herzog ihm, dass er an der „französischen Krankheit" leide, eine Folge seines Aufenthalts im Rheinland, wo sich viele adelige und weniger adelige Franzosen und Französinnen niedergelassen haben. Goethe kennt einen Arzt, der sich mit solchen Dingen auskennt. Den medizinisch gebildeten Rektor der Jenaer Universität, Christian Gottfried Gruner, will der Herzog unter keinen Umständen zu Rate ziehen. Dann kann er sich gleich auf den Marktplatz in Weimar stellen. Goethe will schleunigst eine Kapazität zu einer vertraulichen Konsultation und Behandlung herbitten. Niemand darf davon etwas erfahren.

Beide begeben sich in einen kleinen Saal, wo das Abenddiner vorbereitet ist und es soll ein langer Abend werden. Man speist ausgiebig, genießt den Wein und Goethe muss alles erzählen, was er in Italien erlebt hat und worüber er glaubt, sprechen zu können. Gegenüber Karl August hat er keine Geheimnisse. Man ist sehr vertraut miteinander und kann sicher sein, dass kein Außenstehender je etwas erfahren würde, was die beiden zu besprechen haben. Es ist weit nach Mitternacht, als Goethe sich leicht schwankend durch das Hauptportal zu seiner Kutsche begibt.

Wer ist Faustina?

Goethe möchte jetzt so schnell, wie möglich, seine durch die Reise vernachlässigte Freundin Charlotte von Stein besuchen. Dazu muss er sich auf den Weg zu ihrem einige Wegstunden entfernten Landsitz Großkochberg bei Rudolstadt machen. Der Landsitz liegt am Rande des Ortes, war einmal ein Rittergut und ist von Ländereien und einem Forst umgeben. Hier wohnt Charlotte von Stein, wenn sie sich nicht auf dem Schloss in Weimar aufhält, um dort ihren Pflichten bei der Herzogin nachzukommen.

Goethe weiß, dass ihr Mann, der Oberstallmeister Josie von Stein, immer noch langfristig abwesend ist, da der sich in preußische Dienste begeben hat. Eine Ehe ist das lange nicht mehr und auch von ihrem Mann erzählt man, dass er eine Liebschaft in Berlin hat. Mit Charlotte verbindet ihn seit fast schon zwanzig Jahren eine von ihm aus zunächst leidenschaftliche, später achtungsvolle Verehrung, die aber von Seiten der ganz auf Etikette und untadelige Lebensführung bedachten Charlotte immer platonisch geblieben ist. Dabei hatte sich Goethe in seinen zwiespältigen Gefühlen damals für sie entschieden und nicht für die Gräfin Branconi, die er auch sehr begehrte. Charlotte weiß das, aber es ändert ihre Haltung nicht.

Charlottes Gefühle sind wieder einmal zwiespältig. Sie freut sich natürlich, dass ihr Freund wieder zurück ist, hat aber aus seinen Briefen einiges entnommen, was sie eifersüchtig macht. Sie stellt daher Fragen: Welche Bekanntschaften hat es in den zwei Jahren gegeben? Vor allem aber, wer ist „Faustina" in Rom? Goethe ist von den Fragen nicht aus der Ruhe zu bringen. Er ist diese Fragerei gewohnt und er findet zufriedenstellende Antworten. Schließlich enthält er ihr in seinem Verhältnis zu anderen Frauen nichts vor, auf was sie nicht ohnehin freiwillig längst verzichtet hat. Es besteht kein Anlass zu schlechtem Gewissen.

„Faustina ist ein Kunstname, liebe Charlotte", erklärt Goethe, „du weißt doch, dass es in meinen Werken von Personen nur so wimmelt und alle müssen natürlich Namen haben. Ich weiß im Grunde genommen gar nicht, warum ich gerade diesen Namen gewählt habe. Mag sein, dass ich mich selber daran erinnern möchte, den Faust endlich fertig zu stellen."

Charlotte von Stein schaut Goethe skeptisch an. „Ich weiß aber auch, dass sich ihre Eskapaden alle in ihrer Dichtung niederschlagen. Jedermann weiß das. Vielleicht habe ich kein Recht, sie so sehr auszuforschen. Ich habe aber lange Zeit ein Problem damit gehabt, dass sie ohne ein Wort zu sagen, einfach verschwunden sind. Sie haben auch lange nichts von sich hören lassen. War ich vielleicht die Ursache für ihre plötzliche Abreise?"

Goethe lässt sich mit der Antwort Zeit. „Eine der Ursachen lag auch bei ihnen, liebe Charlotte. Möglicherweise haben sie es aus meinen Briefen herausgelesen. Ich kann ihnen gar nicht sagen, wie sehr ich sie vor der Abreise, oder nennen sie es meinetwegen auch Flucht, begehrt habe. Es gab für mich keinen einzigen vernünftigen Grund für ihre Verweigerungshaltung. Wir wissen beide, in was für einer Ehe sie leben und das es niemanden gibt, für den sie sich aufheben sollten. Nur zum Gefallen der Leute werde ich mein Leben nicht einrichten. Sie haben sich bedauerlicherweise aber dafür entschieden."

Charlotte nickt. „Das habe ich vermutet. Sie tun mir Unrecht, wenn sie glauben, nur die Meinung der Leute sei mir wichtig. Natürlich müssen wir auf unseren Ruf achten und mein Dienst bei der Herzogin erfordert das sogar. Ich stehe aber auf dem Standpunkt, dass man nicht alles besitzen muss, was man schön findet. Gerade in einer Freundschaft – und als solche habe ich unsere Beziehung immer verstanden – würde das Eingehen einer Liebesbeziehung schnell alles zerstören. Das Leben lehrt, das Liebschaften kommen und gehen, eine Freundschaft aber kann überdauern."

„Und warum sind sie eifersüchtig?" „Ich sehe, dass sie mich wirklich nicht verstehen. Sehen sie das doch einmal so: Glauben sie wirklich, dass ich sie nicht begehren würde? Auch wenn im Verzicht aus meiner Sicht die wahre Größe liegt, so bin ich natürlich auf jede Frau eifersüchtig, die mit ihnen die Liebe teilt. Ich weiß, das ist schwer zu verstehen und ich weiß auch, dass ich von ihnen kein Einsiedlerleben verlangen kann. Das macht die Situation für mich ja gerade so schwer. Lassen sie uns aber von etwas anderem sprechen. Sie haben noch einen anderen Grund für ihre Flucht angedeutet."

Man kehrt zur gewohnten Sachlichkeit zurück. „Entschuldigen sie, aber ich denke noch über das nach, was sie eben gesagt haben. Vielleicht haben sie Recht, ich sollte damit aufhören." Nach einer kurzen Pause: „Es gab noch einen anderen Grund. Mir wurde klar, dass ich meine Zeit und mein Leben damit verschwende,

Staatsgeschäfte zu erledigen, zu Empfängen zu gehen und die Probleme anderer zu beseitigen. Das ist nicht meine Berufung. Ich möchte vielmehr schreiben. Es drängt mich, eine imaginäre Welt in mir zum Leben zu erwecken, zu schreiben und zu dichten. Kunst, insbesondere Literatur, ist so lebensnotwendig wie Brot. Daher meine überstürzte Abreise. In Italien habe ich gefunden, wonach ich mich hier als Dichter gesehnt habe: das Leben, nicht Moral und Etikette. In Italien, vor allem in Florenz und Rom lebt man inmitten der Kunstwerke aus der Vergangenheit. Man wird selber zum Teil dieser Kunstwerke, man fühlt sich mit ihnen verbunden. Das ist ein Gefühl, das ich im kalten, steifen Weimar nie gefunden habe. Dort ist mir bewusst geworden, dass ich mein Leben radikal ändern muss, oder ich verkümmere zu einem Allerweltsmenschen ohne Bedeutung. Verstehen sie das?"

„Nur zu gut, mein Lieber. Ich freue mich für sie, dass sie sich auf diese Weise wieder gefunden haben. Ich bin sogar erleichtert, dass mein großer und bedeutender Freund wieder bei sich ist. Ich möchte sie darin auch in Zukunft nicht stören: nicht mit meinen Banalitäten und schon gar nicht mit meiner Eifersucht. Bleiben sie einfach mein Freund. Das ist mir mehr wert, als jede Liebelei." Zärtlich legt sie Goethe ihre Hand auf die Schulter und küsst ihn auf die Wange.

Achten Sie mehr auf meinen Sohn

Wieder in Weimar muss Goethe einen weiteren Höflichkeitsbesuch abstatten, womit er nicht allzu lange warten darf. Die Herzogin Mutter Anna Amalia erwartet seinen Besuch. Sie lebt mittlerweile in einer kleinen Residenz abseits vom Hof und kann nur noch sehr begrenzt Einfluss auf die Dinge bei Hof nehmen. Zurzeit hält sie sich im Schlösschen Tiefurt auf, das zwar klein, aber sehr gemütlich ist. Es befindet sich im Ortsteil Tiefurt bei Weimar und ist umgeben von einem hufeisenförmigen Schlosspark. Durch den sich ganz romantisch das Flüsschen Ilm schlängelt. Das Schlösschen besteht aus zwei Häusern, die über einen überdachten Terrassengang miteinander verbunden sind. An den Stützpfeilern der Terrasse ranken üppige Schlingpflanzen empor, die das schon in die Jahre gekommene Mauerwerk verdecken.

Goethe begibt sich in das Haupthaus und wartet in einem mit kleinen Edelholzmöbeln ausgestatteten Raum auf die Herzogin. Er nimmt an einem runden Tischchen Platz und wartet. Dabei kann er sich sogar in einem gegenüber stehenden hohen Wandspiegel betrachten und stellt dabei fest, dass er etwas mitgenommen aussieht.

Anna Amalia erscheint und begrüßt Goethe freundschaftlich. Sie hat ihre Informanten beim Hof, ist über Goethes Reisen bestens informiert und ist nicht mit allem einverstanden, was sich am Hof so abspielt und wie ihr Sohn, der Herzog Karl August, so lebt. Davon sagt sie aber zunächst nichts. „Der Weltenbummler ist wieder im Lande", beginnt sie das Gespräch und setzt sich Goethe gegenüber, „wir haben schon befürchtet, es könnte ihnen in Italien so gut gefallen, dass Weimar damit nicht mehr mithalten kann." „Italien ist ein Traum für einen Künstler, Durchlaucht." „Lassen sie die Anrede weg, lieber Goethe, wenn wir privat sind. Ich denke, wir sind befreundet. Manchmal bedaure ich noch, dass wir nicht mehr waren." „Wie hätte ich ihren Rang vergessen können, liebe Anna Amalia. Uns verbindet doch viel mehr." „Schmeichler."

Goethe erzählt von seinen Reisen, von Venedig, Florenz und Rom. „Dort hat man den Eindruck, das ganze Land sei ein einziges Kunstwerk. Die großen Architekten und Bildhauer sind überall gegenwärtig. Man kann sich dem gar nicht entziehen." Ein Diener serviert Tee und zieht sich sofort wieder diskret zurück. Beim Hinausgehen wirft er noch einen interessierten Blick auf den Besucher. „Würden sie mich auf einer Reise nach Italien begleiten?" „Ich würde nichts lieber tun, meine Liebe. Haben sie konkrete Pläne?" „Durchaus. Sie werden es als Erster erfahren."

Jetzt wechselt die Herzoginmutter Anna Amalia das Thema. Sie bittet Goethe, seinen Einfluss auf den Herzog zu nutzen, um ihn zu seriöser Hofhaltung mit weniger Eskapaden und Verschwendung anzuhalten. „Ich habe mir lange ihren freundschaftlichen Umgang mit meinem Sohn angesehen, lieber Freund. Ich habe mir auch lange Zeit eingeredet, dass junge Leute sich einfach mal ihre

Hörner abstoßen müssen. Aber alles hat seine Zeit. Ihre Flucht nach Italien, entschuldigen sie diese Formulierung, zeigte mir aber, dass zumindest sie des Müßiggangs bei Hofe überdrüssig waren und endlich wieder ihrer Berufung nachgehen wollten. Ich finde das richtig. Die Berufung des Herzogs aber ist, sein Land zu regieren und vor allem ein Vorbild zu sein in seiner Lebensführung. Ich hoffe sehr, dass sie mich bei dieser Sorge einer Mutter unterstützen werden." Goethe schaut etwas schuldbewusst auf Anna Amalia und lächelt. „Sagen sie nichts", bemerkt Anna Amalia, „ich sehe dass sie mich verstanden haben."

Anna Amalia findet das kulturelle Leben in Weimar langweilig und gibt zu erkennen, dass Goethe doch wohl der einzig Fähige bei Hofe sei, der das Theaterleben wieder in Schwung bringen könnte. „Können sie nicht ein neues Theaterstück kreieren? Etwas mit Niveau und nicht solche platten Theaterstücke, die man auch auf jedem Marktplatz aufführen könnte."

Goethe ist in die Pflicht genommen, zumal Anna Amalia auf die Idee gekommen ist, der junge Herzog könnte doch eine Hauptrolle in dem Stück spielen, vielleicht zusammen mit Goethe. Zwei Fliegen mit einer Klappe? Als Goethe noch über das Ansinnen nachdenkt, folgt noch ein Vorschlag. Wie wäre es mit einer Uraufführung im kleinen Theater hier in Tiefurt, das sie besonders gerne mag?

„Ich habe da schon etwas in Vorbereitung, Liebe Anna Amalia. Ich habe auf der Reise auch gearbeitet und einiges fertiggestellt. Ich werde es sie sofort wissen lassen, wenn ich fertig bin. Hier in Tiefurt haben sie ja ein kleines Ensemble, das recht gut ist. Soll ich mit Karl August über seine Rolle sprechen?" „Tun sie das", antwortet Anna Amalia sichtlich erfreut, „auf mich hört er ja doch nicht mehr." Goethe verabschiedet sich und tritt mit einer Reihe von Aufträgen und Erwartungen die Heimreise an. Er ist gut bei diesem Besuch weg gekommen. Eigentlich hatte er Sorge, dass Anna Amalia ihm Vorwürfe machen würde. Sie ist aber von außerordentlicher menschlicher Qualität, wie er gesehen hat. Er muss ihr jetzt eine Freude machen und er hat auch schon einen konkreten Plan für das neue Stück.

Liebesgeschichten

Goethe bewohnt in Weimar ein respektables Haus am Frauenplan. Zuvor hatte ihm der Herzog ein etwas kleineres, aber sehr gemütliches Gartenhaus zum Geschenk gemacht, in dem er sich auch sehr wohl gefühlt hat. Es war aber zu klein und nicht repräsentativ genug. So hat er das große Haus nach seiner Erhebung in den Adel zunächst überlassen bekommen, später wird er es zum Geschenk erhalten. Goethe arbeitet in seinem Arbeitszimmer, als ihm eine Besucherin gemeldet wird. Goethe verlässt sein Arbeitszimmer, das von den übrigen Räumen streng getrennt ist und in das nur ganz Wenige Zutritt haben. Er begibt sich in das Vorderhaus. Die junge Frau stellt sich als Christiane Vulpius vor. Sie ist Anfang zwanzig, gut gebaut und sehr gut aussehend. Genau das, was Goethe sucht. Das hilft ihr und der Meister nimmt sich Zeit für ein Gespräch. Sie bittet Goethe um Unterstützung für ihren Bruder Christian, der ein Jurastudium absolviert hat, aber so recht keine Anstellung bekommt. Jugend und Schönheit öffnen Türen. So auch hier. Goethe hatte gar nicht damit gerechnet, dass sein Plan bezüglich einer passenden Frau so schnell in greifbare Nähe rücken würde.

Während Christiane Vulpius spricht, bewundert Goethe seine Besucherin: etwas über zwanzig Jahre alt, gelocktes Haar und ganz anders als Charlotte. Er ist von ihrer Erscheinung fasziniert, von ihrer Schönheit und vom jugendlichen Temperament. Er verspricht ihr, soweit er kann, zu helfen. „Aber erzählen sie mir doch auch von sich etwas. Leben sie hier in Weimar? Ich habe sie noch nicht gesehen." Christiane ist überrascht. „Wieso interessiert sich dieser bedeutende Mann denn für mich?" denkt sie. Etwas stockend berichtet sie ihm. „Ich lebe mit meiner Schwester bei meiner Tante. Mein Bruder ist nach dem Studium auch wieder bei uns." „Arbeiten sie etwas?" „Ja, ich helfe in Bertuchs Werkstatt mit. Da binden wir künstliche Blumen und liefern die auch an das Schloss. Aber da können sie mich auch gar nicht gesehen haben. Die Blumen liefert ein Laufbursche."

Goethe bittet Christiane, wieder zu kommen, damit man sich in der Angelegenheit weiter besprechen kann. Man hält noch eine launige Kaffeestunde, Christiane hat interessante Vorfahren, und um Goethe ist es geschehen. Christiane wird schon sehr bald wieder kommen. Schon in dieser Nacht und in den folgenden Nächten wird sie der treue Diener Philip Seidel durch den Hintereingang einlassen. Morgens verlässt sie diskret das Haus, um ihrer Arbeit als Blumenbinderin nachzugehen. Lange wird das nicht unbekannt bleiben. In Weimar und Jena bleibt überhaupt nichts unbekannt und bald wird es auch der Herzog erfahren, der Goethe zu sich bestellt. Er erwartet Aufklärung in dieser Männerangelegenheit.

Ab mit Ihnen in das Jägerhaus

Goethe muss also zum Herzog, ob es ihm gefällt oder nicht. Er wundert sich nur, wie schnell er zum Stadtgespräch geworden ist. Der Minister und das Mädchen aus dem Volk, ein Stoff, wie geschaffen für Klatsch und Tratsch. Herzog Karl August, durchaus nicht böse, möchte zunächst Einzelheiten wissen. Wer ist sie? Woher kommt sie? Wie sieht sie aus? Wie ist sie? Goethe kennt vor dem Herzog keine Geheimnisse. In einem vertraulichen Männergespräch, das immer auf Gegenseitigkeit beruht, wird der Herzog vollständig ins Bild gesetzt.

„Sie ist ein Traum von einer Frau. Aus einfachen Verhältnissen, wohl auch arm, aber bei ihr muss ich nicht den großen Gelehrten spielen, geistvolle Sprüche machen oder aus meinen Werken vorlesen und dann unbefriedigt nach Hause gehen. Sie bleibt bei mir, sehnt sich nach mir. Liebe kann kaum schöner sein."

Man berät, was zu tun ist. Das Gerede nimmt zu. Die Herzogin Luise weiß es pikanterweise von Charlotte von Stein, was Goethe gar nicht gefallen kann. Die wiederum hat es von Karoline Herder, die es schon ihrem Mann Johann Gottfried geschrieben hat, der zurzeit in Italien weilt und sich nahezu entrüstet - oder vielleicht auch neidisch - geäußert haben soll. Wenn es aber die Herzogin Luise weiß, dann weiß es selbstverständlich der erlesene Kreis ihrer Gesellschafterinnen, darunter auch Pauline Wiesel, die Geliebte des Prinzen Louis Ferdinand von Preußen, eine üble Klatschtante, die ihr Wissen in den Gesprächszirkeln Berlins zum Besten gibt. Pauline Wiesel kennt die Oberklatschtante Rahel Levin in Berlin und in deren „Dachstuben Salon" werden amouröse Geschichten bis ins Kleinste gehandelt, wie auch im Salon der Henriette Herz. Niemand ist vor diesen beiden Frauen sicher. Nicht einmal der König von Preußen, Friedrich Wilhelm, der nach anfänglich unbedeutenden Regierungsversuchen und einem unrühmlich verlorenen Feldzug gegen Frankreich, jetzt seine ganze Kraft dem Essen und den Seitensprüngen gewidmet haben muss. Gegen ihn ist Goethe natürlich ein Waisenknabe, aber dennoch: Der Skandal ist da.

„Ich verstehe sie voll und ganz", bemerkt Karl August, „leider sind mir derartige Möglichkeiten nicht gegeben. Bei mir müssen es schon mindestens Hofdamen sein oder schlimmer noch, frustrierte Ehefrauen aus dem Hochadel. Ich hatte nur in Mainz

Gelegenheit, auch einmal Mädchen aus dem Volk kennen zu lernen. Die Folgen kennen sie ja. Die Ausheilung macht übrigens gute Fortschritte. Vielen Dank für ihre Hilfe. Wir müssen aber jetzt nachdenken, was man tun kann, damit das Gerede aufhört."

Der Herzog bietet Goethe an, vorerst das Jagdhaus vor den Toren der Stadt zu nutzen, bis sich die Geschichte wieder beruhigt hat. Goethe nimmt das Angebot an, wenn auch nicht mit Begeisterung. Er wird dort künftig mit Christiane leben und weiterhin schreiben. Liebe und Dichtung passen bei Goethe gut zusammen. Goethes Erlebnisse finden sich auch in seiner Dichtung wieder. So können Freunde, die sich auf die Kunst verstehen, zwischen den Zeilen zu lesen, seine Freuden und Gefühle nachempfinden, die er im Jagdhaus erlebt. Der Herzog gehört zu seinen eifrigsten Lesern. Der Klatsch hört aber vorerst nicht auf. Man macht sich allgemein lustig über den Herrn Minister, der sich so ganz unter seinem Stand eingelassen hat. Nicht die Liebschaft an sich ist das Problem. Die haben schließlich fast alle, sondern die Tatsache, dass Goethe es so öffentlich macht.

Dem französischen Spuk ein Ende machen

Wieder muss Goethe zum Herzog. Er fragt sich besorgt, worum es dieses Mal geht? Der Herzog kommt direkt zur Sache und bittet Goethe, ihn beim Koalitionsfeldzug gegen Frankreich zu begleiten.

Goethe erkundigt sich nach den Hintergründen dieser Reise. „Der Revolutionsmopp in Paris hat den Monarchen Europas die Köpfe ihres Kaiserpaares vor die Füße gerollt. Eine schlimmere Provokation kann es gar nicht geben. Der österreichische Kaiser Franz und der Preußische König Friedrich Wilhelm haben beschlossen, jetzt gegen Frankreich vorzugehen. Es wird einen gemeinsamen Feldzug geben. Frankreich soll besetzt werden. Keine große Sache, glauben sie mir. Die französische Armee existiert nicht mehr. An ihre Stelle ist ein undisziplinierter Haufen getreten, den wir auseinander treiben werden. Ich möchte, dass sie mich als Kriegsberichterstatter begleiten."

Es geht zunächst nach Frankfurt und Mainz, wo man auf eine Vielzahl französischer Emigranten treffen wird und wo ein opulenter Fürstentag abgehalten werden soll. Während der langen Kutschfahrt haben der Herzog und Goethe viel Zeit, um über die politischen Verhältnisse zu sprechen. Der Herzog ist mittlerweile Generalmajor der Preußischen Armee und führt als Kommandeur ein Kürassier- Regiment, das bereits in Mainz angekommen sein muss.

„Ich höre, dass sie durchaus mit den revolutionären Zielen übereinstimmen?" fragt er Goethe gerade heraus. Goethe lässt sich seine Überraschung nicht anmerken. „Es gibt gute Gründe für Veränderungen", bemerkt er knapp. „Auch bei uns?" Goethe merkt, worauf das Gespräch hinauszulaufen droht. „Ich fühle mich mitverantwortlich für die Regierung und wir sind gut beraten, den Gründen für die revolutionären Vorgänge in Frankreich auf den Grund zu gehen." Herzog Karl August hört schweigend zu. Goethe hat das Gefühl, dass er sich weiter erklären muss.

„Sie sind ein vorbildlicher Monarch", sagt er versöhnlich, „was man aber nicht von allen Fürsten sagen kann. Prahlerisches Auftreten, Verschwendungssucht, unmoralische Lebensführung, Ausbeutung und menschliche Niedertracht finden sich an vielen Höfen, gottlob nicht in Weimar." Karl August schweigt und macht keinerlei Anstalten, Goethe zu unterbrechen, dem es jetzt doch etwas unheimlich wird. Der beugt sich vor und spricht auf Karl August jetzt eindringlich ein. „Wir wären doch tollkühn, würden wir uns nicht nach den Ursachen dieser schrecklichen Ereignisse fragen. Warum bringen die Menschen ihren Kaiser und ihre Kaiserin auf eine derart grausame Weise um? Wie groß muss der Hass, wie furchtbar die Schuld sein, die all dem zugrunde liegen?"

Karl August hat das Gefühl, dass er jetzt gefragt ist. „Glauben sie, dass unsere Menschen in Weimar so etwas auch fertigbringen würden? Was spüren sie im Volk? Sie sind doch dichter dran, als ich es sein kann." „Nein, Karl August, das glaube ich nicht. Frankreich ist etwas ganz anderes. Da hat es der Adel noch dreister getrieben und das Fass zum Überlaufen gebracht. Wenn der Funke der Revolution aber erst einmal überspringt, dann gibt es allerdings keine Rettung mehr, dann ist es zu spät. Wenn dann noch Führer mit Charisma auftreten - ein Danton, Marat oder Robespierre – die der Revolution Gesichter und Richtung geben, dann ist für die Monarchen alles verloren, dann hilft vielleicht noch Gewalt." Karl August blickt nachdenklich und Goethe fährt fort. „Soldaten und Gendarmen kommen aber auch aus dem Volk, das sich erhebt. Das kann den Ausschlag geben." So verbringt man viele Stunden in nachdenklichen Gesprächen und die Ereignisse des Fürstentages werden Goethes kritische Betrachtungen eindrucksvoll unterstreichen.

Zum Fürstentag eingeladen hat der Kurfürst Erzbischof Friedrich Karl Joseph Erthal, ein Kirchenmann und weltlicher Fürst, ein übler Ausbeuter und Selbstdarsteller. Er lebt in ungeheurem Pomp, beutet sein Fürstentum bis ins Unerträgliche aus und die Menschen leiden stumm unter diesen Zuständen, die mit übertriebenen kirchlichen Zeremonien mit schon ans lächerliche grenzenden goldbetressten Gewändern, unmoralischer Mätressen- und Vetternwirtschaft und mit verschwenderischen Festen einhergeht und sich bis ins Absurde darstellt. Noch deutlicher kann man nicht mehr machen, dass der römisch-katholische Klerus mit dem christlichen Glauben des Evangeliums nicht mehr das Geringste zu tun hat. Schlimmer noch ist, dass in diesem Fall der herrschende Kirchenklerus in Mainz sich als den Mittelpunkt des Daseins, bestenfalls als „Hirten" versteht und den bitterarmen Menschen nur noch die Rolle der „Schafe" zukommt. Diese „Schafe" werden zwar zur Arbeit für die ausufernden Feste gebraucht, haben aber ansonsten keine Rechte und wundern sich im Stillen über die Ungerechtigkeit dieser Welt.

Die fürstbischöflichen Parkanlagen sind mit Fackeln erleuchtet. In Zelten und im Palais gehen die geladenen Fürsten und ihr Anhang der Völlerei nach. Der Main dient als Kulisse einer angeberischen Prachtentfaltung und die angereisten Fürsten wiegen sich im Glauben, es käme einem Spaziergang gleich, so nebenbei in Frankreich einzumarschieren und dem revolutionären Treiben ein Ende zu machen. Der Funke der Revolution soll ausgetreten, die Monarchie in Frankreich wieder eingesetzt werden. Den nicht durch übermäßige Bildung und besondere Urteilsfähigkeit anzusehenden Fürsten kommt gar nicht der Gedanke, dass sich die Revolution in Frankreich eben gegen genau diese Zustände richtet, die auch in ihren Fürstentümern vorherrschen. Sie verstehen nicht, dass die französischen Soldaten zum ersten Mal überhaupt ein Kriegsziel verfolgen, dass in ihrem Interesse liegt und dass die eigenen Soldaten überhaupt kein Interesse an einem derartigen Krieg haben könnten, deren gegnerische Soldaten sie vielleicht insgeheim beneiden. Jahrhundertelange Abgehobenheit und Inzucht schränken offensichtlich auch das Denkvermögen irreparabel ein.

In Mainz trifft Goethe Georg Forster, einen nur fünf Jahre jüngeren, hoch interessanten Mann, den Goethe außerordentlich schätzt und wegen seiner weltumfassenden Reisebeschreibungen bewundert. Forster reiste schon als junger Mann mit seinem Vater um die Welt, verfasste Reiseberichte und Zeichnungen, erhielt viele Auszeichnungen und ist als Übersetzer, Essayist und Journalist tätig. Jetzt ist Forster Oberbibliothekar an der Universität Mainz.

Als Goethe Forster erzählt, dass er Herzog Karl August als Kriegsberichterstatter begleiten soll, schaut dieser ihn sehr skeptisch an. „Mit welchem Recht will man eigentlich Krieg gegen Frankreich führen?" fragt er. Es wird sofort klar, dass Forster politisch an die Ziele der Revolution glaubt und den feudalen Zuständen hierzulande sehr kritisch gegenüber steht. Er hat eben die ganze Welt kennen gelernt und kann sehr gut vergleichen, was hier alles im Argen liegt. „Die Revolution wird auch zu uns kommen", sagt er, „schauen sie nur auf diesen Fürstentag.

Demonstrieren die Fürsten nicht geradezu vor ihrem Volk ihre Verworfenheit? Diesen Krieg gegen Frankreich können sie gar nicht gewinnen, weil sie ganz einfach die Zeichen der Zeit nicht sehen. Der Feudalismus kommt zu einem Ende. Die Revolution in Frankreich war der Anfang vom Ende." Goethe ist bestürzt. „Gibt es nicht auch einen dritten Weg?" Forster schüttelt den Kopf. „Das würde eine gewisse Einsicht voraussetzen. Die ist aber nicht erkennbar."

Goethe wechselt das Thema. „Wie geht es sonst? Man hört, dass sie auch privat zurzeit etwas Pech haben." Forster schmunzelt verlegen. „Hat sich das schon herumgesprochen? Ja, es ist wahr. Meine Frau Therese hat mich mit meinem besten Freund verlassen, von heute auf morgen, einfach so. Es ist natürlich auch meine Schuld. Eine Frau möchte begehrt werden, da hat ein anderer als der Ehemann natürlich Vorteile. Das brauche ich ihnen aber wohl nicht zu erklären."

Caroline Böhmer erscheint, eine interessante, attraktive Frau, Ende zwanzig, die Forster den Haushalt führt und dort mit ihrer elfjährigen Tochter Auguste lebt. Caroline ist die Freundin von Forsters ehemaliger Frau Theres Heyne. Sie ist die Tochter des Göttinger Professors Michaelis und seit einem Jahr verwitwet. In Mainz will sie ein neues Leben beginnen. In Clausthal Zellerfeld, wo sie vorher lebte und ihr verstorbener Mann Arzt war, hat sie sich nie wohl gefühlt. In der kleinbürgerlichen Welt im Harz hat sie sich aber in ihr Schicksal gefügt. Der frühe Tod von Böhmer, dem sie drei Kinder schenkte, von denen aber zwei früh starben, war für sie wie eine Erlösung. Danach begab sie sich nach Mainz, war des Öfteren Gast im Hause Forster und bekam natürlich mit, dass die Forsters sich auseinander gelebt hatten. Sie kennt Goethes Werke und begrüßt ihn überschwänglich.

„Sie sind wie ein Gruß aus der Heimat", sagt sie, „in Gotha habe ich gute Freunde, die sie vielleicht kennen. Es sind die Gotters." „Wie kommen sie nach Mainz?" möchte Goethe wissen. „Ich bin hier nach vielen traurigen Ereignissen in Clausthal und Göttingen als kokette Witwe bei einer eheflüchtigen Freundin, Meta Forkel, gelandet. Hier lebt auch meine Freundin Therese Heyne. Außerdem ist Mainz eine ganz andere Welt, längst nicht so langweilig, wie Göttingen." Goethe schmunzelt und Caroline fährt munter fort. „Therese ist auch eheflüchtig, wie sie ja mitbekommen haben. Da ich mit meiner Tochter ja Kost und Logis brauchte und Georg Forster jemanden für den Haushalt, ist das eine gute Lösung für uns beide. Im Übrigen verstehen wir uns gut, Georg und ich. Sie wollen an dem Feldzug gegen die Franzosen teilnehmen?" „Ich bin kein Soldat sondern Berichterstatter." „Dann werden sie hoffentlich berichten, wie die Koalitionäre in die Flucht geschlagen werden. Georg wünscht sich das auch." Goethe ist ganz irritiert, wie offen Caroline über eine derart heikle Angelegenheit spricht. Er kann auch nicht verstehen, woher die Forsters diesen Glauben nehmen. Er hält sich aber etwas bedeckt und sagt nur: „Man wird sehen." Dann verabschiedet sich Goethe kurz darauf mit dem Hinweis, er müsse noch den Herzog treffen und die Abreise vorbereiten.

Nach dem Fürstentag, auf dem beschlossen wird, dem französischen Spuk ein Ende zu machen, beginnt der Feldzug gegen Frankreich, eine leichte Aufgabe, wie man glaubt. Österreich und Preußen stellen die Hauptmacht der

Koalitionsarmee, hinzukommen Truppen kleinerer deutscher Länder. Man rückt zügig gegen Paris vor. Alles sieht zunächst gut aus. Goethe folgt dem Vormarsch in einer geschlossenen Kutsche mit zwei Pferden bespannt. Immer wieder lässt er halten, steigt aus und nimmt die imposanten Bilder des Truppenvormarschs in sich auf. In der Kutsche wirft er seine Eindrücke rasch auf Papierbögen, manchmal skizziert er auch einige besonders eindrucksvolle Szenen mit einem Kohlestift. Er wird das alles später verarbeiten. Abends wird halt gemacht. Dann trifft er seinen Herzog Karl August, der sich zufrieden über den Fortgang des Feldzuges äußert. „Wir werden in wenigen Tagen in Paris sein. Ich bin gespannt, was uns dort erwartet." Goethe lässt sich zu der begeisterten Äußerung hinreisen: „Hier wird Geschichte gemacht und ihr könnt sagen, das ihr dabei gewesen seid." Das ist die allgemeine Stimmung, sehr prägnant zusammengefasst.

Bei Valmy stockt der Vormarsch schließlich. Die französischen Truppen stellen sich kraftvoll den Angreifern entgegen. Schwere Artillerie der Franzosen empfängt sie mit einer gewaltigen Kanonade. Völlig unberechenbar und in rascher, unaufhörlicher Folge schlagen die Granaten mitten zwischen die preußischen Linien ein und richten ein grausiges Blutbad an. Der Krieg hat jetzt erst begonnen. Goethe ist entsetzt. Ihm wird schlagartig klar, dass keiner hier mehr sicher ist. Der Tod hält reiche Ernte. Die Männer werden reihenweise zerfetzt, verstümmelt oder verletzt. Ein grausiges Geschrei und Gejammer begleitet jeden Einschlag. Der nächste kann das eigene Ende bedeuten. Goethe ist klar, dass er so rasch, wie möglich, aus dieser Gefahrenzone raus muss. Das hat mit Feigheit nichts zu tun. Er ist kein Soldat und kann seinen

Auftrag nur erfüllen, wenn er überlebt. Rasch lässt er die Kutsche drehen und schnell zurück in ein sicheres Gebiet fahren. Bleich und völlig konsterniert lässt er schließlich halten, um sich aus der Entfernung das höllische Schauspiel anzuschauen. Er weiß jetzt, was die Einschläge der Kanonen auf beiden Seiten bedeuten. Dort wird pausenlos gestorben und zwar auf grausamste Art. Goethe hat sich auf einer Bank unter einem Baum niedergelassen und verfolgt das grausame Gemetzel. Das also ist Krieg. Gibt es etwas Sinnloseres als sich auf diese Weise gegenseitig abzuschlachten? Der Kutscher hat sich auf dem Boden niedergelassen, ist ebenfalls kreidebleich und schaut Goethe verständnislos an. Ihm fehlen offensichtlich die Worte.

Es wird dunkel, aber die Kanonade hört nicht auf. „Geht das die ganze Nacht so?" möchte der Kutscher wissen. „Es scheint so", antwortet Goethe, „da wird ja ohnehin nicht gezielt geschossen, es genügt, wenn man die gegnerischen Reihen trifft. Das kann man auch in der Nacht so machen." „Sind wir hier in sicherer Entfernung?" möchte der Kutscher jetzt wissen. „Ich hoffe", antwortet Goethe kurz. Dann kann er den Rückzug der Preußen bei heranbrechender Dunkelheit beobachten. Ein Verbleib in der vordersten Linie wäre völlig sinnlos. Nur die Artillerie bleibt vorgezogen und schießt unaufhörlich weiter. Auf der französischen Seite wird man sich ähnlich verhalten. Was sie jetzt zu sehen bekommen, übersteigt jedes Vorstellungsvermögen. Völlig ungeordnet und paralysiert kehren die Truppen zurück. Verbandsgliederungen haben sich aufgelöst. Jeder, der bis jetzt überlebt hat, sucht nur noch die sichere Entfernung zu den Granateinschlägen. Schwer Verwundete schleppen sich dahin.

Haufen von verwundeten und stöhnenden Soldaten werden auf Fuhrwerken mitgebracht und in rasch aufgebauten Zelten versorgt.

Goethe begibt sich zu Herzog Karl August in ein provisorisch aufgebautes Führungszelt, wo die Truppenführung das weitere Vorgehen berät. Die Offiziere wirken einigermaßen ratlos. Ist das der rasche Feldzug? Welche unglaubliche Abwehrkraft hat die französische Armee vorgeführt. Was ist zu tun? Goethe ist kein militärischer Fachmann, aber er versteht sehr wohl, dass es hier ein außerordentliches Problem gibt. Die Einzelheiten der Lagebesprechung versteht er nicht, nur so viel, dass man in eine Stellungsschlacht verwickelt ist und der Vormarsch hier zunächst endet. Man fordert noch stärkere Artillerie mit noch größeren Kalibern und Reichweiten an. Es wird aber Zeit brauchen, bis man sich auf diese unerwartete Lage eingestellt hat. Vorne wird es mit zunehmender Dunkelheit jetzt ruhiger. Auch die Artillerie macht jetzt eine Pause.

Mit der ersten Helligkeit beginnt die Kanonade erneut. Die französischen Linien haben sich vorgeschoben, die Preußen und Österreicher befinden sich damit wieder in Reichweite der gegnerischen Artillerie, die eigene Artillerieverstärkung ist noch nicht eingetroffen. Das Gemetzel geht weiter. Die Koalitionsarmeen haben jetzt nur zwei Möglichkeiten: ein Angriff durch das Feuer oder man weicht erneut zurück. Die Soldaten schauen ratlos auf ihre Führer. Das Kommando lautet: Angriff!

Die Infanterieverbände stellen sich in breiter Front auf, verstärkt durch Kavallerie. Dann kommt das Trompetensignal zum Angriff.

Die Truppen stoßen durch das gegnerische Feuer vor. Bis zu den französischen Linien sind es mindestens zwei Kilometer. Durch die Hölle des gegnerischen Feuers müssen jetzt die Infanteristen. Der Angriff wird unterstützt durch eigenes Artilleriefeuer, das in die französischen Linien hineinhält und für größtmögliche Verluste sorgt. Der Angriff kommt voran. Granaten schlagen immer wieder und mit hoher Salvenzahl in die preußischen Reihen ein. Soldaten, die am Einschlagsort waren sind einfach verschwunden. Sie werden zerrissen Andere bleiben verstümmelt auf dem Schlachtfeld liegen, das zunehmend von Gefallenen bedeckt ist. Goethe schaut aus großer Entfernung auf das unglaubliche Geschehen. „Was für ein Wahnsinn", denkt er, „welchen Sinn soll das eigentlich haben?"

Hauptmann von Schlabrendorff, der Adjutant des Herzogs, hat sich zu Goethe begeben und beobachtet mit ihm den Schlachtverlauf. „Da haben sie einiges zu berichten", sagt er kurz. „Ich verstehe das nicht", antwortet Goethe, „warum jagen sie die Soldaten in das gegnerische Feuer?" Von Schlabrendorff schaut verwundert auf Goethe: „Weil wir den Durchbruch wollen. Wir können uns doch hier nicht ewig aufhalten lassen. Haben sie einen besseren Vorschlag?" „Ich bin kein Offizier", bemerkt Goethe, „könnte mir aber vorstellen, dass man versucht die französischen Stellungen zu umgehen. Es führen doch immer mehrere Wege nach Paris." Von Schlabrendorff weiß nicht ob er das Gespräch ernsthaft fortsetzen soll. „Sie sprechen hier von Feigheit vor dem Feind, Herr Minister." „Wie bitte? Ich würde das ein taktisches Manöver nennen. Der Feind wird dann ebenfalls zur Bewegung gezwungen und es ergeben sich neue Möglichkeiten." Dem

Adjutanten wird das Gespräch jetzt unangenehm. „Ich muss weiter", sagt er kurz, „sie sollten sich auch etwas zurückziehen. Dieser Standort ist gefährlich."

Vor Valmy entwickelt sich die Lage zu einem Stellungskrieg. Man gräbt sich ein und bekämpft sich mit Artillerie auf Distanz. Das ganze wird zu einer Materialschlacht bei ständigen Verlusten auf beiden Seiten. Das Wetter schlägt um. Regengüsse und Sturm peitschen über das Gefechtsfeld. Die Soldaten liegen im Schlamm, frieren und sind schlecht versorgt. Kaum jemand erkennt noch einen Sinn in diesem Feldzug. Krankheiten breiten sich aus. Täglich, wenn es hell wird, fehlen Soldaten. Sie haben sich im Schutz der Nacht einfach davon gemacht. Statt hier auf den Tod zu warten, wollen sie sich durchschlagen. Sie laufen natürlich Gefahr, als Deserteure aufgegriffen und exekutiert zu werden.

Herzog Karl August gibt Goethe zu verstehen, dass der preußische König daran denkt, den Feldzug zu beenden. Man muss ja nicht nach Paris. Sollen es doch die Österreicher versuchen, wenn sie wollen. Für Preußen ist ohnehin wenig Gewinn aus diesem sinnlosen Feldzug zu erwarten. "Machen sie sich ruhig auf die Heimreise. Ich möchte nicht, dass ihnen noch etwas zustößt", sagt Karl August. „Und über was soll ich berichten?" möchte Goethe wissen. „Schreiben sie am besten gar nichts", antwortet Karl August, „sie haben ja gesehen, was hier passiert ist. Muss man das auch noch der Nachwelt berichten?" Beide verabschieden sich mit kräftiger Umarmung voneinander. Dann begibt Goethe sich auf die Heimreise.

Goethe kehrt völlig verändert nach Weimar zurück. In Weimar erfährt er, dass als Folge des misslungenen Koalitionskrieges nunmehr die Franzosen auf deutsches Gebiet vorgedrungen sind und unter anderem Frankfurt, seine Heimatstadt, und auch Mainz besetzt haben. Dort herrschen schreckliche Zustände. Von Plünderungen, Massakrierungen und Vergewaltigungen wird berichtet. Goethe muss an Georg Forster, an Caroline Böhmer und natürlich an seine Mutter denken. Hoffentlich überstehen sie das alles einigermaßen. Wie sinnlos ist doch ein Krieg, wie menschenverachtend, wie schädlich für alle.

Wer ist Christiane?

Goethe sucht Charlotte von Stein auf. Er hat einiges mit ihr zu besprechen und ist von den Erlebnissen des Krieges noch ganz beeindruckt. „Sie sehen sehr mitgenommen aus, mein Freund", sagt Charlotte und schaut Goethe besorgt an. Charlotte ist – wie immer – perfekt gekleidet – umarmt ihn mit spürbarem Gefühl. Goethe ist erneut hingerissen von ihrer stolzen und blendenden Erscheinung.

„Charlotte, sie können sich gar nicht vorstellen, was ich erlebt habe." Beide haben in einem kleinen, sehr gemütlich eingerichteten Raum, Platz genommen. Es gibt Tee mit etwas Gebäck. „Krieg ist so etwas Grauenhaftes", fährt Goethe fort, „ich weiß nicht, warum Menschen sich so etwas antun." „Ich musste gottlob so etwas noch nicht erleben, aber sie hatten ja wohl einen Auftrag zu erledigen. Kommen sie damit voran?" „Das ist schwerer, als ich dachte. Wissen sie, ich schreibe normalerweise Prosa und feinfühlige Gedichte, aber ich beschreibe keine bestialischen Grausamkeiten. Außerdem gibt es für unseren Kriegsherrn nichts Rühmliches zu berichten. Herzog Karl August legt im Grunde genommen auch gar keinen Wert mehr auf einer Berichterstattung." „Dann war ihre Reise also unnötig?" „Wer hätte das ahnen sollen? Mir tun aber die vielen Soldaten leid, die auf so unwürdige Weise ihr Leben lassen mussten. Ich glaube, dass ich mit einigem Abstand sicher einen Stoff finden werde, in dem ich diese Eindrücke aufarbeiten kann. Dazu ist es aber noch viel zu früh. Ich freue mich aber, dass es ihnen gut zu gehen scheint. Sie sehen blendend aus, Charlotte. Ich wollte, ich könnte ihnen meine Gefühle zeigen."

Charlotte wirkt etwas verwirrt, möchte sich aber nichts anmerken lassen und wechselt daher das Thema. Sie erzählt ihm zunächst die neuesten Klatschgeschichten, die ihn natürlich sehr interessieren. Forster soll sich nach Paris abgesetzt haben. Caroline Böhmer soll schwanger sein von einem französischen Leutnant und wegen republikanischer Gesinnung zusammen mit ihrer Tochter Auguste sich in Festungshaft in Königstein im Taunus befunden haben. Dort wurde sie schließlich durch Fürsprache August Wilhelm Schlegels frei gelassen. In Hannover wurde sie aber nicht geduldet, auch in Göttingen konnte sie nicht bleiben. So brachten sie die Brüder Schlegel im Haus des Verlegers Göschen in Leipzig unter, wo sie auch ihren unehelichen Sohn bekam. Dieser starb aber schon nach kurzer Zeit. Diese Frucht unkeuscher Beziehungen, noch dazu von einem französischen Offizier, konnte wohl kein Lebensrecht haben. Goethe hört gespannt zu. Seit seiner Zeit in Mainz muss sich ungeheuer viel ereignet haben.

Charlotte fährt fort: Da der ältere August Wilhelm – der Caroline liebte - noch als Hauslehrer in den Niederlanden sein musste, kümmerte sich der jüngere Bruder Friedrich um Caroline. Man sagt, dass auch er sie liebt. Ob die Liebe auch erfüllt wurde, weiß man natürlich nicht. Ein weiteres Kind wurde jedenfalls nicht mehr geboren. Jetzt sollen die Schlegel Brüder eine Wohnung in Jena bezogen haben. Sie schlagen sich wenig vermögend so durch, mit Schreibereien und Vorlesungen an der Universität. Man ist wohl gut beraten, sich von diesen Leuten fern zu halten. Goethe ist über all diese Informationen sehr verwirrt. Er erzählt Charlotte, dass er vor dem Koalitionsfeldzug Georg Forster, Therese Forster und Caroline Böhmer in Mainz kennen gelernt habe. Das war natürlich noch vor der französischen Besetzung. Damals hatte er den Eindruck, dass die Ehe der Forsters am Ende war, da Therese – Forsters Frau und Carolines Freundin - ein Verhältnis mit dem im Hause wohnenden Ferdinand Huber hatte und schließlich auszog und Caroline Böhmer daraufhin in das Haus zu Forster zog, um ihm den Haushalt zu führen. Natürlich wurde gemunkelt, dass mehr dahinter stecke, aber ihm sei das egal gewesen. Er halte sowieso nichts von der bürgerlichen Doppelmoral. So geht die Zeit dahin im Austausch der vielen Neuigkeiten, die hier jetzt zu einem Gesamtbild zusammengefügt werden.

Dann kommt Goethe vorsichtig auf das Thema Christiane Vulpius zu sprechen. Charlotte weiß wohl schon davon und reagiert jetzt kühl. Goethe versucht ihr klar zu machen, dass sie beide doch ein ganz anderes Verhältnis verbindet, dass mehr auf geistiger Ebene stattfindet. Mit Christiane habe er eine Frau gefunden, die ihn aufrichtig auch körperlich liebe und sie nehme Charlotte doch nichts weg, worauf sie nicht ohnehin bisher verzichtet habe. Sollte Goethe geglaubt haben, dass sich das Problem auf so einfache Weise lösen ließe, so hat er sich gründlich getäuscht.

Seine Erklärungen helfen nichts. Charlotte von Stein macht Goethe klar, dass sie sein Verhalten nicht billige, zumal sie auch schon an eine erfüllte Liebe mit Goethe gedacht habe. „Glauben sie mir mein Freund, ich habe in ihrer Abwesenheit viel an sie gedacht und mich aufrichtig nach ihnen gesehnt. Ich war entschlossen, mich nach ihrer Rückkehr, ganz ihrer erfahrenen Liebe hinzugeben. Aber dann erreichten mich die Gerüchte und niederträchtigen Erzählungen über sie und ihre Haushälterin und da ist etwas in mir zerbrochen." „Und was soll nun werden?" möchte Goethe jetzt wissen. „Es wäre wohl besser, wenn sie mich nicht mehr besuchen würden", sagt Charlotte unvermittelt und Goethe ist wie vor den Kopf geschlagen. Charlotte gibt ihm die Hand und verlässt den Raum.

Goethe macht sich enttäuscht auf den Weg zurück nach Weimar. Auf der Kutschfahrt hat er Zeit, nachzudenken. War es das gewesen mit Charlotte? Was hat sie gesagt? Sie wollte sich mir hingeben, wenn das mit Christiane nicht gewesen wäre? Andererseits, konnte er etwas anderes erwarten? Von Charlotte ganz bestimmt nicht. Sie ist ein Vorbild gerader, tugendhafter

Lebensführung. Sie reizt Goethe gerade deswegen auf besondere Weise und ist eine Herausforderung für jeden Mann, der sich nicht einfach hinhalten lassen möchte. Aber es hilft jetzt nichts. Ihm bleibt ja immerhin noch Christiane. So erreicht er Weimar mit seinen schlechten, ausgefahrenen Wegen und hält schließlich vor seinem Haus am Frauenplan. Er wird sich auf die Situation einstellen. Charlotte bedeutet für ihn natürlich eine Niederlage. Vielleicht heilt die Zeit aber auch Wunden. Man wird sehen.

Die Frühromantiker finden zusammen

Jena ist neben Weimar die zweite bedeutende Stadt des Herzogtums, manche sagen, das heimliche Zentrum. Im Hause August Wilhelm Schlegels, einem Gartenhaus am Markt in Jena, hat sich die gesamte Familie niedergelassen. August Wilhelm und Caroline haben geheiratet, um der ständigen Verfolgung Carolines durch die Behörden ein Ende zu machen. Mit ihnen zusammen bewohnt Auguste, die sechzehnjährige Tochter Carolines, das Erdgeschoss. Im Obergeschoss wohnen der Bruder, Friedrich Schlegel, mit seiner Lebensgefährtin Dorothea Veit, die auch Probleme mit der preußischen Polizei hat, nachdem sie böswillig ihre Familie verlassen hatte, wie die Behörden es ausdrücken. Im Hause Schlegel hat die bürgerliche Moral – jedenfalls das, was man darunter versteht - keine Heimat. Sie leben ganz nach ihren Vorstellungen und kümmern sich nicht um das Gerede der Leute. Jedenfalls behaupten sie das.

Unter der aktiven Gestaltung von Caroline Schlegel, die in dieser Umgebung auflebt, trifft sich regelmäßig ein illustrer Freundeskreis, der sich um die so genannten Romantiker schart. Selber dem Bürgertum zuzurechnen, finden sie es wohl erstrebenswert, vielleicht auch prickelnd, ein wenig am freien Leben der Romantiker, ihrer Ideen und Wertvorstellungen, teilzuhaben.

Der Freund des Hauses, Friedrich Wilhelm Joseph von Schelling, ist ebenso dabei wie Ludwig Tieck, Friedrich Schleiermacher, der junge Hardenberg und auch Schiller ist gekommen. Der guten Tradition folgend, ist für heute ein Hauptredner eingeladen, der mit einem Vortrag die anschließende, stundenlange Diskussion einleitet. Danach werden Meinungen und Glaubensbekenntnisse ausgetaucht, wird freundschaftlich gestritten und auf intellektuellem Niveau die bürgerliche Gesellschaft zerpflückt. Dazu werden Speisen, Wein und Bier gereicht.

Heute spricht Georg Wilhelm Friedrich Hegel, Professor an der Jenaer Universität. Er trägt seine Gedanken - besser seine Philosophie - zum Thema „Phänomenologie des Geistes" vor. Hegel ist ein universal gebildeter Geisteswissenschaftler, der durch Vermittlung von Schelling und durch Goethes Hilfe an die Universität Jena gekommen ist

Nach dem langen Vortrag wird ausgiebig diskutiert, werden Veröffentlichungen besprochen und verrissen und wird der durchaus anmaßende Geist der Romantiker gepflegt. Hegel, mit achtundzwanzig Jahren noch ein junger Professor für Philosophie, hat aber schon ganz die Attitüde eines allgemein bewunderten

Gelehrten. In seinen Vorlesungen hat er Zulauf durch die Studenten, die seiner Philosophie begeistert zuhören und in anschließenden Diskussionsrunden kontrovers besprechen.

Hegel hat sich an einen kleinen Tisch begeben, von wo aus er die Anwesenden überblicken kann und ein handgeschriebenes Manuskript vor sich ausgebreitet. Freundlich schaut er in die Runde und beginnt mit gedämpfter Stimme seinen Vortrag.

„Mir geht es bei diesem Gedankengebäude darum, die Phänomenologie des Geistes zu erfassen, zu ordnen und zu beschreiben. Dabei erhebe ich den Anspruch, dass Philosophie - insbesondere in ihrer erklärenden und ordnenden Pflicht - am Anfang und am Ende von jeder Wissenschaft und Religion steht. Dabei geht es um verschiedene Gestalten des Geistes, um Wissen und Vernunft, um Bewusstsein und Selbstbewusstsein, um Moral und Glauben, um alles eben. Wie kann man Wissenschaft betreiben, ohne die ordnende Hand des Philosophen?" Hegel macht eine kurze Pause und schaut freundlich in die Runde der gespannt zuhörenden Teilnehmer. Ein jeder ahnt wohl, dass es hier um mehr geht, als um Wissen im Einzelnen. Ein Hauch von Besonderem hängt wie ein unsichtbarer Geist über der Versammlung.

Hegel fährt ruhig fort. „Eine Vorrede – wie sie sonst allgemein üblich ist – verbietet sich in der Philosophie. Sie ist überflüssig, ja sogar unpassend und unzweckmäßig. Die Darlegung der reinen Wahrheit und höchster Einsichten bedürfen niemals einer Vorrede. Ich sage meinen Studenten immer, Vorbemerkungen gehören entweder in den Hauptteil oder sie sind gänzlich überflüssig." Man schmunzelt allgemein und Hegel fährt fort.

„Ich komme jetzt zum Kern des Themas. „Es ist eine natürliche Vorstellung, dass eh in der Philosophie an die Sache selbst, nämlich an das wirkliche Erkennen dessen, was in Wahrheit ist, es notwendig sei, vorher über das Erkennen sich zu verständigen, das als das Werkzeug, wodurch man des Absoluten sich bemächtige, oder als das Mittel, durch welches hindurch man es erblicke, betrachtet wird." Hegel schaut sich um. Schelling nickt zustimmend. „Die Besorgnis scheint gerecht, teils, dass es verschiedene Arten der Erkenntnis gibt, und darunter eine geschickter als eine andere zur Erreichung dieses Endzwecks sein möchte, hiermit durch falsche Wahl unter ihnen – teils auch dass, indem das Erkennen ein Vermögen von bestimmter Art und Umfange ist, ohne die genauere Bestimmung seiner Natur und Grenze Wolken des Irrtums statt des Himmels der Wahrheit erfasst werden." Hegel schaut auf, Schelling nickt zustimmend.

Schiller, der wirklich alle Anstrengung unternimmt, dem Vortragenden zu folgen, fühlt sich unwohl. „Über was in alles in der Welt redet Hegel?" fragt er sich insgeheim. „Ich bilde mir doch ein, selber etwas von Philosophie zu verstehen, aber ich frage mich, warum ich Hegel überhaupt nicht verstehe. Er schaut in die Runde und sieht überwiegend freundliche Gesichter. Schelling scheint begeistert zu sein, nur Caroline Schlegel lächelt amüsiert. „Ich muss mich wieder konzentrieren", denkt Schiller.

Hegel fährt fort: „ Diese Besorgnis muss sich wohl sogar in die Überzeugung verwandeln, dass das ganze Beginnen, das jenige, was an sich ist, durch das Erkennen dem Bewusstsein zu erwerben, im seinem Begriffe widersinnig sei, und zwischen das Erkennen und das Absolute eine sie schlechthin scheidende Grenze falle. Denn ist das Erkennen das Werkzeug, sich des absoluten Wissens zu bemächtigen, so fällt sogleich auf, dass die Anwendung eines Werkzeugs auf eine Sache sie vielmehr nicht lässt, wie sie für sich ist, sondern eine Formierung und Veränderung mit ihr vornimmt."

Schiller gibt auf. „Aussichtslos", denkt er, „wir sprechen doch die gleiche Sprache. Warum verstehe ich ihn nicht? Welche Mutter muss diesen Menschen mit einem solchen Kopf geboren haben? Und warum scheint dieser Schelling ihn zu verstehen? Ich wüsste nicht einmal, was ich zu seinem Vortrag anmerken soll, geschweige denn wüsste ich eine vernünftige Frage zu diesem seltsamen Thema. Warum bin ich nur hergekommen? Ich hätte die Zeit sinnvoller nutzen können.

Hegel endet jetzt seinen Vortrag mit den Worten: „Das Ziel, dass diese Entäußerung sich an ihr selbst entäußert, und so in ihrer Ausdehnung ebenso in ihrer Tiefe, dem Selbst ist. Das Ziel, das absolute Wissen, oder der sich als Geist wissende Geist hat zu seinem Wege die Erinnerung der Geister, wie sie an ihnen selbst sind, und die Organisation ihres Reiches vollbringen." Und nach einer kleinen Pause sagt er: „Nur aus dem Kelche dieses Geisterreiches schäumt ihm seine Unendlichkeit."

Schelling ist begeistert, erhebt sich und ruft: „Bravo, bravo. Das ist die Geburtsstunde völlig neuen Denkens. Das ist Epoche machend." Hegel nimmt den Zuruf freundlich lächelnd an und schaut erwartungsvoll auf Schiller, dem jetzt doch etwas unbehaglich wird. Schiller weiß sich aber zu helfen. Er kennt die Mentalität von Philosophieprofessoren. Sie benötigen nur ein Stichwort für eine umständliche Vorlesung. „Ich frage mich", sagt Schiller, „warum denken Menschen so unterschiedlich?" Hegel nickt: „Das ist eine außerordentlich interessante Frage, die ich natürlich nicht mit wenigen Worten beantworten kann. Besuchen sie mich doch einmal, dann können wir in Ruhe darüber sprechen. Schiller nickt und denkt: „Von wegen."

August Wilhelm Schlegel ist ein Mann des geschriebenen Wortes: „Kann man ihre Ausführungen irgendwo nachlesen?" „Ich werde sie demnächst herausgeben." Friedrich Schlegel schaut seinen Bruder bewundernd an und zieht es vor, zu schweigen. Der junge Hardenberg, der sich als Schriftsteller Novalis nennt, bemerkt: „Ich bin davon überzeugt, dass der menschliche Geist sich in der Tiefe und Dunkelheit der Berge verändert. Wenn durch die Abschirmung des Gesteins die außerirdischen Einflüsse der Schwingungen des Universums entfallen, kann sich der reine Geist der Finsternis entfalten. Was gibt es Schöneres?" Hegel stutzt: „Das ist mir neu. Darüber habe ich noch gar nicht nachgedacht. Immerhin, interessante Gedanken."

Dann meldet sich Caroline Schlegel zu Wort: „Herr Professor, wir sprechen doch die gleiche Sprache. Warum kann man sie so schwer verstehen?" Hegel ist irritiert: „Ja, warum? Das muss wohl an mir liegen, denn es ist ja die Pflicht des Vortragenden, sich für seine Zuhörer verständlich zu machen." Jetzt springt Schelling ein. „Caroline meint das nicht böse", meint er versöhnlich, „aber es scheint doch wohl an uns Philosophen zu liegen, wenn man uns nicht versteht." Auch das komplexeste Denken muss sich ja am Ende verständlich ausdrücken. Wir sollten das immer bedenken." Hegel nickt. „Ja, so ist das wohl. Entschuldigen sie bitte."

Am Ende des Abends gibt Schiller bekannt, dass an einem der nächsten Treffen, der Geheimrat und Minister Goethe teilnehmen möchte. Er habe dies von Goethes Sekretär Meyer gehört. Der Meister plane offensichtlich, einen zweiten Wohnsitz in Jena zu nehmen. Diese Nachricht löst große Freude aus. Keiner der Teilnehmer möchte sich diese Gelegenheit entgehen lassen. Auch Schiller wird die Gelegenheit nutzen, Goethe etwas näher zu kommen. Das Problem ist aber: Goethe hat noch nicht sicher zugesagt. Man muss hoffen.

Wozu Trauscheine?

Nachdem die Besucher gegangen sind, bleiben die Schlegels noch eine Weile zusammen, auch Schelling ist geblieben. Die Familien der beiden Schlegel Brüder leben unter einem Dach und führen - der Lebensauffassung der jungen Romantiker entsprechend - einen gemeinsamen, freien Haushalt. Die Brüder Schlegel geben gemeinsam das Journal „Athenäum" heraus, beteiligen sich mit Beiträgen an anderen Journalen, etwa an Schillers „Horen" und am „Musenalmanach". Sie schreiben und übersetzen Literatur, unter anderem Shakespeare, und werden von ihren Frauen Caroline und Dorothea bei ihrer Arbeit unterstützt.

Carolines Ehe mit August Wilhelm ist eine Konditionsehe, sie ist August Wilhelm – der sie in schwerer Zeit gerettet hat - zu Dank verpflichtet, mag aber auch Friedrich, der sie auch. Dorothea liebt ihren Friedrich abgöttisch und sieht dessen – wenn auch verdeckter - Zuneigung zu Caroline mit gemischten Gefühlen. Das Verhältnis der Vier ist eine Zeitbombe, zumal der Hausfreund Schelling sich auch noch auffallend um Caroline und ihre frühreife Tochter Auguste bemüht. Man kann nur vermuten, wem seine Zuneigung wirklich gilt. Sind es vielleicht sogar beide?

Friedrich Schlegel mag die kesse Auguste allerdings auch, der es Spaß macht, ihre durchweg älteren Verehrer mit allerhand Neckereien auf sich aufmerksam zu machen. Caroline bleibt das alles natürlich nicht verborgen. Bei Schelling muss sie das wohl in Kauf nehmen. Sie stellt Friedrich dagegen zur Rede und verlangt von ihm, dass es sich nicht gehöre, wenn Auguste sich regelmäßig auf seinen Schoß setzt. Jedenfalls nicht, wenn Gäste im Hause sind.

Dorothea hat etwas auf dem Herzen: „Ich habe vom Hof gehört, dass man sich über uns die Mäuler zerreißt. So, wie wir zusammenleben, entspricht das wohl nicht der bürgerlichen Moral in Weimar." „Stört es dich?" möchte Friedrich wissen. „Nicht wirklich. Schau dir doch diese Ehen an. Männer und Frauen leben doch nur gezwungenermaßen zusammen und betrügen sich gegenseitig ohne Unterlass. Nimm doch nur Goethe als Beispiel. Er treibt es mit seiner Haushälterin Christiane Vulpius und macht Charlotte von Stein, einer verheirateten Frau, schöne Augen. In Italien soll er es ja auch ganz toll getrieben haben. Oder der Herzog Karl August. Herzogin Luise will alle Welt glauben machen, sie bemerke nicht, wie der Herzog es regelmäßig mit anderen Frauen treibt. Keine Frau, die das Herzogtum betritt, ist vor ihm sicher."

„Vielleicht kommen manche ja genau deshalb", bemerkt August Wilhelm lächelnd, „das spricht sich doch herum und geschadet hat es seinen Mätressen bisher doch auch nicht. Etwas Geld und manchmal ein Titel kommen dabei doch immer heraus." Caroline meint: „Siehst du irgendeinen Unterschied zwischen Freudenmädchen und Ehefrauen? Beide Sorten haben doch ihren Preis. Wozu Trauscheine? Doch wohl nur zur vorübergehenden Sicherheit, bis sich etwas Besseres findet."

Friedrich Schelling hat bisher amüsiert zugehört. „Ihr dürft mit der Gesellschaft nicht zu streng sein. Wenn alle mitmachen gibt es doch eine stille Übereinkunft über das, was man tun kann und über das, was man vorgibt zu sein. Die bürgerliche Moral ist dabei ein Schutzschild für alle. Oder glaubt ihr wirklich, dass sie sich über andere, über die sie reden, wirklich entrüsten? Das ist doch völlig undenkbar. Beim Klatsch spielen andere Dinge doch eine viel größere Rolle: Ablenkung von der eigenen Unzulänglichkeit, Enttäuschung, wenn man selber nicht mehr begehrt wird und in vielen Fällen ganz einfach Neid. Das Leben ist ein Schauspiel, nichts anderes."

Warum habe ich das nicht bemerkt?

Christiane Vulpius findet Goethe völlig verzweifelt in seinem Arbeitszimmer vor. Soeben hat er einen Brief aus Darmstadt erhalten, in dem ihm mitgeteilt wird, dass sein lebenslanger Freund Johann Heinrich Merck sich das Leben genommen hat. „Ich bin ganz erschüttert, Christiane. Johann Heinrich hatte immer Vertrauen zu mir. Es wäre mir nicht im Traum eingefallen, dass er sich jemals das Leben nehmen würde."

Christiane versucht Goethe zu trösten. „Du hast mir von deinem Freund bisher nichts erzählt. Ich bin daher ebenso überrascht. Kennst du ihn aus deiner Zeit in Frankfurt?"

Goethe erzählt ihr von Merck, wie er ihn in Darmstadt kennen gelernt hat, im Darmstädter Kreis, an dem er sehr gerne teilgenommen hat. Er ging die Strecke von Frankfurt nach Darmstadt gerne zu Fuß, nur um seine Freunde zu treffen. „Es hat mir damals überhaupt nichts ausgemacht, von Frankfurt nach Darmstadt zu Fuß zu gehen. Das sind bestimmt vierzig Kilometer. Bei schönem Wetter ist das die reine Freude. Man genießt den Sonnenschein, die herrliche Luft und die Natur. Dabei kann man viel nachdenken und es kommt einem manch ein Gedanke, den man später in Poesie umsetzen kann."

Merck hat ihm damals sehr geholfen, seine Frühwerke in der „Frankfurter Gelehrten Zeitschrift" zu veröffentlichen, ihm und Herder. „Für einen jungen Dichter war es sehr wichtig, jemanden zu haben, der für eine Veröffentlichung sorgen konnte. So war Merck, immer hilfsbereit, wenn man ihn brauchte."

„Die Zensur hat Merck dann aber zugesetzt. Er verlor seine Stellung zum ersten Mal. Das sollte ihm noch mehrere Male passieren, denn Merck hatte wenig Glück im Leben, nicht mit der Kunst und noch weniger mit seinen geschäftlichen Vorhaben." Goethe wirkt wirklich erschüttert.

„Ich habe auch versucht, ihm zu helfen, indem ich ihm zu Aufgaben verhalf. Einmal durfte er die Herzogin Mutter, Anna Amalia, auf einer Rheinreise sachkundig begleiten. Die Herzogin war begeistert von seinem Wissen. Als Merck in Weimar war, konnte ich ihm aber keine Stellung verschaffen und so nahm das Schicksal wohl seinen Lauf."

„Hatte er nicht auch politische Schwierigkeiten?" möchte Christiane wissen. „Merck hat mit den Zielen der Französischen Revolution sympathisiert und wurde deshalb in der Heimat angefeindet. Auch privat hatte er nur Unglück. Fünf Kinder hat er verloren, am Ende auch den Lebensmut. Warum habe ich das nicht bemerkt? Warum konnte ich meinem Freund nicht helfen?" Christiane verlässt den Raum und Goethe bleibt sinnierend zurück.

Kann er – Goethe - am Tod anderer Menschen eine Schuld haben? Christiane – mit der er auch darüber einmal gesprochen hat - hält das für unmöglich, aber Goethe ist nicht überzeugt. Welche Verantwortung hat ein Dichter? Hat es nicht viele Selbstmorde nach der Veröffentlichung von „Werthers Leiden" gegeben? Ihm ist noch seine Bestürzung in Erinnerung, als sich die junge Christel von Laßberg in der Ilm ertränkte, in der Tasche sein Buch. War das eine Nachahmungstat? Trägt jeder Verantwortung für andere und kann man überhaupt ohne Schuld leben? Goethe wird das Problem literarisch aufarbeiten. Er muss sich darüber Gedanken machen.

Man müsste ihm ein Kind machen

Schiller hadert mit seinem Schicksal. Er ist nach Weimar gekommen, weil er sich von der Nähe zu Goethe einige Vorteile versprochen hat. Jetzt muss er feststellen, dass dieser für ihn überhaupt nicht zu interessieren ist. Jedenfalls ist das sein Eindruck. Was er nicht wissen kann ist, dass Goethe sich durchaus für den jungen Schiller interessiert und seine Veröffentlichungen aufmerksam liest. Er hat sich aber entschieden, nach seiner Rückkehr aus Italien sich gegenüber der Gesellschaft rar zu machen. Er vermeidet zu große Annäherung und tritt in Gesellschaft eher kapriziös und vermeintlich auch etwas stolz auf. Er spielt eine Rolle und genießt das. Dieses Verhalten ist das Ergebnis langen Nachdenkens auf seinen langen Kutschfahrten auf der Reise nach Italien. Goethe hat sich vorgenommen, sein Leben nach seiner Rückkehr zu ändern. Er möchte nicht mehr jedermanns Freund sein, nicht mehr von anderen vereinnahmt werden. Beliebt zu sein, hat auch einen Preis. Man lässt zu, dass andere zu tief in einen eindringen, nichts Privates mehr zulassen, über alles reden und man sich ständig rechtfertigen muss. Damit soll nach seiner Rückkehr Schluss sein. Das alles kann Schiller natürlich nicht wissen, auch nicht, dass Goethe durchaus nichts gegen eine wertvolle Freundschaft hat. Die aber muss wachsen und erworben werden, dann aber frei sein von Bevormundung und Indiskretion. Er sucht Vertrauen und Gesinnungsübereinstimmung, nicht plumpe Vertraulichkeit.

Schiller besucht häufig seine Vertraute in Weimar, Charlotte von Kalb, eine mit Heinrich von Kalb verheiratete Frau, die er aus Mannheimer Zeiten kennt und die Schiller verehrt und sich besonders um Schiller bemüht und ihm in der Anfangszeit alle Türen in die Weimarer Gesellschaft schon vor Goethes Rückkehr aus Italien geöffnet hat. Wie fast alle Ehen der damaligen Zeit, war wohl auch die Ehe der Kalbs unglücklich und so mag sich Charlotte versprochen haben, irgendwann einmal mit Schiller zusammen zu kommen. Ihr gegenüber konnte Schiller jedenfalls offen sein. „Wenn Goethe so reserviert ist, so muss das überhaupt nichts bedeuten", sagt Charlotte, „das kommt aus seinem Inneren und aus einer Überzeugung. Soll ein großer Dichter sich vor jedermann öffnen? Du würdest das bestimmt nicht wollen. Dir ist doch deine persönliche Freiheit heilig. Warum bist du so kritisch mit ihm, der dir doch so ähnlich ist?"

Schiller ist noch nicht überzeugt. Er spottet über die Sekte der Goethe- Enthusiasten und steigert sich aus einer Enttäuschung in eine Erbitterung hinein. „Goethe ist selbst von seinen Freunden nicht zu fassen, ein Angeber und Egoist ungewöhnlichen Grades. Er verhält sich wie ein Gott, der natürlich andere zu fesseln weiß, sich selber aber niemals hergibt." Seine Wut steigert sich in die Aussage: „Goethe betrachte ich wie eine stolze Prüde, der man ein Kind machen muss, um sie vor der Welt zu demütigen."

Gekränkte Eitelkeit kann ein schlechter Ratgeber sein. Schiller wird das noch erleben und im Nachhinein sich selber nicht verstehen. Der Altersunterschied von etwa zehn Jahren fordert in diesem Fall noch seinen Preis. Noch wichtiger ist aber, dass beide – Goethe und Schiller – noch in ganz verschiedenen Welten leben.

Der Meister kommt nach Jena

Goethe macht sich auf den Weg nach Jena. Er legt die Strecke heute nicht auf seinem Dienstpferd aus dem herzoglichen Stall zurück, sondern benutzt seine schnelle Reisekutsche mit einem faltbaren Verdeck. Es sieht nach Regen aus und da möchte er auf der einstündigen Fahrt nach Jena kein Risiko eingehen. Es geht durch die ihm schon sehr liebgewordene thüringische Landschaft mit sanften Hügeln, Mischwäldern, Feldern, Wiesen und kleinen Dörfern. Er weiß, dass er heute wahrscheinlich auf Schiller treffen wird und hat daher Schillers letzte Schrift über Kants Philosophie, genannt „Über Anmut und Würde" noch einmal gelesen, fand die Gedanken im Grunde genommen gut, mokierte sich aber über eine Aussage, die er – zu Recht oder Unrecht – auf sich bezieht. Schiller hatte gefragt, was man mehr bewundern solle: die Kraft eines Geistes, der eine womöglich ungünstige Natur in sein Spiel hineinzieht – womit er sich wahrscheinlich selber gemeint haben könnte – oder das geborene Genie, das seine Werke keinem Widerstand abringen müsse? Damit war – so glaubt Goethe – er gemeint.

Die Kutsche erreicht Jena. Goethe mag die Stadt, die harmonisch zwischen Hügeln eingebettet liegt. Burgen auf den Höhen umrahmen die Stadt, die man durch das Stadttor erreicht. Vorbei geht es am Rathaus mit zwei Giebelhäusern, dem Burgkeller mit seiner verspielten Fassade, wo um diese Zeit schon einige Zecher versammelt sind und auf Bänken vor dem Gebäude Wein und Bier genießen. Man schaut der eleganten Kutsche interessiert hinterher. Das Haus der Schlegels ist schnell erreicht. Es wirkt bescheiden, obwohl malerisch von einem schönen Garten umgeben. August Wilhelm Schlegel erwartet seinen hohen Gast am Eingang. „Es ist mir eine Ehre, Herr Minister, sie in meinem Haus begrüßen zu können. Ich hoffe, sie hatten eine gute Fahrt. Man erwartet sie schon im Haus."

Im Hause Schlegel trifft Goethe auf die Romantiker, wie sich der Freundeskreis mittlerweile nennt. Friedrich Schlegel hat ihm diesen Namen verliehen. Anwesend ist der übliche Kreis: August Wilhelm und Caroline Schlegel, Friedrich Schlegel und Dorothea Veit natürlich auch. Schelling ist immer dabei. Man vermutet, nicht des Hausherrn wegen. Schiller ist gekommen und Friedrich Freiherr von Hardenberg, der junge Adelige, der sich als Dichter Novalis nennt, dessen Onkel hoher Staatsdiener in Preußen ist. Goethe begrüßt alle Anwesenden und hält die Hand Schillers auffallend lange. Beide schauen sich interessiert, aber durchaus mit Sympathie an. „Ich würde gerne mit ihnen später noch über Anmut und Würde sprechen", bemerkt Goethe kurz. Schiller schaut überrascht. „Aber sehr gerne."

Aus Berlin ist Wilhelm von Humboldt extra angereist, mit seinem Bruder Alexander. Wilhelm ist ein würdevoll wirkender

Wissenschaftler, Alexander, der zwei Jahre jüngere Bruder, eher ein Draufgänger-Typ. Beide gehören in Berlin zum gehobenen Bürgertum. Anders als sein Bruder, interessiert Alexander sich vor allem für Naturwissenschaft, reist gerne und erkundet andere Länder und Völker. Dabei interessiert ihn alles Neue, über das er exakt Aufzeichnungen macht. Für botanische Studien sammelt er Pflanzen und präpariert diese.

Wilhelm von Humboldt wird heute über die „Ganzheitliche Ausbildung in den Künsten und Wissenschaften" sprechen, ein Thema, das auch Goethe, als verantwortlicher Minister und Aufseher über die Jenaer Universität, besonders interessiert. Goethe ist in dem Kreis seiner Bewunderer freundlich aufgenommen worden, er nimmt Schiller ab und zu in Augenschein - auch die anderen Anwesenden - und der Abend nimmt seinen Verlauf.

Wilhelm von Humboldt hat an einem kleinen Tisch Platz genommen und vor ihm liegt ein handgeschriebenes Vortragsmanuskript, in das er aber gar nicht hineinschaut. „Zunächst möchte ich mich vorstellen", beginnt er, „ ich heiße mit vollem Namen Friedrich Wilhelm Christian Karl Ferdinand von Humboldt. Meine Eltern haben es mit der Namensgebung gut gemeint. Die Wahrheit ist, dass sie keinem meiner bedeutenden Vorfahren durch Auslassung ihres Namens wehtun wollten. Praktischerweise nennen mich meine Freunde Wilhelm. Studiert habe ich Naturwissenschaften, die griechische, lateinische und französische Sprache. Einführungen habe ich in Staatswissenschaften und Philosophie gehört. Nach meinen Studien war ich als Referendar in preußischen Diensten, hatte mehrere Aufenthalte in Frankreich, Spanien und Italien und bin heute im Preußischen Innenministerium für die Sektion Kultus und Unterricht zuständig. Jedes Land, so auch Preußen, muss in Abständen Reformen durchführen, um sich auf die Zukunft vorzubereiten. In Preußen ist es die Bildungsreform, über die ich vortragen werde."

Nachdem niemand etwas fragen möchte, fährt er fort. „Preußen hat jetzt – vor allem durch die Friedensliebe unseres Königs und seine unendliche Geduld mit Napoleon - eine längere Phase des Friedens hinter sich. Einige großartige Leute haben die Zeit genutzt, um über Preußen und seine Zukunft nachzudenken. Unser König, Friedrich Wilhelm, hat das wohlwollend unterstützt. Es war meine Aufgabe, über das preußische Bildungssystem nachzudenken. Mit den Mängeln des alten Systems möchte ich mich gar nicht aufhalten. Ich werde ihnen vielmehr darlegen, wie es in Zukunft aussehen wird."

Er schaut in die Runde und sieht äußerst gespannte Gesichter. „Ich möchte vorweg sagen, dass die zukünftige Bildung unserer jungen Menschen zugleich die Zukunft unseres Landes ist. Das gilt nicht nur für Preußen. Entweder die Herrschenden verstehen dass, oder sie werden untergehen. Preußen braucht nicht nur hohle Köpfe, sondern gebildete Bürger, die das Land nach vorne bringen." Jetzt wird es doch etwas unruhig im Raum. Friedrich und August Wilhelm Schlegel schauen sich bedeutungsvoll an, Goethe schmunzelt.

„Ich sehe, es gibt keinen Widerspruch. Umso besser, das macht es mir leichter. In Preußen gibt es in Zukunft   die allgemeine

Schulpflicht für alle Jungen und Mädchen. Mit sechs geht es in die Schule, frühestens mit vierzehn kann man damit fertig sein. Alle Kinder besuchen gemeinsam vier Jahre lang die Volksschule. Ab dem fünften Schuljahr gehen die guten Schüler – ich betone, die Guten, nicht nur die Adeligen – zum Gymnasium. Die anderen bleiben weitere vier Jahre auf der Volksschule bis zum Abschluss. Die Gymnasiasten gehen sechs Jahre weiter bis zum Abitur. Dann können sie eine Universität besuchen."

„Das ist die neue Grundlage des Bildungssystems. Es mag sich einfach anhören, aber allein dies durchzusetzen war Schwerstarbeit. Hohle Köpfe gibt es nämlich auch bei den Entscheidern, die alles verhindern wollen. König Friedrich Wilhelm ist ein kluger Mann. Mit seiner Hilfe wurde das durchgesetzt. Die Folgen werden wir in einigen Jahren erleben."

„Damit komme ich zu einem weiteren Baustein der Reform, den Universitäten. An den Universitäten soll künftig Freiheit für Lehre und Forschung herrschen. Das heißt, keine Außenstehenden regieren in die Universitäten hinein. Sie haben Selbstverwaltung."
„Warum ist das so?" möchte August Wilhelm Schlegel wissen. Wilhelm von Humboldt lächelt: „Diese Frage werden alle Herrscher stellen. Die Antwort ist fundamental. Die Freiheit von Bevormundung ist zwingend, wenn sich wissenschaftliche Forschung und Lehre überhaupt entwickeln sollen. Die Geschichte hat doch bewiesen, dass dogmatische Vorgaben die Wissenschaft behindern. Nehmen sie doch nur die wissenschaftsfeindliche römisch- katholische Kirche. Sie will den Menschen weißmachen, dass alle Wahrheit in der Bibel steht. Was damit nicht übereinstimmt, wird verboten, verbrannt oder schlimmstenfalls

ausgerottet. Wie soll sich bei so viel Borniertheit überhaupt Wissenschaft entwickeln?"

Goethe fragt: „Wie soll dann staatliche Aufsicht über die Universitäten aussehen?" „Kontrolle über die Budgets, Herr Minister", antwortet Humboldt, „keinesfalls Einmischung in die Inhalte von Lehre und Forschung. Noch ein Aspekt ist die Kunst. Ich halte die Bildung in Kunst für ein ausgewogenes Bildungsideal für unverzichtbar. Damit begibt sich die Universität aber sinnstiftend und kunstphilosophisch auf ein schwieriges Gebiet. Denn auch die Kunst braucht Freiheit von jeder Bevormundung. Hier brauchen wir vor allem Staatslenker wie sie, Herr Minister, die wirklich etwas von Kunst verstehen."

Im Anschluss wird, wie immer diskutiert. Schelling greift den Kunstgedanken auf. „Braucht Kunst nicht auch die wissenschaftlich- intellektuelle Ordnung der Philosophie?" Humboldt wiegt mit dem Haupt. „Da kann man unterschiedlicher Meinung sein. Ich kenne natürlich den Allmachtsanspruch der Philosophie, Herr Professor Schelling. Aber geben wir bitte Acht, dass die Philosophie nicht die unsägliche Rolle der kirchlichen Glaubenswächter übernimmt. Ich bin da sehr skeptisch." Caroline Schlegel meldet sich zu Wort: „Mich begeistert ihr Ansatz, aber welche Aussichten gibt es, dass die herrschenden Dynastien dieses Gedankengut freiwillig übernehmen, allein schon hier in Sachsen- Weimar- Eisenach?" Humboldt wird jetzt sichtbar ernst: „Ich fürchte, sie haben Recht. Ich spreche nur für Preußen, immerhin. Was ihr Herzog für Pläne hat, weiß ich nicht. Ich finde es aber hoffnungsvoll, dass Herr Minister Goethe uns heute die Ehre gibt. Er berät ja ihren Herzog in diesen Angelegenheiten."

So nimmt der Abend seinen Lauf. Goethe fällt auf, dass es zwischen Caroline Schlegel und Schelling eine irgendwie geartete Beziehung geben muss, nichts Auffälliges. Aber ein Kenner, wie er, erspürt jede Beziehung. Dann ist da noch die Tochter der Schlegels, die sechzehnjährige Auguste, die zeitweise anwesend ist und sich auch auffallend freundlich um Schelling bemüht. Goethe staunt. Der Schelling muss etwas haben, was ihn anziehend macht. Er sieht blendend aus und hat eine charismatische Ausstrahlung. Das ist zumindest ein Teil der Antwort.

Ihm fällt auch das Verhalten von Dorothea Veit auf, die ihren Mann Friedrich sicher aufrichtig liebt, aber den einen oder anderen Pfeil in Richtung von Caroline Schlegel abschickt, von der sie wohl annimmt, dass diese nicht nur Gefühle für Schelling hat, sondern auch für ihren Friedrich. Die junge Auguste spielt eine ganz merkwürdige Rolle. Sie sitzt mal bei Schelling, schmust dann mit Friedrich Schlegel und wirft auch ihm gelegentlich interessierte Blicke zu. Hier spielt ein Mädchen die Unschuldige und macht die durchweg etwas älteren Männer verlegen und deren Frauen wütend.

Es wird spät und Goethe nimmt Schillers Einladung an, ihn nach Hause zu begleiten. Nach Weimar kann er heute nicht mehr fahren und Schiller bietet Goethe sehr freundlich ein Quartier für die Nacht an.

Beginn einer Freundschaft

Schiller bewohnt in der ländlich gelegenen Vorstadt Jenas ein Gartenhaus an der Leutra. Er liebt dieses Haus und den Garten und hat einen Turm errichten lassen, in dem er ganz oben ungestört arbeiten kann. Da der Regen sich verzogen hat und es um diese Jahreszeit noch warm ist, haben Schiller und Goethe an einem Steintisch im Garten Platz genommen und trinken noch das eine oder andere Glas Wein. Schiller ist ein ausgesprochener Nachtmensch, auch Goethe hat Durchhaltevermögen. So lassen sie die schöne Nacht auf sich wirken, über sich ein funkelnder Sternenhimmel. Man sinniert über den Kosmos, Alexander von Humboldts Naturphilosophie und Wilhelm von Humboldts Bildungsideal. Über die Schlegels sind Goethe und Schiller einer Meinung. Schiller kann seinen Groll gegen Friedrich Schlegel kaum überwinden, der eine bissige Rezension über die Zeitschrift „Horen" geschrieben hat. August Wilhelm dagegen sieht Schiller als einen honorigen Gelehrten und Kunstkritiker, auch als Dichter ist er zu beachten, vor allem, wegen seiner Begabung für das rechte Versmaß. Goethe mag den quirligen und unberechenbaren Friedrich Schlegel auch nicht besonders – er nennt ihn eine Brennnessel - Wilhelm findet auch er sehr angenehm.

Goethe spricht das Thema „Allmacht und Würde" an und fragt Schiller ohne Umschweife: „Haben sie mit dem Dichter, dem alles zufällt, mich gemeint?" Schiller schaut Goethe voller

Bewunderung an: „Ja, und dafür bewundere ich sie. Sie setzen sich hin und beginnen zu schreiben. Alles kommt aus ihrem Inneren. Es ist, als würde ein Kunstwerk aus ihnen über die Feder auf das Manuskript strömen. Ich dagegen muss mir meine Stücke mühsam erarbeiten, muss recherchieren und nachdenken, analysieren und bewerten, schließlich strukturieren und dann das rechte Versmaß finden. Das alles kostet mich ungeheure Anstrengung. Nach einem Stück, Gedicht oder Roman bin ich erschöpft und ich beneide sie, um ihre Gaben." „Ich verstehe", bemerkt Goethe, „wenn ich ihre Stücke oder Veröffentlichungen lese, dann sehe ich vor mir einen hochgebildeten, auf allen Gebieten belesenen Literaten, der offensichtlich auf alles eine Antwort findet. Diese Antworten sind überwiegend befriedigend. Manchmal fordern sie zum Widerspruch, aber nicht essentiell, sondern in der Feinheit der Bewertung. Dann möchte ich mich am liebsten zu ihnen auf den Weg machen und mit ihnen darüber sprechen. Es fällt mir dann schwer, unklare Meinungen stehen zu lassen. Vielleicht gibt es ja eine Erklärung für ihre Meinungen, die mir noch nicht zugänglich ist. Das ist mein Problem mit ihnen." Schiller sagt mit großer Sympathie in der Stimme: „Aber das können wir doch ändern. Ich sehe außer uns keinen weiteren Dichter weit und breit, mit dem man sich austauschen könnte. Gewähren sie mir ihr Interesse und ihre Zuneigung. Sie würden mich unendlich glücklich machen." Goethe legt Schiller die Hand auf seinen Arm und sagt leise: „So sei es."

Schließlich kommt Schiller auf Johann Gottlieb Fichte zu sprechen. Dieser hat in seinem „Philosophischen Journal" einen Artikel von Friedrich Karl Froberg über „Die Entwicklung des Begriffs der

Religion" herausgegeben und mit einem Vorwort ergänzt. Froberg war ein Schüler Kants. Der Artikel wurde beim Herzog denunziert und als zutiefst irreligiös und atheistisch angesehen. Der Herzog ließ die Verbreitung des Journals daraufhin untersagen - auch das missverständliche Vorwort von Fichte konnte daran nichts ändern - und erteilte dem Rektor der Universität Jena, Christian Gottfried Gruner, an der Fichte lehrt, eine Rüge.

Goethe verspricht Schiller, sich beim Herzog für Fichte zu verwenden. Er muss ohnehin mit dem Herzog über die umfangreichen Baumaßnahmen des vor Jahren teilweise ausgebrannten Schlosses sprechen. Das Problem ist nur, dass beide – Goethe und Schiller – der gleichen Meinung wie Froberg und Fichte sind. Es geht daher im Grunde genommen gar nicht so sehr um Philosophie, sondern um die Meinungsfreiheit, die im Fall Fichte massiv unterdrückt werden soll. Bevor Goethe aber mit dem Herzog spricht, wollen beide sich noch einmal mit Fichte in Weimar in Goethes Haus treffen.

Es entsteht eine Gesprächspause und man genießt die angenehm warme und frische Nachtluft unter einem funkelnden Sternenhimmel. Keiner von beiden möchte diese Stimmung unterbrechen und zu Bett gehen.

Nach erotischen Abwechslungen gefragt, winkt Schiller ab. Dazu hat er wenig Zeit. Außerdem hat er das amouröse Abenteuer mit Henriette von Arnim in Dresden noch nicht vergessen. Diese schöne Neunzehnjährige hatte ihm noch während seines Aufenthalts in Dresden und vor seiner Ankunft in Weimar bei einem Maskenball völlig den Kopf verdreht. Über Monate hinweg hat Schiller darunter sehr gelitten, da die Liebe sich nicht erfüllte. Schiller hat auch nicht auf den Rat seiner Freunde im Hause Körner gehört, die ihm dringend geraten hatten, von dieser Beziehung Abstand zu nehmen, da Henriette für eine höhere Verbindung vorgesehen war, was sie freilich nicht davon abhielt, so vielen jungen Männern, wie möglich, den Kopf zu verdrehen. Einer davon war Schiller, der jetzt akzeptiert, dass es nur eine Freundschaft auf Distanz geben kann. „Henriette ist jetzt verheiratet und lebt auf einem Gut in Ostpreußen", beendet Schiller dieses Thema, „sie ist also ausreichend weit entfernt". Goethe hat geduldig zugehört. Frauengeschichten sind ihm nicht fremd. Genau genommen beherrschen sie – neben der Poesie – sein Leben.

„Dennoch befinden sie sich jetzt wieder auf Freiersfüßen?" möchte Goethe wissen. „Ich habe vor kurzem in Volkstädt - einem kleinen Nachbarort von Rudolstadt - zwei Frauen kennen gelernt, die Töchter des verstorbenen Oberforstmeisters Unbehaun, die aber den mütterlichen Namen von Lengefeld tragen.," erzählt er jetzt schon wieder ganz gefasst, „Karoline - die Ältere - lebt in einer in Auflösung befindlichen Ehe aber Charlotte ist noch frei - pikanterweise die Patentochter von Charlotte von Stein, die sie ja gut kennen". „Was für ein Zufall", bemerkt Goethe, „ ich kenne Charlotte bereits seit ihrer Kindheit. Als junges Mädchen durfte sie schon auf meinem Schoß sitzen."

Da Schiller sich zwischen den beiden Frauen noch nicht entscheiden wollte, hielt er sie mit zweideutigen Briefen hin. Die ältere, leidenschaftlichere Karoline hätte er wohl vorgezogen, am Ende werden die beiden Frauen das selber regeln. Karoline lässt sich zwar scheiden, möchte aber frei bleiben. Charlotte wird das Rennen machen und Schillers Frau werden. Das ist aber derzeit noch nicht entschieden.

Schiller erkundigt sich nach Christiane. Goethe ist mit dem „Betthupferl" - wie Goethes Mutter Christiane Vulpius nennt - bestens versorgt. Goethe verzichtet aber darauf, auf Einzelheiten einzugehen. Das Verhältnis geht leider zu Lasten des schönen Verhältnisses mit Charlotte von Stein und der zufällige Zusammenhang zu Charlotte von Lengefeld ist ihm eher peinlich.

Er möchte sein sich anbahnendes freundschaftliches Verhältnis mit Schiller nicht mit erotischen Angelegenheiten zu sehr belasten, akzeptiert auch, dass Schiller zu Christiane in Zukunft sehr lange, und für die Gesellschaft deutlich sichtbar, Abstand halten wird. Die Sache ist ganz einfach. Schiller wird Christiane als Haushälterin Goethes ansehen, was ohnehin der offiziellen und von Goethe gestützten Version, ihren Status betreffend, entspricht. So kann man alle gesellschaftlichen Probleme bis auf weiteres vermeiden.

Romantiker Beziehungen sind anders

Im Haus der Schlegelbrüder herrscht gedämpfte Spannung. Friedrich wohnt mit Charlotte Veit Räume im Obergeschoss. Es geht um den gemeinsamen Haushalt, den Caroline führt. Heute ist sie ungehalten: „Es würde überhaupt nicht schaden, wenn Dorothea sich etwas mehr an der Arbeit im Haus beteiligen würde. Sie war doch in ihrer früheren Ehe auch Hausfrau, tut jetzt aber so, als wäre sie die feine Dame. Friedrich hier, Friedrich da und man könnte meinen, ohne ihre Hilfe, bekäme der keine Zeile zu Papier." „Ich glaube, du bist auf Dorothea eifersüchtig", bemerkt August Wilhelm ohne Emotionen, „habe ich einen Grund, eifersüchtig auf meinen Bruder zu sein?"

August Wilhelm spielt dabei auf vergangene Zeiten an. Er hat nach einem vor Jahren nicht erfolgreichen Werbeversuch bei Caroline, die damals noch im Elternhaus in Göttingen lebte, diese zunächst wieder vergessen und sein Leben als Hauslehrer und Literat alleine geführt. Caroline heiratete den Arzt Böhmer und lebte in Clausthal und später in Mainz. Ihre kurze Ehe mit Böhmer in Clausthal kann als unglücklich angesehen werden. Sie wurde frühzeitig durch den Tod Böhmers beendet und hat sicher keine große Lücke in ihrem Herzen hinterlassen. Auguste ist ihr als einziges von drei Kindern mit Böhmer geblieben.

In Mainz hatte sie sich dann in das freie Leben der französischen Emigranten gestürzt und eine Liebschaft mit einem französischen Leutnant begonnen, aus der sie ein uneheliches Kind bekam, das aber nicht überlebte. Caroline geriet wegen ihres Zusammenlebens mit Forster, ihrer vermeintlichen politischen Gesinnung – man unterstellte ihr Franzosenfreundlichkeit – vor allem aber wegen der Schwangerschaft ins gesellschaftliche Abseits und es war August Wilhelm Schlegel, der sich ihrer erinnerte, sie und ihre Tochter aus der Festungshaft in Königstein und Kronberg herausholen konnte und sich Carolines in ihrer Bedrängnis annahm. Er brachte sie –nachdem ihr Bruder Philip beim Preußischen König ihre Entlassung bewirken konnte – nach

Leipzig zum Verleger Göschen, wo sie zunächst einmal sicher war und ihr uneheliches Kind austragen konnte. Da August Wilhelm wieder in die Niederlande musste, hat sich sein Bruder Friedrich um Caroline gekümmert. Es wurde gemunkelt, dass die beiden ein Verhältnis hätten, worauf August Wilhelm mit seiner Frage jetzt anspielt. Caroline schaut bestürzt August Wilhelm an: „Nach allem, was du für mich getan hast, könnte ich dir das niemals antun. Glaub bitte nicht, was die Leute reden."

August Wilhelm hat wirklich viel für Caroline getan. Durch die Heirat der beiden sollte der gesellschaftliche Makel aus der Mainzer Zeit behoben werden. Man zog nach Jena, wo August Wilhelm eine Berufung an die Universität erhielt. August Wilhelm liebt Caroline, ist aber kein Mensch der das offen zeigen kann. Caroline ihrerseits tut ihr bestes als treue Ehefrau und Mutter, was ihr sicher nicht leicht fällt. Sie wird von vielen Männern begehrt, auch von Friedrich Schlegel, was Dorothea Veit wiederum nicht verborgen bleibt und mit ziemlicher Eifersucht erfüllt. Spannungen zwischen Dorothea und Caroline sind die unvermeidliche Folge.

August Wilhelm und Caroline sprechen auch über das letzte Treffen des Romantiker Kreises und August Wilhelm bemerkt ganz vorsichtig, dass Schelling auffallend freundlich zu Caroline ist. Caroline ist gar nicht überrascht und bestätigt, dass es so ist. Sie macht ihrem Mann aber noch einmal deutlich, dass es gute Gründe für sie gibt, ihm keine Probleme zu bereiten. Dass Männer zu ihr freundlich sind, dürfte er sicher auch schon vor ihrer Heirat gewusst haben. Sie wird ihm aber weiterhin dafür dankbar sein, was er in schwieriger – ja fast schon auswegloser - Zeit für sie getan hat. Das Problem ist angesprochen, wenn auch nicht beseitigt. Weiterhin dankbar sein, bedeutet ja nicht unbedingt auch ewig.

Ein eigenwilliger Professor macht Ärger

Friedrich Schiller und Johann Gottlieb Fichte haben sich im Haus Goethes in Weimar am Frauenplan eingefunden. Goethe nimmt sich den Rest des Tages Zeit für das vereinbarte Gespräch. Als Gesprächsort hat er das Juno Zimmer bestimmt, ein Raum in dem Besucher normalerweise empfangen werden und an dessen Eingang sich eine große Juno Büste befindet, die Goethe auf seiner Italienreise erworben hat. Überhaupt wirkt das Haus mit all seinen Büsten, Skulpturen, Bildern und sonstigen Kunstgegenständen wie ein Museum. Der Diener Gottlieb Friedrich Krause hat die beiden Besucher hereingelassen. Da sie angemeldet sind erübrigen sich weitere Formalitäten. Man begibt sich durch das neu gestaltete Treppenhaus – dem einige Räume weichen mussten – nach oben.

Goethe, Schiller und Fichte haben sich in eine Sitzecke zurückgezogen und Goethe hat angeordnet, dass er unter keinen Umständen gestört zu werden wünscht. Fichte berichtet zunächst, worum es bei dem sogenannten Atheismus Streit geht. „Sehr verehrter Herr Minister, ich habe als Professor an der Universität Jena die Grundlagen der Wissenschaftslehre neu geordnet, die

Kant'sche Philosophie aus meiner Sicht weiterentwickelt, die Rechtslehre modernisiert und auch die Religionslehre mit der Philosophie in Übereinstimmung gebracht. Bei Kant habe ich festgestellt, dass dieser in seiner besonderen, ja ausschließlichen Betonung der reinen Vernunft zwar genial, leider aber auch falsch ist. Ich – Fichte – verfolge dagegen die besondere Bedeutung des ICH. Meinen Studenten zeige ich immer eine leere Wand im Hörsaal und fordere sie auf, sich diese Wand zu denken. Dann – nach reichlichem zeitlichen Abstand – fordere ich sie auf, sich jetzt ihr ICH zu denken, das ganz etwas anderes als die Wand ist. Ich gebe zu, dass manch einem Hörer das schwer fällt, da wir ja im Denken total verkrustet sind und das Wertvollste in uns, das ICH gar nicht mehr wahrnehmen. Dabei kommt es für den Einzelnen nur darauf an, sich auf das eigene ICH zu besinnen und in absoluter Freiheit von der Natur zu leben. Mir ist klar, dass Kant über diese Weiterentwicklung der Philosophie natürlich nicht begeistert ist, aber so ist das nun Mal, nach einem großen Philosophen kommt immer noch ein Größerer."

Soweit zu Vorrede des Professors. Goethe und Schiller schauen sich bedeutungsvoll an, was wohl in stillem Einvernehmen bedeutet, dass ihnen klar ist, es hier mit einem Mann zu tun zu haben, der unter keinerlei Selbstzweifeln leidet und sich der historischen Bedeutung seiner Person schon heute bewusst sein muss.

Fichte fährt fort: „Religion ist dagegen nach meiner Einschätzung gar keine Wissenschaft, sondern ein durch keinerlei Fakten begründeter Glaube. Theologie, als geistige Grundlage von Religion – ebenfalls keine Wissenschaft - sollte aber zumindest in den Methoden wissenschaftlichen Ansprüchen genügen. Das gilt selbst dann, wenn Theologie keinen wissenschaftlich begründbaren und existierenden Gegenstand hat. Man muss, wie auch die Monarchen, eben Zugeständnisse für das Volk machen. An irgendetwas müssen die Menschen schließlich glauben, das heißt an ein höheres Wesen, das sie im Auge behält und natürlich an den Fürsten, der von Gottes Gnaden alles Irdische regelt. Mit dieser Ordnung ist man bisher ganz gut gefahren." Das nun wiederum ist auch in etwa die Auffassung von Goethe und Schiller.

Fichte schaut beide erwartungsvoll an. Als keiner von beiden reagiert, fährt er fort: „Bei dem aktuellen Streit geht es nun um eine Veröffentlichung Friedrich Karl Frobergs im Philosophischen Journal, in der auch Froberg der Kant'schen Philosophie widerspricht und, Zitat: „Die Existenz Gottes für die Errichtung einer moralischen Wertordnung sogar nicht für notwendig hält." Da mir die partielle Beschränktheit der Religionseiferer natürlich bekannt ist, habe ich in einem Nachwort erklärt, dass -eigenes Zitat: „Allerdings der Glaube an Gott, verbunden mit einer göttlichen Moral, unumgänglich ist. Wer imstande ist zu denken, und versteht, was eine Randbedingung ist, muss doch erkennen, dass weder Froberg, noch ich, die Existenz Gottes – zumindest nicht explizit - bestritten haben. Wir haben sie allerdings auch nicht behauptet, sondern den Gläubigen erklärt, unter welcher Randbedingung der Glaube an Gott gesehen werden muss. An meiner Einstellung zur Religion ändert das zwar überhaupt nichts, da ich den Menschen nur sage, dass sie, wenn sie an eine göttliche Moral glauben, natürlich auch an Gott glauben müssen. Eigentlich ist das trivialer Unsinn. Ich wollte aber den Herzog beruhigen und den Aufsatz von Froberg etwas relativieren. Mir ist aber klar, dass ich damit schlichte Geister überfordere."

Goethe und Schiller haben aufmerksam zugehört und schmunzeln jetzt. Goethe bestätigt Fichte: „Die Dinge haben sich in diesem Falle verselbstständigt. Es geht schon gar nicht mehr darum, was wirklich geschrieben wurde. Die Eiferer werden das nicht einmal verstanden haben. Es geht darum, sich zu entrüsten. Religionseiferer kann man nur sein, wenn man zugleich in hohem Maß beschränkt ist. Mein Problem ist nun, dass in der klaren Erkenntnis, dass es hier in Wirklichkeit um die Meinungsfreiheit geht, ich den Herzog nicht gut den Beschränkten zuordnen kann, was der auch nicht ist. Ich will versuchen, einen Ausweg zu finden, muss aber darauf aufmerksam machen, dass der Herzog auch eine Rolle spielen muss. Das haben sie, Professor Fichte, ganz richtig erkannt. Wenn der Herzog alle Beschränkten aus dem Herzogtum auswiese, hätte er kaum noch ausreichend Gesprächspartner bei Hofe." Schiller schlägt vor, dem Herzog am Beispiel des Schauspiels „Die Räuber" zu verdeutlichen, dass nicht alles, was der Dichter seinen Figuren in den Mund legt, zugleich auch dessen Meinung sein muss. Wenn zum Beispiel in einem Bühnenstück gerufen wird: „Nieder mit dem Tyrannen!" könne der Dichter nicht anschließend gehängt werden. Goethe muss lachen, wiegt bedenklich das Haupt und entgegnet mit der Bemerkung: „Ein schönes und in ihrem Fall sehr zutreffendes Beispiel. Nur schreibt der Dichter ja seine Stücke auch aus einer gewissen Grundüberzeugung heraus. Man wird sehen."

Dann wird über die Rolle des Rektors der Universität gesprochen. Christian Gottfried Gruner hat offensichtlich starke Antipathie gegen Fichte und betreibt dessen Entlassung. Fichte charakterisiert Gruner so: „Dieser Gruner ist doch der Sohn eines Fleischermeisters, der selber auch nur Mediziner geworden ist. Von Geisteswissenschaften keine Spur. So wie sein Vater beschäftigt sich Gruner mit Knochen und Eingeweiden. Wie soll ein solcher Mensch ein philosophisches Traktat verstehen?" Jetzt müssen Goethe und Schiller laut lachen und Fichte beruhigt sie mit der Bemerkung, er sei ohnehin mit der schlecht bezahlten Professorenstelle nicht mehr zufrieden. Er beabsichtige, nach Berlin zu gehen, wo die Freiheit von Lehre und Forschung – dank Wilhelm von Humboldt - noch etwas Wert sei und wo auch Geisteswissenschaftler anständig bezahlt würden. Vorerst werde er aber um seine Professorenstelle in Jena kämpfen. Es gehe schließlich um Recht und die Freiheit der Lehre. Es wird nichts nützen. Herzog Karl August hat längst entschieden, Fichte zu entlassen, was alle drei aber noch nicht wissen können.

Eine Seelenverwandtschaft entsteht

Schiller ist erneut aus Jena nach Weimar gekommen, um Goethe wieder zu sehen. Er folgt einer Einladung Goethes und bleibt fast zwei Wochen. Schiller macht Goethe allerdings vorher brieflich darauf aufmerksam, dass er nicht von stabiler Gesundheit ist, spät zu Bett geht und morgens lange schläft. Er bittet darum, bei

Goethe einfach nur krank sein zu dürfen. Nach anfänglichem, gegenseitigem aus dem Wege gehen, haben beide jetzt zueinander gefunden. Sie empfinden sich als Seelenverwandte, achten, verehren und lieben sich. Jeder gönnt dem anderen sein Ansehen, hilft ihm bei der Durchsicht der Manuskripte und freut sich über den Erfolg des anderen. Die Freundschaft geht soweit, dass man sich sogar Themen überlässt, zu denen man zurzeit nicht kommt. So rät Goethe zum Beispiel, Schiller möge sich des Themas Wilhelm Tell annehmen. Er sei mit anderen Themen, etwa dem Wilhelm Meister, Faust und anderen Werken ganz und gar ausgelastet. Die Freundschaft der beiden führt dazu, dass die Schaffenskraft beider, vor allem die Goethes, deutlich zunimmt. Sie spornen sich gegenseitig zu Höchstleistungen an.

Das Verhalten Schillers gegenüber Christiane Vulpius ist merkwürdig. Er weiß natürlich, dass Goethe mit ihr zusammen lebt, aber Schiller behandelt sie, wie eine Dienstbotin und nimmt sie kaum zur Kenntnis. Christiane kümmert sich rührend um das Wohl der beiden Männer, hält sich aber bewusst möglichst unsichtbar. Goethe bemerkt das sehr wohl, lässt aber dieses Haustheater zu, da er sich nicht mit Schiller überwerfen möchte.

Nach tagelangen Diskussionen über Dichtung und Werke, brauchen beide jetzt etwas Bewegung. Sie wandern durch die Stadt Weimar hin zu den Parkanlagen des herzoglichen Schlosses, werfen einen Blick auf die fortgeschrittenen Baumaßnahmen und plaudern über Gott und die Welt. Unweigerlich kommt man auch wieder auf die Arbeit zu sprechen. Dabei stellt Goethe ganz sachlich fest: „Mein lieber Schiller, sie sind im Vergleich zu mir ein Arbeitspferd. Sie haben in den fast zwei Jahren meiner

Abwesenheit wegen der Italienreise sehr viel geschrieben. Ich wollte hingegen während der langen Reise zwar etwas schreiben, hatte auch einige unvollendete Werke dabei, aber durch die Ereignisse - zugegeben auch Liebesgeschichten – hatte ich nur wenig Zeit zum Schreiben. Wissen sie, mir ist auf dieser Reise besonders klar geworden, dass man für ein erfülltes Leben vor allem den Augenblick genießen muss. Nicht die Vergangenheit zählt und die Zukunft gibt es nicht wirklich, vor allem können wir sie nur sehr begrenzt beeinflussen. Was uns wirklich gehört, ist der Augenblick, so wie jetzt unser gemeinsamer Spaziergang und ein Gespräch unter Freunden. Was kann wichtiger sein?"

Schiller erinnert ihn freundschaftlich an die bisher unvollendeten Werke Goethes, des Romans „Wilhelm Meister", des „Egmont" und vor allem aber an den „Faust", der schon gespannt erwartet wird. Damit trifft er bei Goethe natürlich auf einen wunden Punkt. Schiller wechselt das Thema und erkundigt sich nach Goethes Einstellung zum Hof des Herzogs von Sachsen- Gotha. Goethe erhält in fast schon penetranter Weise Einladungen an den Hof in Gotha. Die Herzogin setzt ihn förmlich unter Druck. Er muss dem wohl nachgeben und wird sich demnächst nach Gotha begeben. „Wissen sie, ich glaube, dass ich mich dem Wunsch des Nachbarhofes nicht verschließen kann, dort mit Rat und Tat zur Stelle zu sein. Wir beide haben eine Verpflichtung, über unser Studierzimmer hinaus zu wirken. Was ist, kommen sie mit?" Schiller bleibt kurz stehen: „Ich glaube nicht, dass das etwas für mich ist. Ich hätte ständig das Gefühl, dass man sich mit meiner Anwesenheit schmücken möchte. Als Dekorationsstück bin ich aber gänzlich ungeeignet. Sollte aber einmal eine Inszenierung gewünscht werden, werde ich selbstverständlich zur Verfügung stehen."

Die haben es gerade nötig

Im Hause Schlegel herrscht keine gute Stimmung. August Wilhelm, Friedrich, Dorothea Veit und Caroline Böhmer sitzen beisammen und entrüsten sich über den Klatsch, der über sie im Umlauf ist. Es geht um das Zusammenleben ohne Trauschein, um Freizügigkeiten mit anderen Partnern, um die Rolle der frühreifen Tochter Carolines, Auguste, und um das Vorleben von Dorothea Veit, die ihre Familie böswillig verlassen habe und sogar polizeilich verfolgt wurde.

Man ist sich schnell einig, dass es sich nur um böswilliges Gerede, vielleicht sogar um Neid handle. Das freie Zusammenleben im Hause der Schlegels ist eben weit der Zeit voraus. Caroline nennt Beispiele für die doppelte Moral der Gesellschaft aus ihrer Zeit in Göttingen. Selbst die sich hoch im Ansehen wähnenden Professoren der Georgia Augusta Universität trieben es nicht einmal heimlich in schon fast unglaublicher Weise.

„Da war zum Beispiel der Professor Georg Christoph Lichtenberg, ein kleiner hutzeliger Mann, der sich regelmäßig junge „Mädchen aus dem Volke" ins Haus holte. Angeblich haben sie den Haushalt geführt und jeder wusste, dass die armen Dinger mit ihm das Bett teilen mussten. Das eine oder andere uneheliche Kind wurde dabei gezeugt. Die Mädchen wurden dann ausquartiert und ein neues Mädchen wurde geholt. Als der Herzog den Professor schließlich zur Rede stellte, redete der sich erfolgreich damit heraus, er sei doch schon alt und hässlich. Welches junge Mädchen könnte ihn schon lieben?"

„Oder der Fall des Theologen und Dichters Gottfried August Bürger, der mit zwei Schwestern zusammen lebte. Beide bekamen von ihm Kinder. Das ganze wurde zur normalen Beziehung, als eine der Schwestern – Doretta - mit der Bürger verheiratet war, starb. Praktischerweise heiratete er dann die andere, Augusta. Delikaterweise feierte er in seiner Lyrik unter dem Pseudonym „Molly" den „Wonne Schoß" der Schwerster."

Solche Beispiele gab es zu Hauf. Das Entscheidende war immer, wer so etwas trieb. Handelte es sich um den Adel oder das gehobene Bürgertum, dann wurde nur getuschelt, ansonsten ignorierte man die Skandale. Man kommt zu dem Schluss, dass man auf das Gerede gar nicht achten werde. Im Übrigen seien August Wilhelm und Caroline ja verheiratet und Friedrich und Dorothea wollen auch irgendwann heiraten, eigentlich inkonsequent nach der Diskussion. Aber wer merkt schon immer, wann er unlogisch wird?

Auf die sechszehnjährige Auguste will man ein Auge werfen. Sie ist ihrer Mutter – Caroline – fast wie eine Freundin. Friedrich soll aufhören, dem schon frühreifen Mädchen immer den Hof zu machen, jedenfalls dann nicht, wenn Besucher im Hause sind.

Friedrich möchte protestieren, fängt aber einen bedeutsamen Blick von Dorothea Veit ein und zieht es daher vor, besser zu schweigen.

Bei der sogenannten bürgerlichen Moral geht es eben selten um Wahrheit und Ehrlichkeit. Es handelt sich vielmehr um eine sprachliche Einigkeit in dem Spiel der Gesellschaft. Es geht dabei um das, was sich vor dem Vorhang abspielt, oder was man gerne vorgeben möchte. Hinter dem Vorhang sieht es dann häufig ganz anders aus. Wer dieses Spiel beherrscht, gehört dazu. Wer dabei erwischt wird, gegen die vermeintlichen Regeln verstoßen zu haben, fällt heraus und gehört nicht mehr dazu. Er ist frei gegeben für Klatsch und Tratsch. Ein Zurück gibt es in den allermeisten Fällen nicht. Wer so ausgegrenzt ist, kann darüber verzweifeln oder sich entscheiden, ganz bewusst so zu leben und die bürgerliche Gesellschaft zu ignorieren, sie zu verhöhnen und sich lustig über sie zu machen. Ganz objektiv fühlen sich diese Freidenker sogar im Recht. Sie wähnen sich über den anderen stehend und im Besitze einer anderen, ehrlicheren Moral. Beide Welten leben parallel zueinander, begegnen sich manchmal unvermeidbar - etwa im Theater - und kommunizieren miteinander durch gezielte Spitzfindigkeiten. Ein Stück ganz besonderer Befriedigung. Die sogenannten Romantiker haben es darin nahezu zur Meisterschaft gebracht.

Am Hof von Gotha ist sicher alles besser?

Goethe reitet nach Gotha. Ganz wohl ist ihm bei der Sache nicht. In Gotha regiert Herzog Ernst von Sachsen-Gotha-Altenburg im Schloss Friedenstein, eine noch größere Schlossanlage, als die in Weimar, im Übrigen nicht beschädigt. Der Herzog ist der Kunst gegenüber großzügig, auch der Wissenschaft ist er wohl gesonnen. Die Universität Jena wird von ihm gefördert und er ist begeistert für die Astronomie. Eine Sternwarte wurde in Gotha gebaut.

Er wird auch die Herzogin Charlotte Amalie, geborene Prinzessin von Sachsen-Meiningen treffen. Sie hat ein ziemlich vertrautes Verhältnis zu Goethe und sucht durch ständige Einladungen seine Nähe. Ihr Kummer ist, dass im Schloss die Geliebte des Herzogs wohnt, Auguste Schneider. Dann ist da noch der junge Prinz August, der in ein neu erbautes repräsentatives Palais umgezogen ist und es ebenfalls gerne sähe, wenn Goethe ganz nach Gotha umsiedeln würde.

Dann gibt es dort die Oberhofmeisterin, die 1707 in Paris geborene Juliane Franziska von Buchenwald, ehemalige Hofdame und Vertraute der Altherzogin Luise Dorothee, die mittlerweile lange verstorben ist. Die Oberhofmeisterin genießt ihr Gnadenbrot und bewohnt die erste Etage des Ostflügels. Dort hält sie Hof und veranstaltet regelmäßig einen literarischen Salon, zu dem sie Martin Wieland, Herder und andere gewinnen kann. Da ist die Anwesenheit von Goethe natürlich besonders gern gesehen.

Das alles geht Goethe durch den Kopf während er auf seinem Dienstpferd durch die von ihm so geliebte thüringische Landschaft reitet. Die Natur inspiriert ihn immer wieder zu Versen, die ihm selbst dann einfallen, wenn er unterwegs ist. Er nimmt sich vor, nicht allzu lange zu bleiben und lediglich die von ihm erwarteten Honneurs zu machen. Dabei lässt sich gar nicht vermeiden, dass er tiefe Einblicke in die Zustände am Hof erhält. „Nun ja", denkt er, „Wissen schadet nicht. Die zum Teil absurden Zustände am Hof bringen ihm auch immer wieder Inspiration für Stücke mit menschlichen Tragödien, lassen ihn tief in menschliche Abgründe blicken und machen ihn, wenn er nicht vorsichtig genug ist, zum Komplizen. Das gilt es unter allen Umständen zu vermeiden. Er kann die Rolle eines ehrlichen Maklers spielen, niemals aber darf er Partei ergreifen. Das würde ihn unweigerlich aus dem Spiel bringen. Die Kunst besteht darin, dass ihm alle diese Rolle abnehmen."

Man müsste ihr Gift geben

In Gotha kommt Goethe im Gasthof „Zum Mohren" unter, eine Unterbringung im Schloss wird ihm noch nicht angeboten, das wird später kommen. Er begibt sich auf seine Besuchsrunde ins Schloss. Schloss Friedenstein, ein gewaltiges dreiflügeliges Barockschloss mit prächtigen Parkanlagen, ist das Wahrzeichen Gothas. Erbaut wurde es im frühen siebzehnten Jahrhundert von dem wirkungsstarken Herzog Ernst der Fromme. Es galt als Vorbild für eine Reihe anderer Schlösser, unter anderem Weimar, das jetzt im Gegensatz zu Friedenstein, nach dem verheerenden Brand zumindest im Inneren einen traurigen Anblick bietet. Friedenstein – schon die Namensgebung war Programm - ist ein voll funktionierendes Schloss mit einem eindrucksvollen Hofstaat. Herzog Karl August fühlt sich immer ganz klein, wenn er hier nach Gotha muss, wo er fast schon wie ein armseliger Verwandter empfangen wird.

Goethe wird zum Essen eingeladen. An der herzoglichen Tafel kann er allerdings noch nicht speisen. Nach dem Essen wird er zum Herzog Ernst vorgelassen, der sich für Goethe viel Zeit nimmt. Hauptthema ist die Krankheit der Geliebten des Herzogs, die Goethe auch am Krankenbett besucht, worüber sich Herzog Ernst besonders freut, die Herzogin weniger. Aber, was soll er machen?

Auguste Schneider, die wirklich krank ist, freut sich über Goethes Besuch. Sie ist eine ganz natürliche Frau, ohne jede Allüren. Herzog Ernst nimmt Goethe zur Seite und entwickelt ihm seinen Plan: „Ich möchte nicht mehr leben, sollte Auguste sterben müssen. Ich überlege, ob man Auguste nicht Gift geben sollte, um sie von den Leiden zu befreien. Selbstverständlich werde ich der Geliebten auf dem gleichen Wege folgen." Goethe ist entsetzt und macht Herzog Ernst auf seine Pflichten als Landesvater und Förderer der Wissenschaft und der Kunst aufmerksam. Er wäre nicht zu ersetzen. „Denken sie an ihre Pflichten, Hoheit. Ein Herzog darf sich private Gefühle gar nicht leisten, so wünschenswert das vielleicht manchmal ist. Wer von Gott bestimmt ist, kann sich derartige Gefühle nicht leisten."

Der Herzog wirkt nachdenklich und lädt Goethe ein, mit ihm zusammen die neue Sternwarte zu besuchen. Die ist wirklich einmalig und hat viel Geld gekostet, macht Gotha auch auf unabsehbare Zeit zu einem Zentrum der Astronomie. Goethe stimmt dem uneingeschränkt zu. Das Teleskop ist auf Anweisung des Herzogs ausgerichtet. Heute kann man auch am Tage ganz ausgezeichnet den Mond sehen. Goethe schaut durch eine Linse und hat den Mond ganz groß vor den Augen. „Unglaublich", entfährt es ihm, „eine Welt für sich. Ich sehe Krater und Gebirge und er wandert schnell aus." „Die Erddrehung", bemerkt Herzog Ernst, „die Helfer auf der anderen Seite müssen sie immer wieder ausgleichen. Bei den weiter entfernt liegenden Sternen spielt das nachts keine so große Rolle. Da hat man länger Zeit zur Beobachtung. Wir haben auch einen Sternen Atlas. Sie sollten sich das einmal in Ruhe ansehen." Goethe wird fast die ganze Nacht in der Sternwarte verbringen und sich von den Wissenschaftlern so viel, wie möglich erklären lassen.

Als Goethe nach drei Tagen wieder nach Weimar reitet, lässt er sich besonders viel Zeit. Er muss die Erlebnisse in Gotha noch verarbeiten und manches möglichst erst einmal loswerden, bevor er sich wieder auf seine Arbeit in Weimar konzentrieren kann. Auf dem Ritt durch die thüringischen Wälder wird ihm mit zunehmender Entfernung zu Gotha immer wohler. Außerdem wartet Christiane auf ihn. Beide werden in den nächsten Tagen und Nächten erst einmal nachholen, was sie wegen seiner Reise vermissen mussten.

Welche von beiden soll es denn sein?

Schiller trifft mit Karoline von Beulwitz und Charlotte von Lengefeld in Lauchstädt zusammen, wo die beiden Schwestern zur Kur weilen. Man wandert entlang einer Flussauenlandschaft, beobachtet die Schwäne und Enten und kokettiert. Schiller hat sich angewöhnt, seine Briefe an beide Schwestern gemeinsam zu verfassen. Darin macht er eindeutige Andeutungen, spricht von Liebe und Sehnsucht und die beiden Frauen wüssten jetzt gerne, wen von beiden der Dichter meint. Für Schiller eine delikate Situation. Aus seinen etwas gekünstelten Bemerkungen werden sie jedenfalls nicht schlau. Es scheint auch überhaupt nicht sicher zu sein, ob Schiller sich überhaupt binden will.

„Wir kennen uns jetzt schon über ein Jahr", sagt Karoline, „haben sogar den letzten Sommer gemeinsam verbracht und uns unsere Seelen geöffnet, aber Lotte und ich fragen uns oft, ob wir uns wirklich kennen? Irgendetwas hindert uns offenbar daran, uns ganz füreinander zu öffnen. Ist es mangelndes Zutrauen, sind es Zweifel oder ist es der Wunsch, einen sicheren Abstand beizubehalten? Was ist es?" Charlotte, die bisher geschwiegen hat, schaut Schiller von der Seite erwartungsvoll an. Schiller erkennt sofort, worauf diese Fragen von Karoline hinauslaufen und dass er jetzt kaum noch ausweichen kann. „Es ist von allem etwas, liebe Karoline. Das macht es nicht nur mir schwer, sich zu erklären. Dann ist da noch die Mutter, die gewiss Pläne für die Zukunft hat, zu denen ich wohl nicht passe." Charlotte verlangsamt ihren Schritt, wendet sich der Flusslandschaft zu und bleibt schließlich stehen. Das gibt Karoline die Gelegenheit, mit

Schiller alleine zu sprechen: „Was die Mutter angeht, so gebe ich ihnen recht, die muss noch etwas bearbeitet werden. Vielleicht kann man ja ihre Bedenken dadurch lindern, dass man in Gotha um eine Hofratsstelle nachsucht und dann ein sicheres Einkommen und einen Stand hat." Schiller hört ohne etwas zu erwidern zu und Karoline fährt fort: „Was die Gefühle angeht, so kann ich euch sagen, dass wir beide sie mögen. Ich werde meine Ehe lösen und nach Berlin gehen, wo das Leben ein ganz anderes ist. Lotte aber wird bleiben und ist frei und was noch wichtiger ist, Lotte liebt sie wirklich, kann es aber nicht zum Ausdruck bringen." Schiller bleibt jetzt auch stehen: „Karoline ich danke sehr für die offenen Worte. Ich werde mich jetzt bald erklären, sagen sie das auch Lotte bitte."

Als Schiller wieder nach Jena unterwegs ist, rätseln die beiden Frauen immer noch über das was er gesagt oder nicht gesagt hat. Trügt der Anschein, dass Schiller sich vor allem in Karoline verliebt hat, von der er doch weiß, dass sie verheiratet ist? Oder liebt er Charlotte, die noch frei ist, kann dies aber nicht zeigen? Karoline erklärt ihrer Schwester, dass sie sich von Beulwitz trennen wird und Schiller durchaus mag, dass sie aber auf keinen Fall ihre künftige Freiheit hergeben möchte. Sie werde wohl nach Berlin gehen, wo es ein richtiges gesellschaftliches Leben gibt und wo sie sich auch als Alleinstehende gut amüsieren kann. Sie habe Schiller das unmissverständlich gesagt, auch das er sich besser um Lotte bemühen soll. Die Schwestern wollen jetzt abwarten, wie der glatte Schiller jetzt reagieren werde.

Schiller hat während des Heimritts den Kopf voller widersprüchlicher Gedanken. Er überlegt, ob er seinen Freund

Körner in Dresden um Rat fragen soll, verwirft diesen Gedanken aber sofort wieder. Zu gut ist ihm noch die unselige Rolle Körners in Erinnerung, als er sich in die schöne und gut situierte Henriette von Arnim unsterblich verliebt hatte und Körner ihm von einer Verbindung abgeraten hat. Henriette wäre für ihn nicht erreichbar. War der Rat wirklich uneigennützig? Schiller hatte daraufhin Dresden verlassen und ist nach Weimar gegangen, wo er jetzt auf dem Trockenen sitzt. Einmal noch hatte er Körner geschrieben: „Könntest du mir innerhalb eines Jahres eine Frau von zwölftausend Talern verschaffen... die Akademie in Jena möchte mich dann im Arsch lecken." Auch das hat zu keinem Ergebnis geführt. Nein, diesmal wird er Körner nur das Ergebnis seiner Entscheidung mitteilen. Er hat sich jetzt für Charlotte entschieden und wird in dieser Angelegenheit strategisch vorgehen müssen, nicht wegen Charlotte, sondern wegen ihrer Mutter. Karoline wird ihm dabei sicher behilflich sein.

Eine Frau sieht Rot

Schiller heiratet „nach oben", auch wenn die Lengefelds nur von ganz niederem Adel sind und die Mitgift für Charlotte eher bescheiden sein wird. Schillers Anfrage an seinen Freund Körner hat sich damit erledigt. Die Tatsache, dass er seinen Freund erst nach der Hochzeit informiert, wird allerdings bei Körner zu neuen Verstimmungen führen. Der ist tödlich beleidigt, obwohl er doch gar nicht betroffen ist. Schiller heiratet schließlich und braucht dafür ganz sicher von niemandem eine Genehmigung. Es handelt sich wohl um gekränkte Eitelkeit. Körner erwartet, dass sein Freund alles Wichtige mit ihm vorher bespricht.

Die Trauung findet in aller Stille in der Dorfkirche von Wenigenjena vor den Toren Jenas statt und Schiller ist soweit zufrieden. „Die ununterbrochene sanfte Übung in gesellschaftlichen Freuden" – wie Schiller einmal seine Zukunft mit Charlotte beschreibt - kann somit beginnen. Er hat es aber auch versäumt, seiner Freundin Charlotte von Kalb davon zu erzählen, genauer gesagt, hat er es ihr verschwiegen. Charlotte von Kalb hat Schiller bei dessen Ankunft in Jena in allem unterstützt, hat sich rührend um ihn gekümmert, ihm alle Türen der Gesellschaft geöffnet, soweit sie ihr zugänglich waren und hat ihm schließlich auch Zugang zu Goethe verschafft. Charlotte von Kalb war bereits fest davon überzeugt - mit Herders Hilfe - ihre Ehescheidung zu erreichen. Dies ganz sicher, um sich dann Schiller zuwenden zu können, den sie aufrichtig liebt und verehrt.

Als Charlotte von Kalb schließlich von Schillers Heirat erfährt, ist sie außer sich. Sie stellt Charlotte von Lengefeld bei einem Hoffest zur Rede und beschimpft den anwesenden Schiller mit wüsten Worten. Als sie das frisch getraute Paar erblickt stürzt sich Charlotte von Kalb – immerhin Vertraute der Herzogin und ständig zu Hoffesten geladen – auf Schiller. Sie wirft ihr Handtäschchen zu Boden, fasst Schiller mit beiden Händen am Seidenkragen und schüttelt ihn so kräftig, dass die Seide nicht mehr standhält. Sie schimpft so laut, dass die Umstehenden alles mitbekommen: „Sie sind ein erbärmlicher Lump", ruft sie, „alles habe ich für sie getan. Was wären sie hier wohl ohne meine Hilfe. Schöne Augen haben sie mir gemacht und Hoffnungen und jetzt erfahre ich, dass sie einfach diese unscheinbare Lengefeld geheiratet haben." Charlotte versucht sie zu beruhigen: „So fassen sie sich doch. Sie sind eine verheiratete Frau und haben keinerlei Ansprüche an meinen Ehemann." Jetzt sieht Charlotte von Kalb erst so richtig Rot: „Was erlauben sie sich, sich vertrocknete Provinzpflanze. Was haben sie ihm schon zu bieten? Eine traurige Erscheinung sind sie und können froh sein, dass sie überhaupt ein Mann ansieht!"

Sie hört damit auch dann nicht auf, als Herzog Karl August auf diese Auseinandersetzung aufmerksam wird und zu den Streitenden hinzutritt. „Ich muss doch sehr bitten, Frau von Kalb. Bedenken sie bitte, dass sie mein Gast und dabei sind, meinen Gästen das Fest zu verderben. Wenn sie Probleme miteinander haben, so regeln sie das gefälligst außerhalb. Ich erwarte sofort Contenance."

Charlotte von Kalb kommt wieder zu sich. Sie weiß, dass sie einen großen Fehler gemacht hat und verlässt mit raschen Schritten das Hoffest. Ihr ist jetzt klar, dass sie für einen handfesten Skandal gesorgt hat und sie in Weimar jetzt erst einmal in aller Munde sein wird. Sie bricht jeden Kontakt zu Schiller ab und fordert ihre Briefe zurück. Es wird sehr lange dauern, bis sie sich wieder beruhigt. Erst im Alter wird sie wieder gnädig und besinnt sich auf die angenehmeren Seiten ihrer Bekanntschaft mit dem dann schon sehr berühmten Dichter.

Diese dilettantischen Schreiberlinge

Es gibt zwischen Schiller und den Schlegel Brüdern eine tiefgreifende Verstimmung. Dabei geht es am Ende um einen Artikel im Athenäum, einem Journal, das die Schlegel Brüder herausgeben. Darin wird die Kunst einer anarchischen, subjektiv-ironischen Romantik verherrlicht – eben die Einstellung der Romantiker zur Kunst - die Schiller als schneidend, einseitig und naseweis ablehnt. Schiller ist gegenüber dem jüngeren Friedrich Schlegel in seiner Haltung ambivalent. Einerseits imponiert ihm Friedrich wegen seiner jugendlich frischen und draufgängerischen Art, in der er sich wohl selber wiedererkennt, andrerseits liegt Schiller völlig neben dem Kunst- und Literaturverständnis der von Friedrich Schlegel maßgeblich beeinflussten Romantiker.

Es geht auch um den ersten und einzigen Roman Friedrich Schlegels –„Lucinde" - der Schillers Kopf beim Lesen „taumelig" machte und den er als „Gipfel moderner Unform und Unnatur" einstuft. Umgekehrt verehren die Schlegel Brüder Goethe, den sie für den größten Poeten aller Zeiten halten und lassen ihn das auch spüren. Schiller gegenüber sind sie dagegen sehr kritisch eingestellt. Nicht das sie dessen literarische Leistung nicht anerkennen, aber sie tun sich schwer mit Schillers anmaßender Art, der sich neben Goethe zur über Kunst entscheidenden Instanz einschätzt.

In einem emotional geführten Gespräch zu Hause kübeln die Schlegel Brüder Hohn und Spott über Schiller aus. Friedrich Schlegel ist außer sich: „Was bildet sich dieser Schiller eigentlich ein. Er wagt es, den Artikel Fichtes - „Von der notwendigen Grenze des Schönen, besonders im Vortrag philosophischer Wahrheiten" - einfach abzulehnen und durch einen eigenen Artikel zu ersetzen, in dem er die Überlegenheit künstlerischen Denkens über die Wissenschaft stellt." „Das sollte doch ganz in deinem Sinne sein", meint August Wilhelm, „lassen sich die Romantiker überhaupt von jemandem in eine Norm pressen?" „Es geht um die Anmaßung", beharrt Friedrich, „Schiller kann Fichte doch nicht einfach in künstlerischen Fragen für nicht kompetent erklären. Fichte ist eine Institution." „Goethe wird Schillers Meinung teilen, ich gebe das zu bedenken." Friedrich lässt auch das nicht gelten: „Goethe hat es gerade nötig. Sind seine Römischen Elegien noch Kunst oder ganz simple Schweinereien? Man gönnt dem Meister ja seine Freudenhauserfahrungen in Rom, muss er aber das die ganze Welt wissen lassen?" „Herder hat ja auch schon gesagt, die Horen müsste man jetzt mit „u" schreiben und auch der Herzog findet die Elegien unangemessen." Caroline war hinzugekommen: „Ich finde die Elegien amüsant. Goethe ist in meiner Achtung gewachsen, er schreibt nicht nur über die Liebe, er versteht auch etwas davon. Bei Schiller bin ich mir da nicht so sicher." Man einigt sich darauf, es diesem arroganten Kerl schon noch zeigen zu wollen. Das Ergebnis ist der Artikel im Journal über den Schiller sich so aufgeregt hat.

Goethe – den die Schlegel Brüder ganz besonders verehren - versucht zu vermitteln, nachdem er einen Brief Schillers erhalten hat. Er muss zwischen den schon fast peinlichen Schmeicheleien der Schlegel Brüder und der ehrlichen Freundschaft Schillers einen Standort finden und entschließt sich, Schiller in Jena aufzusuchen.

Dieser hat sich inzwischen mit Charlotte eingerichtet, die auch schon bei ihm eingezogen ist. Goethe und Schiller tauschen ihre Informationen und Meinungen aus. Goethe sagt: „Die Gebrüder Schlegel sind, bei so viel schönen Gaben, unglückliche Menschen ihr Leben lang; sie wollen mehr vorstellen, als ihnen von Natur gegönnt ist und mehr wirken, als sie vermögen. Daher richten sie in der Kunst und der Literatur viel Unheil an". Schiller stuft die Schlegelbrüder als dilettantische Schreiberlinge ein, die sich anmaßen, Kollegen sein zu wollen. Goethe schlägt vor, gegen den literarischen Dilettantismus – der nicht nur bei den Schlegelbrüdern vorherrscht – einmal grundsätzlich energisch vorzugehen. Sie wollen das in Form von Spottversen tun, die sie Xenien nennen wollen und die in Schillers Musenalmanach erscheinen sollen. Die Autorenschaft der Verse und auch die Adressaten sollen ungenannt bleiben. Das wird die Neugier und die Diskussionen, natürlich auch den Absatz fördern. Tatsächlich muss der Almanach mehrfach nachgedruckt werden. Goethe und Schiller haben ihren Spaß. Die Reaktion wird aber kommen. Eine wird dazu führen, dass Schiller August Wilhelm Schlegel aus der Autorenschaft für sein Journal ausschließt.

Auch der Meister möchte in Jena dabei sein

Goethe zieht in eine Wohnung nach Jena, um mehr Ruhe für seine Poesie zu finden, um näher bei der Universität zu sein und natürlich, um auch an dem interessanten Treiben der Szene in

Jena teilzuhaben. In Weimar ist alles stockkonservativ und die Nähe zum herzoglichen Hof mit ständigen Pflichten, Einladungen und Aufsichten verbunden. Christiane ist nicht begeistert, aber Goethe muss sich einfach einmal der Enge in Weimar entziehen. Außerdem hat eine Nichtehefrau zu schweigen.

Zunächst bewohnt er zwei Räume im Alten Schloss, dann zieht er mit Kost und Logis zum Buchhändler Carl Friedrich Ernst Frommann, wo er die achtzehnjährige Pflegetochter, Minna Herzlieb, kennen lernt. Es entsteht eine delikate Situation. Christiane erhält gelegentlich Erlaubnis, Goethe in Jena zu besuchen. Sie bringt vor allem Wäsche und Verpflegung. Ihr bleibt natürlich nicht verborgen, dass etwas zwischen Goethe und dieser Minna läuft. Was genau, kann sie nicht ergründen und Goethe ist schweigsam. Dafür erfährt sie mehr aus dem Geklatsche der Leute, die sich über die erneute Liebschaft Goethes lustig machen. „Der Meister hat nun mal, einen Hang zum Küchenpersonal". Alles nur Spott und Neid? Seine „Sonetten" und die Liebesgedichte lassen anderes vermuten, zumindest für den, der sich auf seine Literatur versteht. Christiane kennt Goethe viel zu gut, um nicht misstrauisch zu werden. Dank ihrer Schule ist Goethe kein Anfänger mehr in Liebesangelegenheiten, sondern auf den Geschmack gekommen. Und so wie der Kater im Haus das Mäusejagen nicht lassen kann, ist eine auf dem Tablett servierte Jungfrau im Hause des Buchhändlers eine ständige Versuchung für den sinnlichen Goethe. In diesem Fall kommt es daher nur auf die Standfestigkeit dieser Minna an und dafür würde Christiane bestimmt nicht ihre Hand ins Feuer legen.

Der Buchhändler Frommann spielt in seinem Haus keine entscheidende Rolle. Er ist vielmehr äußerst geehrt, eine Berühmtheit als Mieter zu haben, was auch das Geschäft belebt. Minna ist noch gänzlich unerfahren aber natürlich in ihrem Alter schon äußerst interessiert. So ist es ganz praktisch, dass Goethe im Hause wohnt, im Obergeschoss zwei Räume hat und Tag und Nacht von ihr besucht werden kann. Da sie ihn auch mit Speisen und Getränken versorgt, braucht sie nicht einmal einen besonderen Grund, um jederzeit Goethe aufzusuchen.

Während Goethe versucht zu schreiben, ist sie nahezu geräuschlos in sein Zimmer eingetreten. Als Goethe sie bemerkt, unterbricht er seine Tätigkeit und bittet sie, bei ihm Platz zu nehmen. Die jugendliche Ausstrahlung von Minna, ihre Neugier, vor allem aber ihre Erscheinung, machen ihn nervös. „Was schreiben sie gerade?" möchte Minna wissen. „Ein Gedicht über die Liebe als ständige Versuchung, mein Kind." „Lesen sie mir etwas vor?" „Aber gerne." Goethe muss sich schon sehr konzentrieren, so stark ist das Gefühl der Versuchung, dieses unschuldige Wesen einfach in die Arme zu schließen. Er beherrscht sich aber und macht ihr nach einer Weile klar, dass er wieder arbeiten muss.

Als Minna den Raum verlassen hat, geht er zum Fenster, öffnet es und schaut auf die Straße vor dem Haus. Er muss sich abreagieren und wieder zu Verstand kommen. Es liegt ganz bei ihm, ob bei Minna eine Grenze überschritten wird, nur auf ihn kommt es in diesem Fall an. Er denkt: „Wenn nicht nur die langen Nächte wären und es still wird im Haus. Dann spielen seine Gedanken verrückt. Er stellt sich vor, dass Minna nur zwei Räume weiter in ihrem Bett liegt und vielleicht von der Liebe träumt, was in ihrem Alter ganz unvermeidlich ist. Er lauscht dann auf Geräusche im Haus und stellt sich vor, dass sie jeden Moment so leise wie ein Mäuschen in sein Zimmer treten könnte, um mit ihm die Nacht zu teilen. So kann das nicht weitergehen. Er muss sich entscheiden, bevor er von seinen Gefühlen und einer noch eindeutigeren Situation fortgerissen wird. Goethe entschließt sich, auszuziehen und wieder Räume im Alten Schloss zu mieten. Zusätzlich reist er nach Weimar und wird mit Christiane einige Tage vor allem im Bett verbringen. Das hilft gegen weitere Versuchungen und Christiane weiß warum.

Die Affäre um eine Minderjährige

Ein neuer Skandal macht die Runde. Der junge, dreiundzwanzig Jahre alte adelige Friedrich Freiherr von Hardenberg, ein Mitglied des Romantiker Kreises im Hause Schlegel, hat sich mit der erst zwölfjährigen Sophie von Kühn heimlich verlobt. Er sei unsterblich verliebt, sagte man und Sophies Eltern sind rat- und machtlos. Andrerseits sind die Eltern von dem jungen Hardenberg, der beruflich erfolgreich in der Bergwerksleitung ist und sich als Poet „Novalis" nennt, auch angetan. Was soll man machen? Man entscheidet sich für einen pragmatischen Weg. Hardenberg weilt häufig im Hause der Kühns, auch über Nacht. Alles ist natürlich streng sittlich und platonisch. Das lässt sich die Klatschgemeinde aber nicht vormachen. Das Haus der Kühns ist groß, die Kammern der Liebenden liegen nebeneinander und die Eltern wohnen in einem anderen Flügel des Hauses und haben einen gesunden Schlaf.

Ein Stoff, der in allen Salons begierig ausgeschlachtet wird, sogar bis nach Berlin, wo der Onkel Karl August Graf von Hardenberg eine hohe Position am Hof von Preußen bekleidet. Er wird später Preußischer Ministerpräsident werden. Auch Größen des königlich- preußischen Hofs, wie Prinz Louis Ferdinand, der in den Berliner Salons verkehrt, hören von den Ereignissen in Weimar und Jena und sprechen darüber. Für einen weltläufigen Adeligen, Offizier und hochsensiblen Künstler, wie Louis Ferdinand - ein Liebling des weiblichen Geschlechts - ist das Verhalten Friedrich von Hardenbergs überhaupt kein Skandal, sondern ein Ausdruck eines freien und selbstbestimmten Lebens, ohne jede Rücksichtnahme auf die sogenannten gesellschaftlichen Konventionen. Er möchte den jungen Mann kennen lernen. Dies äußert er bei einem der vielen Zusammenkünfte in einem Berliner Salon, an denen auch die Schlegel Brüder, Schleiermacher, die Humboldts und die Tieck Brüder gelegentlich teilnehmen, und die diese Meinung teilen und auch in Weimar und Jena verbreiten.

Man trifft sich wieder einmal im Schlegelschen Haus am Löbdergraben in Jena. Es sind fast alle anwesend, nur Hardenberg fehlt. Damit ergibt sich die Gelegenheit über Hardenbergs Verlobung mit der jugendlichen Sophie von Kühn zu sprechen. „Wo steht geschrieben, in welchem Alter man sich eigentlich verlieben darf?" möchte Friedrich Schlegel wissen, „das bestimmt doch die Natur und ist nicht von irgendwelchen Regeln der Gesellschaft abhängig." „Früher wurden die Mädchen an den Fürstenhöfen schon als Kinder verheiratet", wirft Dorothea Veit ein. „Dann könnte ich mich ja auch verlieben, ich bin doch schon sechzehn", wirft Auguste ein, „und lächelt Schelling erwartungsvoll an. Der wird etwas verlegen: „Warte du nur noch etwas, dann wird es umso schöner sein."

So geht das eine ganze Weile. Man erwägt das Für und Wider jugendlicher Beziehungen. Hätten die Romantiker gewusst, dass Hardenbergs junge Geliebte nur noch knapp drei Jahre zu leben hat – sie wird an einer Infektionskrankheit sterben - den Teilnehmern der schlauen Runde wären wahrscheinlich ihre Argumente im Halse stecken geblieben. Für Hardenberg, alias Novalis, wird das auch sein junges Leben vernichten. Er wird vom frühen Tod seiner Geliebten so schwer getroffen sein, dass er beschließt, ihr „nachzusterben". Das wird nach einem trostlosen Dasein, in dem er sich vor allem der Gnade der Dunkelheit und der Nacht zuwenden wird, nur noch weitere vier Jahre dauern.

Eine neue Hofsängerin in Weimar

Eine neue Schauspielerin und Sängerin kommt an das Weimarer Theater. Es handelt sich um die erst zwanzigjährige, sehr talentierte, Karoline Jagemann, die von Goethe als Hofschauspielerin und Hofsängerin engagiert wird. Sie hat am

Mannheimer Theater bei August Iffland eine ausgezeichnete Ausbildung genossen, lebt in Weimar, arbeitet am Theater und wird von Christiane Friederike von Löwenstein zu ihren begehrten Salonabenden eingeladen, wo sie auch Herzog Karl August und Prinz Friedrich von Gotha kennen lernt.

Da jedes neu ankommende weibliche Wesen in Weimar im Allgemeinen mit Liebeshändeln in Verbindung gebracht wird, dauert es in diesem Falle ungewöhnlich lange, bis die Neuigkeit die Runde macht, Karoline Jagemann sei die Geliebte des Herzogs. Sie habe sich zunächst standhaft geweigert, habe dann aber den nicht nachlassenden Versuchen des Herzogs nachgegeben. Man tut Karoline Jagemann Unrecht, wenn man in ihrem Fall zu schnell urteilt. Sie hat wirklich alles versucht, den Herzog auf Distanz zu halten, obwohl sie wusste, dass Mätressen im Allgemeinen sehr großzügig belohnt wurden. Mindestens eine Standeserhöhung war mit einer fürstlichen Liebschaft verbunden.

Der Herzog hatte ihr zuvor erklärt, wie lieblos sein Leben mit der Herzogin geworden sei und auch die Herzogin – die vor allem vor Karl August ihre Ruhe haben wollte und sich anderweitig vergnügte - soll ihr geraten haben, den Herzog endlich zu erhören. Für Goethe ist das keine Neuigkeit, da er von allen Affären des Herzogs weiß und über den Stand der Dinge und über Neuigkeiten immer sofort informiert wird, anders herum natürlich auch. Der Stand der Werbung hätte eigentlich klar sein müssen, denn anders, als sonst, hält sich Goethe erstaunlich fern von der Jagemann. Wer den Klatsch am Hofe kennt, weiß, warum.

Goethe fragt den Herzog: „Wie haben sie es angestellt Karoline Jagemann umzustimmen?" Karl August, der in letzter Zeit gestresst aussieht und unter der Affäre sichtbar leidet erklärt: „Ich habe die stärksten Waffen einsetzen müssen: schwindende Gesundheit, Verlassen Weimars, um in russische Dienste zu gehen und das Wohl des Herzogtums, das auf dem Spiel stünde, wenn mich Karoline nicht erhören würde. Ich habe ihr schließlich sogar angeboten, in eines meiner Schlösser zu ziehen und sie habe von mir keinerlei Annäherungen zu befürchten. Sie soll nur in meiner Nähe sein. Das hat schließlich gewirkt." „Aber das war doch ein Trick", bemerkt Goethe lachend. „Natürlich war es das und sie hat das ja auch entrüstet abgelehnt." „Also doch Annäherung?" „Na, und wie mein Lieber. Das muss ich ihnen doch wirklich nicht erklären."

Rasch steigt Karoline in der Weimarer Gesellschaft auf. Sie lernt alle bedeutenden Leute in Weimar kennen, wird von Einladungen überhäuft, singt Herder vor und gibt Gastspiele in Berlin, wo sie dem Preußischen Königspaar vorsingt. Sie erhält auch Engagements in Wien und Mannheim.

Dann kommt, was kommen muss. Es gibt erste Unstimmigkeiten mit Goethe am Weimarer Theater. Dabei geht es um die Besetzung der Rolle der Jungfrau von Orleans, Schillers neuestes und schon gefeiertes Bühnenstück. Diese Rolle beansprucht sie und Goethe hätte sie ihr auch nicht verweigern können. Herzog Karl August erhebt aber Einspruch. Er will seine Geliebte in der Rolle der Johanna von Orleans auf der Bühne nicht sehen. Diese Johanna war eine Revolutionärin, muss als kriegerische Walküre auf der Bühne umherreiten und das Volk aufwiegeln. Nein, diese

Rolle kommt für Karoline nicht in Frage. Eher wird er die Aufführung von Schillers Bühnenstück ganz untersagen. Es schmeckt ihm ohnehin nicht, derartig dem Zeitgeist der Revolution geschuldete Stücke auch noch zu unterstützen.

Ein Balladensommer

Die Trennung von Goethe hat Charlotte von Stein schwer zugesetzt. Charlotte von Lengefeld – mit Schiller jetzt verheiratet - erhält einen Brief ihrer Patentante, den sie Schiller vorliest. In dem Brief wird kein gutes Haar an Christiane Vulpius gelassen. Sie nennt Christiane die „Jungfer" und in ihren Augen ist sie eine „Mätresse". „Sie habe sich erdreistet, ihr – Charlotte von Stein – zum Geburtstag eine Torte zu schicken. Was sich diese Person wohl einbildet". Auch Goethe wird verächtlich gemacht. „Er ist wohl dick geworden." Schiller erwartet jeden Augenblick Goethe und ermahnt Charlotte, diesen Brief ja nicht Goethe zu zeigen, ja, ihn nicht einmal zu erwähnen. „Wieso schreibt sie so etwas?", fragt er kritisch, „sie kennt doch Christiane Vulpius überhaupt nicht." Charlotte schaut Schiller etwas skeptisch an: „Ich würde nicht behaupten, dass du ein Frauenkenner bist, mein Liebster, was ich gewiss nicht bedaure. Was glaubst du, wozu eine Frau aus gekränkter Eitelkeit fähig ist? Selbst Charlotte von Stein, die normalerweise ein Vorbild an Aufrichtigkeit und Contenance ist. Der Schmerz muss bei ihr sehr tief gehen."

Goethe kommt dazu und die Angelegenheit könnte peinlich werden. Schiller nimmt ihn sofort mit in sein Arbeitszimmer und vermeidet das Thema. Ihm ist die Sache äußerst unangenehm, da er Goethe verehrt und im Grunde genommen auch gegen Christiane gar nichts hat. Warum auch. Christiane ist ausschließlich eine Angelegenheit Goethes. Da hat sich niemand einzumischen.

Goethe und Schiller ziehen sich zurück, diskutieren die verschiedenen Ausdrucksformen der Dichtung. Sie fühlen sich als richtungsgebende Instanz und suchen nach neuen Wegen. So kommen sie auf die Form der Ballade. Über Stil und Form und über die möglichen Inhalte wird gesprochen. Sie setzen sich folgendes Ziel: Eine Ballade erzählt ein dramatisches Ereignis in Versform. Themen gibt es genug, vor allem aus der Antike. Hier kann bei der Handlung der Poet seiner Fantasie freien Lauf lassen. Beide wollen sich an die Arbeit machen und die Ergebnisse zur Begutachtung austauschen.

So wird es ein Sommer werden, in dem sie hervorragende Balladen schaffen, die dann in den Horen – Schillers Literaturjournal – veröffentlicht werden. sollen Es entstehen Goethes Balladen: Erlkönig; Der untreue Knabe; Der König in Thule; Der Schatzgräber; Der getreue Eckart und Der Zauberlehrling. Schiller schreibt: Das Lied von der Glocke; Der Taucher; Der Ring des Polykrates; Die Kraniche des Ibykus und Die Bürgschaft. Für die Erarbeitung der Balladen brauchen sie nur wenig Zeit und sie haben große Freude an der Arbeit. Am Ende werden sie zufrieden sein.

Man trifft sich noch einmal in Jena, sichtet die Ergebnisse, bespricht die gegenseitigen Rezensionen, nimmt noch einzelne kleine Änderungen vor. Schließlich wird Charlotte gerufen und hört jeweils eine Ballade von Goethe und Schiller an. Begeistert klatscht sie in die Hände. „Kaum zu glauben", ruft sie, „das alles habt ihr in wenigen Monaten fertiggebracht. Das ist ein ganz neues Stilelement der Dichtkunst. Ich bin sehr gespannt auf die Reaktionen."

Ist den Romantikern denn gar nichts heilig?

Die Reaktionen entsprechen ganz sicher nicht den Erwartungen von Charlotte Schiller. Die Romantiker machen sich über Schillers Balladen lustig. Man sitzt, wie fast jeden Tag, im Hause der Schlegels zur großen Mittagsrunde zusammen. Caroline hat gekocht und außer August Wilhelm Schlegel, Caroline und Auguste, Friedrich Schlegel und Dorothea Veit sind anwesend: Friedrich von Schelling, Johann Gottlieb Fichte, Friedrich Schleiermacher, Ludwig Tieck und Friedrich von Hardenberg.

Caroline kann gut kochen – kein unwesentlicher Grund für die rege Beteiligung - und die Runde ist, wie immer, gut gelaunt. Nach dem Nachtisch kommt Caroline mit dem neuesten Heft der Horen und trägt zur allgemeinen Erbauung Schillers Lied von der Glocke vor. Sie macht sich über den umständlichen, überhaupt nicht zeitgemäßen Stil der Ballade lustig, trägt Ausschnitte davon vor und kann sich vor Lachen kaum halten. Die Anwesenden sind zunächst überrascht, aber dann macht vor allem die lustige Vortragsform von Caroline Eindruck und man beginnt zu lachen. Dieses Lachen muss aber nicht überbewertet werden, denn zum einen fühlt man sich der Köchin des guten, vor allem kostenlosen Males, gegenüber zur Höflichkeit verpflichtet, zum anderen ist es sicher der komische Vortragsstil Carolines, die während der Rezitation durchgehen lachen muss, was bekanntlich ansteckend sein kann.

Dann liest Caroline aus einem Gedicht von Schiller vor, dass die spießbürgerliche Idylle der Zeit kaum deutlicher beschreiben kann: „Ehret die Frauen! Sie flechten und weben, himmlische Rosen ins irdische Leben, flechten der Liebe beglückendes Band, und in der Grazie züchtigem Schleier, nähren sie wachsam das ewige Feuer, schöner Gefühle mit heiliger Hand". Dann trägt sie noch das Ende des Gedichtes vor: „In der Mutter bescheidener Hütte, sind sie geblieben mit schamhafter Sitte, treue Töchter der frommen Natur." Das ist aus Sicht Carolines und der Schlegel Brüder eher eine Beleidigung der Frauen. Soll diese Gedichtform das Maß aller Dichtkunst sein, wie es Schiller und Goethe beanspruchen? Die Kritik an diesem Gedicht kann man verstehen. Hier weht dem Leser der Hauch einer Gesellschaft entgegen, die zu den Auffassungen der Romantiker völlig konträr ist.

August Wilhelm wird von den Anwesenden gebeten, ein Spottgedicht zu verfassen, das dann im Athenäum veröffentlicht werden soll. Man weiß, dass er ein Meister im Verse setzen ist. Er braucht auch nicht viel Zeit dazu, da August Wilhelm in dieser Hinsicht begnadet ist, was selbst Goethe anerkennend gelobt hat. Schon nach kurzer Zeit kommt er aus seinem Arbeitszimmer zurück und trägt das Ergebnis vor: „Ehret die Frauen! Sie stricken die Strümpfe, wohlig und warm, zu durchwaten die Sümpfe, flicken zerrissene Pantalons aus. Kochen dem Manne die kräftigen Suppen, putzen den Kindern die niedlichen Puppen, halten mit mäßigem Wochengeld aus."

Jetzt wird vor Begeisterung gelacht und das Gedicht soll noch erweitert werden, um es dann zu veröffentlichen. Ärger mit Schiller ist zu erwarten, wird aber in Kauf genommen.

Das Maß ist voll

Goethe und Schiller äußern sich in einer Besprechung über Dilettanten und den Zeitgeist. August Wilhelm Schlegels Rausschmiss aus Schillers Zeitschrift „Horen" ist eine Folge der maßlosen und unqualifizierten Sticheleien seines Bruders. Beide stehen etwas unterschiedlich zu den Schlegelbrüdern, sind sich aber in der Beurteilung der beiden sehr unterschiedlichen Brüder im Prinzip einig.

August Wilhelm ist der ruhige und sachliche Literat und Übersetzer. Er hat durch die Übersetzung verschiedener Shakespeare Stücke einen großen Beitrag zur Entwicklung der Literatur im deutschsprachigen Raum geleistet. Beiden – Goethe und Schiller - sind seine Übersetzungen bei ihrer Arbeit hilfreich. August Wilhelm Schlegels Literatur- und Theaterrezensionen sind sehr fundiert. Er bemüht sich, ein fairer Kunstkritiker zu sein. Über die Formen der Poesie weiß er auch sehr viel. Goethe hat ihn schon einmal für ganz bestimmte Formen – es handelte sich um Hexameter – konsultiert.

„Friedrich Schlegel ist ein übereifriger Ehrgeizling, dem es an Talent fehlt, der das aber durch überzogene Kritik und Ironie zu überdecken versucht. Dafür hat er eine umso höhere Meinung von sich selber und wird darin wohl von seiner ihn hündisch anhimmelnden Dorothea Veit bestärkt." Dieser nach Meinung Schillers „Schriftsteller Dilettant" hat einen Roman geschrieben – er nennt ihn „Lucinde" - über den Schiller sagt: „Ich habe es mir angetan, den Roman durchzusehen, eigentlich reine Zeitverschwendung. Er bestätigt meine Meinung über die romantischen Spinnereien und passt in den sich ausbreitenden Literaturbetrieb von tintenklecksenden Dilettanten, wo es auf Masse und Leichtigkeit, nicht aber auf Literatur ankommt." Goethe ist ebenfalls skeptisch. Mit Blick auf die durchaus beachtliche Auflagenzahl dieser sich ausbreitenden Profanliteratur kommt er zu dem Schluss: „Wir müssen wohl erkennen, dass sich durch zunehmende Verbreitung von Büchern auch im einfachen Volk die Qualität von Literatur auseinander geht. Sicher ist es zu begrüßen, dass immer mehr gelesen wird, wir müssen aber dafür sorgen, dass sich nicht jeder Schreiberling einen Künstler nennt. Ich kann nicht glauben, dass es auf Dauer keinen Unterschied mehr zwischen künstlerischer und einfacher Literatur geben soll."

Beide – Goethe und Schiller - fühlen sich in der klassischen Literatur als Institution und wollen dass auch in ihren Fachzeitschriften deutlich machen. Es wäre sehr zu begrüßen, wenn andere gute Dichter, die es ja durchaus geben sollte – konkrete Namen fallen ihnen im Moment nicht ein – sich ihrer Meinung anschließen würden. Das Vorgehen schafft allerdings ganz sicher keine neuen Freunde.

Wie schön wäre ein Rittergut

Der mittlerweile erreichte Wohlstand, in dem Goethe jetzt lebt, fordert auch in finanziellen Dingen seine Aufmerksamkeit. Goethe hat als gedachte Geldanlage - wohl auch aus unwiderstehlicher Lust am Landleben - ein Freigut in Oberroßla gekauft, das als Lehnsgut zu haben war und ihm als Lehnsmann des Herzogs dadurch sogar immerhin Sitz und Stimme im Landtag bringen wird.

Ganz in der Nähe, in Oßmannstedt, besitzt auch Hofrat Wieland ein Gut, in dem der mit seiner großen Familie lebt und gelegentlich Abstand vom Hofleben sucht. Nach persönlicher Besichtigung auch des Wieland Gutes, das zur Kaufentscheidung beitrug, stellt Goethe dann allerdings fest, dass Wielands Gut in der wohl traurigsten Gegend liegt und nur auf schlimmen Wegen erreichbar ist. Für die Wege in Weimar ist Goethe übrigens selber zuständig. Wohl auch deshalb entschließt er sich schließlich, das erworbene Gut zu verpachten und selber in Weimar zu bleiben. Das Gut sieht er auch als Zukunftssicherung an. Es würde

Christiane ja bleiben, falls ihm etwas zustoßen sollte. Die amtlichen Formalitäten müssen natürlich noch geregelt werden. Sie sind ja noch nicht verheiratet.

Leider hat er kein Glück mit dem Pächter, einem Lebemann mit Namen Schlabrendorff, der ihm zwei Jahre lang die Pacht schuldig bleibt. Wäre Goethe nicht allzu vertrauensselig gewesen, so hätte sich dieses Problem vermeiden lassen. Mit Christiane macht er einen Ausflug nach Oberroßla, um den Pächter aufzusuchen und zur Rede zu stellen. Unterwegs auf holprigen und ausgefahrenen Wegen macht er deutlich: „Christiane, ich beabsichtige, den Pächter zu verklagen und hinauszuwerfen. Dann muss ich mich um das Gut zunächst wohl selber kümmern und einen neuen Pächter finden."

So kommt es und wird schließlich doch noch zum Erfolg. Man kann Goethe keinen Vorwurf machen. Er ist vielseitig begabt, aber kein Mensch kann alles leisten. Sein landwirtschaftlicher Berater Reimann übernimmt das Gut schließlich und Goethe kommt für die Zukunft ohne große Verluste davon. Einträglich ist die Investition aber zu keinem Zeitpunkt.

Stücke braucht Weimar: Wallensteins Lager

Schillers „Wallenstein" wird in Weimar uraufgeführt, ein weiterer großer Tag für das Theater. Schiller hat schon lange an dem historischen Thema gearbeitet und Goethe drängte ihn, für das Weimarer Theater etwas abzuliefern. So kam man überein, den Wallenstein in drei Teile zu zerlegen und mit dem ersten Teil schließlich zu beginnen. Dabei sollte der Zuschauer langsam auf das Stück eingestimmt werden. Wallensteins Lager war als Epos gedacht und soll neugierig auf das Drama machen, das in zwei weiteren Stücken zu einer Trilogie vervollständigt werden soll. Vor der Premiere sitzen Goethe und Schiller zusammen und besprechen das Stück. Dabei schildert Schiller, welche Überlegungen er bei der Ausarbeitung hatte.

„Der erste Teil - Wallensteins Lager – stellt den Zuschauer in die Zeit und in die Umgebung, in der das Drama sich abspielen wird", so Schiller, „gewählt ist die Form des Epos. Der Zuschauer kann sich noch ohne Druck als Beobachter fühlen. Er kann im übertragenen Sinne um die Bühne herum gehen und sich alles in Ruhe betrachten. Er lernt die Figuren kennen und soll neugierig gemacht werden auf das eigentliche Drama, das später in zwei Folgen geboten werden soll. Die beiden Folgen haben auch schon Namen: „Piccolomini" und „Wallensteins Tod". Bei diesen Folgen wird bewusst die Form des Dramas gewählt. Der Zuschauer wird emotional eingebunden und nicht mehr losgelassen. Er muss Partei ergreifen und sich identifizieren. Astrologischer Aberglaube, Herrschsucht, Gier und Hinterhältigkeit durchziehen das Stück wie ein roter Faden. Der vermeintlich Handelnde – Wallenstein – hat längst die Kontrolle über seine Ziele verloren. Er wird mit seinen eigenen Waffen geschlagen und wird ermordet." Goethe kennt das Stück, hört aber dennoch aufmerksam zu. Schillers Erklärung dient nicht nur der Aufklärung seines Freundes Goethe, nein er rekapituliert seine Gedanken, die er vor Beginn der Premiere den Zuschauern vor dem Vorhang erläutern will. Goethe versteht das sehr gut. „Wenn ich einen Rat geben darf", sagt er, „vielleicht würde es den Zuschauern helfen, wenn sie ganz kurz das Stück in den historischen Zusammenhang stellen würden; in den Dreißigjährigen Krieg und auch die Rolle Wallensteins als mächtigen Kriegsherrn für den österreichischen Kaiser ansprechen würden." Schiller nickt.

Was die Besetzung angeht, so hat sich die erneute Aufregung um den Einspruch des Herzogs wegen Karoline Jagemann beruhigt. Sie spielt die anspruchsvolle Rolle der Tochter Wallensteins, Thekla, und macht das ausgezeichnet. Das Stück wird zu einem großen Erfolg, die Nachfrage aus anderen Theatern reißt nicht ab. Besonders Berlin ist interessiert, will das Stück dort aber ohne „Wallensteins Lager" aufführen, da der preußische Militarismus nicht kritisiert werden darf. Schiller ist noch nicht sicher, ob er einem solchen herrschaftlichen Eingriff nachgeben soll. Es geht dabei um die künstlerische Freiheit. „Gesinnung oder Geld", sagt Goethe, „sie werden sich entscheiden müssen." „Aber bestimmt nicht heute Abend", entgegnet Schiller und begibt sich hinter die Bühne.

Ein Professor fliegt

Die Entlassung Fichtes ist beschlossene Sache. Der Herzog lässt sich nicht mehr umstimmen. Goethe begibt sich noch einmal zum Herzog Karl August und versucht ein gutes Wort für Fichte einzulegen. Er schildert dessen Vorzüge und die besondere Qualität seiner philosophischen Leistungen. „Fichte ist ein ganz ausgezeichneter Philosophieprofessor, der noch eine große Zukunft vor sich haben wird. Intellektuell ist er den meisten Professoren an der Universität überlegen. Für den Ruf der Universität wäre er sehr wichtig", konstatiert Goethe.

Der Herzog hört sich das in aller Ruhe an. Dann zeigt er Goethe einen Brief Fichtes, den dieser unmittelbar an den Herzog gerichtet hat. Darin beschwichtigt Fichte seine Veröffentlichungen und bettelt förmlich, nicht entlassen zu werden. „Aus meiner Sicht", sagt Karl August, „ist Fichte nicht nur ein Großsprecher, sondern auch ein Feigling, der an seinem Einkommen hängt. Nachdem er sich vorher uneinsichtig und nahezu aufsässig gegen mich und die Universitätsleitung gezeigt hat, winselt er förmlich in dieser Petition um seine Stelle als Professor an der Universität Jenas. Unterstützung seitens des Rektors erhält er nicht. Ich sehe keine andere Möglichkeit, als die Entlassung. Wir brauchen sicher fachlich gute Professoren, sie müssen aber auch charakterlich einwandfrei sein."

Der Herzog hat entschieden, dass Fichte gehen muss. Das ist er sich schon aus Gründen eigener Autorität schuldig. Damit ist Fichtes Entlassung besiegelt. Goethe bleibt gar nichts anderes übrig, als zuzustimmen. Er verlässt dieses Mal einigermaßen deprimiert das herzogliche Schloss. Es ist das erste Mal, dass ihm Herzog Karl August etwas abschlägt. Er wird sich auf die neue Situation einstellen müssen.

Auch ein Poet muss mal an die frische Luft

Goethe kauft eine neue Equipage und Pferde. Er hat zwar im Reitstall des Hofes ein dienstliches Pferd, möchte aber auch privat angemessen und standesgemäß reisen können. Seine erste Ausfahrt führt ihn zu Schiller, der aus seiner Sicht ohnehin zu viel in der Stube sitzt. Er meldet sich bewusst nicht an, sondern überrascht Schiller in seiner Studierstube. Dem bleibt nichts anderes übrig, als sich rasch anzukleiden und mit Goethe eine Ausfahrt zu machen.

Es geht hinaus aufs Land, über holprige Wege bis zum Sommersitz des Herzogs, dem Jagdschloss Ettersburg, Das kleine, im französischen Stil gebaute Schloss, liegt etwas höher auf einer Anhöhe und ist umgeben von einem gewaltigen Eichenwald. Gegenüber dem Schloss befindet sich ein terrassenförmiger Tannenwald, durchmischt mit einem Laubwald. Das große Grundstück besteht ganz überwiegend aus einer gepflegten Wiese mit schön bepflanzten Inseln und Rabatten. Auf halber Höhe ist eine Plattform angelegt, die für Veranstaltungen im Freien genutzt wird. Goethe war schon öfter hier und kennt das Personal, Schiller sieht die Anlage zum ersten Mal und ist entzückt.

Beide nehmen in einem Pavillon vor dem Schlosseingang Platz. Bedienstete haben Goethe bereits kommen sehen und begrüßen beide Besucher sehr freundlich. Sie freuen sich offensichtlich darüber, dass jemand gekommen ist und die Langeweile etwas unterbricht. Man bringt den Besuchern Erfrischungen und beide genießen die Aussicht und Ruhe der herrlichen Anlage. „Es ist uns eine wirkliche Freude, Herr Minister, sie hier einmal zu Besuch zu haben. Sie sollten öfter kommen."

Schiller kann sich gar nicht satt sehen: „Das ist eine einmalige Kulisse für mein in Vorbereitung befindliches Werk „Maria Stuart" sinniert er und nimmt den Gesamteindruck in vollen Zügen auf. Später wird er sich von den Eindrücken inspirieren lassen. Man lässt sich Zeit und wird mit Getränken und kleinen Speisen verwöhnt. Kurz vor Einbruch der Dunkelheit machen sich beide auf den Rückweg.

Die Rückfahrt gibt ausreichend Zeit für ein langes Gespräch, in dem Schiller fragt: „Mit welchem Recht verfügen die Fürsten eigentlich über derartige Anwesen?" Goethe schmunzelt. Manche nennen ihn schon einen Dichterfürsten; vom Reichtum der wirklichen Fürsten hat er jedoch nur insofern etwas, als man ihn bewundert und in seiner Arbeit unterstützt. Das ist nicht wenig und insofern fühlt er sich zwischen den Welten. „Ich verstehe ihre kritischen Anmerkungen, auch die jungen Romantiker und die Studentenschaften verstehen das nicht. Ich muss aber auch eingestehen, dass ich mich in dieser Welt, wenn auch bescheiden, eingerichtet habe und auf die Vorzüge dieses Lebens nicht mehr verzichten möchte. Glauben sie mir, so ganz wohl ist mir dabei sicher nicht. Man muss sich eben immer wieder entscheiden. Ich habe mich für eine in enge Anlehnung an den Hof entschieden. Das verschafft mir die Möglichkeit, einigermaßen sorgenfrei meiner Neigung nachzugehen. In einer schlecht geheizten, zugigen Studierkammer ohne festes Einkommen könnte ich das sicher nicht."

Schiller bleibt im Weiteren schweigsam. Er versteht seinen Freund durchaus und trachtet ja selber nach einem besseren und sorgenfreien Leben, das es ihm ermöglichen würde, ebenso unabhängig wie Goethe seiner Berufung nachzugehen. Wie hat Goethe neulich gefragt: Geld oder Überzeugung?

Wozu braucht ein junger Professor ein Gehalt?

Schiller wird durch Mithilfe von Goethe unbezahlter Professor für Philosophie in Jena und hält an einem warmen Mai Abend seine Antrittsvorlesung im Auditorium Professor Reinholds. Ein außerordentliches Ereignis in Jena. Er hatte mit einigen Zuhörern gerechnet, was sich ihm aber hier und heute bietet, als er den Vorlesungsraum betritt ist unbeschreiblich. Nahezu die gesamte Studentenschaft scheint ihn hören zu wollen. Der Hörsaal quillt über, auf den Treppen kauern Studenten und auf dem Vorplatz versuchen die Studenten durch die geöffneten Fenster, etwas von der Vorlesung zu hören. Jemand schlägt vor, den Hörsaal in das Griesbachsche Auditorium am anderen Ende der Stadt zu wechseln und Schiller stimmt zu. In langer Prozession geht es durch Jena, die Menschen treten aus ihren Häusern und bestaunen das Ereignis. Ihnen wird zum ersten Mal klar, wie viele Studenten Jena hat.

Schiller beginnt seine Vorlesung mit der Unterscheidung zwischen gewöhnlichen und begabten Köpfen. „Ihr dürft euch nicht zu Arbeitspferden degradieren lassen, sondern sollt euch von der Wahrheit begeistern lassen. Die „Brotgelehrten" - ich nenne hier keine Namen - denken an Geld, Sicherheit und ihre Stellung. Ihnen fehlt die Hingabe an die Wissenschaft. Sie trachten nach Geld, Lob und Fürstengunst. Dagegen setze ich ein völlig anderes Wissenschaftsethos. Dieses geht vom Geist der Forschung und der Liebe zur Wahrheit aus und muss jederzeit vor den „Krämerseelen" verteidigt werden, die in dem Fortschritt – dem Sinn von Wissenschaft – eher eine Bedrohung sehen. Sie verschanzen sich hinter ihrem Schulwissen und begegnen neuen Ideen feindselig. Sie verstehen nicht, dass der freie Geist der Forschung das Wissen immer für alle erwirbt. Für einen Wissenschaftler geht es immer um die philosophisch gestellte Frage nach der Universalwissenschaft: Woher kommen wir, wohin gehen wir und wozu das Ganze?"

Die Antrittsvorlesung schlägt ein, wie eine Bombe. Noch lange bis in die Nacht hinein, diskutieren die Studenten in Gruppen die Inhalte von Schillers Vorlesung. Sie werden auch weiterhin seine Vorlesungen stürmen und der Erfolg spricht sich in Windeseile bis nach Weimar herum, zum Herzog und natürlich auch zu Goethe. Dieser Studentenzulauf sichert Schiller zumindest durch die anfallenden Hörergelder ein gewisses Einkommen, ein Gehalt erhält er nicht. Das macht ihn schon wütend. Goethe soll gesagt haben: „Wozu braucht ein junger Professor ein Gehalt?" Er muss ihn darauf noch einmal ansprechen.

Warum musste ich nur nach Weimar ziehen?

Eine schwere Krankheit sucht Charlotte Schiller heim. Sie hat starkes Nervenfieber, verliert zeitweise das Bewusstsein, leidet unter schwerem Erbrechen, krampfartigen Anfälle und liegt zeitweise im Delirium. Es besteht Todesgefahr und Schiller ist verzweifelt. Nur langsam überwindet sie die Krankheit. Erst danach machen sich Schillers –inzwischen mit drei Kindern - an den Umzug nach Weimar.

Sie beziehen eine freiwerdende Wohnung, beim Perückenmacher Müller in der Windischengasse, in der vorher ausgerechnet Charlotte von Kalb gewohnt hat und wollen in Weimar ein neues, möglichst unbeschwertes Leben, beginnen. Da die Wohnung in Jena zunächst beibehalten wird, muss eine neue Einrichtung her. Das ist Schillers Aufgabe. Charlotte muss noch geschont werden.

Am Theater in Weimar erwartet man Schillers Tätigkeit, mit der er Goethe entlasten soll. Dabei würde er lieber seine Arbeit am Stück „Maria Stuart" fortsetzen. Am Theater wartete viel Arbeit auf Schiller. Die Qualität des Ensembles lässt sehr zu wünschen übrig. Sprache, Ausdruck, Zusammenspiel, nichts funktioniert. Das Theater hat einfach zu wenig Qualität. Es ist bestenfalls für Rührstücke geeignet, die Nachahmung der profanen bürgerlichen Alltagswelt. Künstlerische Erhebung der Handlungen, die Darstellung des Erhabenen und große Gefühle sind ganz ausgeschlossen. Bei Goethe oder Schiller müssen die Schauspieler regelmäßig zu Proben versammelt werden. Das geht manchmal bis tief in die Nacht hinein. Häufig wird danach auch noch fröhlich zugeprostet. Dann geht es auch schon Mal bis morgens.

Wegen der noch ungewohnten Nähe kommt Goethe jetzt häufiger und schaut nach dem Rechten. Wenn Goethe und Schiller aber ins Philosophieren geraten, dann vergessen sie die Zeit. Dann wird diskutiert bis tief in die Nacht und die eine oder andere Flasche Wein geleert. Spät wird es immer dann, wenn Schiller mit Goethe sein neuestes Stück bespricht, das ihn gar nicht mehr los lässt: Maria Stuart. Ihn faszinieren der historische Stoff und die Personen. Jede menschliche Schwäche und Verkommenheit kommen vor in diesem königlichen Streit zweier Herrscherhäuser. Goethe empfiehlt, daran zu denken, dass ein solches Stück auch dem Herzog gefallen muss. „Bedenken sie bitte, dass Stücke über Herrscherhäuser und Dynastien vom Herzog immer auch unter dem Blickwinkel der Kritik gesehen werden. Er mag es nicht, wenn Fürsten lächerlich gemacht, als charakterlos dargestellt oder gar unmoralisch gezeigt werden. Er wird solche Stücke in keinem Fall in Weimar dulden." Schiller ist fassungslos: „Aber das ist die Wahrheit. So lebt doch der Adel. Wie sollen wir zu Aufklärung beitragen, wenn wir die Verhältnisse an den Höfen völlig falsch darstellen müssen?" „Gemach, mein Freund, ich verstehe sie durchaus. Ich möchte sie nur vor ungeliebten Folgen schützen. Sie sind ein so großer und virtuoser Dichter, dass es ihnen nicht schwer fallen dürfte, ihre Kritik so elegant zu verpacken, dass es nicht beleidigend wirkt. Glauben sie mir, Herzog Karl August ist durchaus einsichtig und nicht mit allem einverstanden, was ihm von den Höfen so zugetragen wird. Was er aber nicht dulden wird ist, dass ihm das auch noch öffentlich um die Ohren gehauen wird. Lassen sie all ihre Kunst walten, den goldenen Mittelweg zu finden."

Weitere Verpflichtungen kommen auf Schiller zu, die er in Jena nicht kannte. Jeder will ihn sehen. So nehmen die Einladungen kein Ende. Jeder, der etwas auf sich hält, beteiligt sich daran und man möchte sich mit den beiden großen Dichtern dieser Stadt schmücken. So einigen sich Goethe und Schiller, dass sie sich mit den Einladungen absprechen, so gut das geht. Es genügt, wenn einer von beiden sich zeigt. Bei Hofe geht das natürlich nicht. Nach einiger Zeit beklagt sich Schiller bei Charlotte: „Ich finde kaum noch Zeit zum Schreiben. Warum sind wir nur nach Weimar gezogen? In Jena war es doch viel ruhiger". Immerhin fällt die Entscheidung, das Gartenhaus in Jena nicht aufzugeben. So erhält man sich ein Refugium der Erholung und Entspannung und für Zeiten, die Schiller für konzentriertes Arbeiten benötigt.

Den Kopf abhacken geht gar nicht

Schiller arbeitet nach Wallenstein an dem Drama über das Leben und Sterben der „Maria Stuart". Seine Literaturrecherchen sind weit fortgeschritten und er hat schon klare Vorstellungen, wie er diesen sehr ambitionierten Stoff bearbeiten will.

Er erklärt Goethe den Aufbau des Stückes: Ähnlich wie bei Wallenstein, wird die Handlung auf die letzten Tage vor der Hinrichtung konzentriert. Das Urteil ist schon gefallen, Maria Stuart soll hingerichtet werden. An dem Verbrechen an ihrem Mann, das Maria gebilligt hat, besteht kein Zweifel. So ist auch der Schuldspruch unstrittig. Jetzt geht es um Wandlungen der Seele bei der Verurteilten und um Gewissensbisse bei der englischen Königin Elisabeth, die das Urteil noch unterschreiben und die Hinrichtung anordnen muss. Es kommt zur Begegnung beider Frauen. Das ist Stoff für dramaturgische Spannung." „Sehr interessant", sagt Goethe, „wie geht es weiter?"

„Ein Befreiungsversuch und ein misslungener Attentatsversuch auf die englische Königin, steigern die Dramaturgie bis hin zur Begegnung der beiden Frauen." „Dass die beiden Königinnen dabei wie schreiende Marktweiber und Huren dargestellt werden gefällt mir gar nicht", sagt Goethe, „auch die auf der Bühne zelebrierte Beichte mit einem Abendmahl dürfte Ärger beim Klerus bringen, allen voran Herder, der sich ja gerne als Hüter der kirchlichen Ordnung aufspielt." Schiller hält von kirchlichen Vorschriften wenig. Ihm geht es vor allem um die Freiheit des Christenmenschen, um die Freiheit der Kunst und des Dichters.

Vollends verworfen wird dann allerdings die Hinrichtungsszene einer Königin auf der Bühne. Das Stück wird auf Einspruch des Herzogs nur in veränderter Form aufgeführt, an anderen Theatern – so in Wien - wird es nur in zensierter Form gezeigt. Goethe sollte Recht behalten. „Kopf ab einer Königin geht in Monarchien gar nicht."

Die Christenheit oder Europa

Der junge Adelige, Friedrich von Hardenberg, ist ein Mann des Bergbaus, eigentlich gar kein Dichter. Er hat aber eine starke Affinität zur Poesie, zum Leben und zur Gesinnung der Romantiker. So schließt er sich frühzeitig der Familie Schlegel an, geht in ihrem Haus ein und aus und lernt alle anderen regelmäßigen Besucher des Romantiker Kreises kennen. Seinen Professor, Friedrich Schiller, verehrt er abgöttisch. Als dieser einmal schwerkrank darnieder liegt, lässt er es sich nicht nehmen, sogar an seinem Krankenbett Nachtwache zu halten. Er bewundert Schiller und dessen Werke, die er alle kennt und er hat nur einen Wunsch, seinem geliebten Idol, Schiller, möglichst nahe zu sein.

So ist es fast schon selbstverständlich, dass von Hardenberg selber zur Feder greift und unter dem Pseudonym Novalis dichtet. Er schreibt Aphorismen, Fabeln, Gedichte, geistliche Lieder und Fragmente, wie er sie nennt, macht sich Gedanken über das Leben und den Tod. Er ist ein Schwärmer und Romantiker im besten Sinne und findet in den anderen regelmäßigen Besuchern des Schlegelschen Hauses auch Freunde und Gleichgesinnte, so vor allem Ludwig Tieck und Friedrich Schleiermacher. Sein Reichtum an Phantasien überfordert seine Zeitgenossen bisweilen, Goethe und Schiller halten sie manchmal wohl auch für Spinnereien. Gänzlich abgelehnt wird von ihnen der Hang Hardenbergs zur Finsternis der Nacht – wohl ein Ergebnis seiner häufigen Aufenthalte unter Tage im Bergbau - und seine

Todessehnsucht. Er ist zum Beispiel davon überzeugt, dass ein Mensch seinen eigenen Tod jederzeit herbeidenken könnte.

Novalis – alias Hardenberg – äußerte einmal, dass er die Philosophie für eine Wissenschaft ohne die mindeste Realität im eigentlichen Sinne hält und fragt konsequenterweise nach ihrem Nutzen. Solche Gedankenspiele können Fichte oder Schelling – beide Philosophen – aber auch Schiller und Goethe überhaupt nicht gefallen. Sie werden daher zu dem interessanten, jungen Mann auch immer deutlichen Abstand halten, können sich aber aus den Folgen der waghalsigen Gedankenspiele Hardenbergs nicht immer fernhalten.

Hardenberg hat sich angesichts der politischen Lage in Europa Gedanken über die katholische Kirche gemacht. Napoleon tyrannisiert mit Erfolg ganz Europa, führt Kriege, entmachtet Fürsten, plündert Länder und Städte und hat sogar den Papst in Rom, Pius VI., gefangen gesetzt und verschleppt. Die katholische Kirche ist enthauptet. Da stellt sich Hardenberg in einem eigens dazu ausgearbeiteten Vortrag die Frage nach der Zukunft des Kontinents und der Religion: Christenheit oder Europa?

Schon schwer verständlich sind dabei für Protestanten seine Lobeshymnen auf die katholische Kirche des Mittelalters. Hat er nie etwas von verkommenen Päpsten, Inquisition und Glaubensterror gehört? Vollends verwirrt sind aber die Hörer des Romantiker Kreises, denen er das alles vorträgt, über den Gedanken, dass es in einem künftig geeinten Europa ohne Landesgrenzen zu einer gewandelten, wiedergeborenen, neuen Christenheit kommen müsste, eben: Christenheit oder Europa.

Dorothea Veit – die an den Sitzungen der Romantiker immer teilnimmt, sich aber intellektuell zweckmäßigerweise zurück hält, beschreibt die sich anschließende Diskussion im Hause Schlegel in einem Brief an Schleiermacher nach Berlin, der diesmal nicht teilnehmen konnte: „Die Herren sind etwas toll. Ich will aber wetten, sie verstehen sich selbst und einander nicht."

Das alles wäre nicht weiter schlimm gewesen, wenn nicht Hardenberg die Idee gehabt hätte, seinen Vortrag im Journal der Schlegels, dem Athenäum, auch noch zu veröffentlichen. Dabei kommen August Wilhelm dann doch gewisse Bedenken. Was im Hause Schlegel geredet wird ist eine Sache, wenn man das aber auch noch veröffentlicht, dann muss man mit erheblichen Auswirkungen rechnen. Immerhin ist August Wilhelm Professor an der Jenaer Universität und er hat nicht vergessen, welchen Ärger sich Fichte mit religiösen Themen beim Herzog eingehandelt hat. Da er Hardenberg nicht direkt vor den Kopf stoßen möchte, beschließt man, Goethe als Schiedsrichter einzuschalten. Sein Wort hat Gewicht, vor allem beim Herzog. So kommt es dann.

Zu einem weiteren Gespräch bemüht sich der Meister nach Jena. Er hört sich alles aufmerksam an, lobt den Ideenreichtum Hardenbergs, ist aber Pragmatiker und empfiehlt, den Aufsatz nicht zu veröffentlichen. „Man kann den Ärger vorhersehen und sich den Zorn des Herzogs ersparen." So wird dann auch entschieden und der Keim für ein Zerwürfnis im Kreis der Romantiker gelegt. Was noch niemand ahnen kann, sprengt dieses, vor allem aber auch ein anderes Ereignis den Kreis der Romantiker auf ewig. An die Stelle früherer unverbrüchlicher Freundschaft treten: Abneigung, Hassgefühle und üble Nachrede.

Der Startpunkt ist die absehbare Trennung von Caroline Schlegel – sie ist mittlerweile verheiratet – von August Wilhelm. Diese Trennung scheint den betroffenen August Wilhelm weniger zu schmerzen, als die weniger bis gar nicht betroffenen Mitbewohner, Friedrich Schlegel und Dorothea Veit, die fortan alles daran setzen, Caroline und Schelling überall schlecht zu machen.

Kaum verheiratet, schon getrennt

Aus ihrer eigenen, selbstgesetzten Moral machen die Romantiker kein Geheimnis und vor allem, sie leben danach, zumindest glauben sie das. Man müsste allerdings erwarten, dass sie dann auch mit den Folgen und bürgerlichen Reaktionen umzugehen verstehen, zum Beispiel durch selbstbewusstes Ignorieren von Gerede und Attacken und durch eisernen Zusammenhalt. Dabei zeigt sich allerdings, dass auch Überzeugungen der Wirklichkeit nicht immer standhalten. Das gilt vor allem für Reaktionen aus dem eigenen Kreis.

Die Moral der Romantiker besteht vereinfacht gesagt aus: Gleichrangigkeit der Geschlechter in einer sich aufgeklärt verstehenden Gemeinschaft; Abschaffung patriarchalischer Strukturen; freie Liebe ohne Trauschein; wenn schon Lebenspartnerschaften, dann durchaus zu dritt oder zu viert; Trennung und Scheidung ohne viel Aufhebens. Die große Freiheit von der veralteten bürgerlichen Moral eben. Man ist aufgeklärt und lebt nach den eigenen Regeln.

So leben die Schlegel Brüder mit ihren Frauen auch in ihrem gastfreundlichen Haus in Jena. Die sich zu den Romantikern zählenden oder hingezogen fühlenden Freunde gehen bei ihnen ein und aus. Es wird gescherzt, kokettiert und geflirtet. Alles ganz normal nach ihrem Weltbild. So findet auch niemand etwas dabei, dass der sechzehnjährigen Auguste schon der Hof gemacht wird. Friedrich Schlegel mag das junge, kokette Mädchen wohl auch. Der junge Friedrich Wilhelm Joseph Schelling, ein blendend aussehender junger Professor mit fachlichem Charisma und menschlichem Charme, lässt sich ohne viel Widerstand von Auguste und ihrer Mutter Caroline umgarnen. Caroline passt schon auf, dass daraus nicht mehr wird. Immerhin ist ihre Tochter ein Anziehungspunkt und sie ist damit auch dem von ihr begehrten Schelling nah, vermuten manche.

Obwohl Schelling zu dem Zeitpunkt mit zweiundzwanzig Jahren im Lebensalter näher zu Auguste steht als zu ihrer vierunddreißigjährigen Mutter, bemüht er sich um Caroline und die sich um ihn. Caroline ist zweifelsfrei eine vielfach und nicht nur von ihm begehrte Frau, von kokettem Wesen und blitzendem Verstand, immer witzig – manche meinen vorlaut – steht sie regelmäßig im Mittelpunkt der Aufmerksamkeit. Schelling weiß das, August Wilhelm Schlegel natürlich auch. Auch Friedrich Schlegel gehört zu ihren Verehrern, was wiederum Dorothea Veit nicht verborgen bleibt. Es ist wohl diese Konstellation, die dann nahezu eruptiv in den Beziehungen ausbricht und zu lebenslanger Feindschaft führen wird. Die Lebenslüge der Romantiker wird von heute auf morgen in sich zusammen fallen. Es bedarf nur eines Anlasses. Sie war und ist wohl nicht tragfähig.

Caroline Schlegel verliebt sich also in Schelling und nachdem das nicht mehr zu verheimlichen ist, teilt sie ihrem Mann mit, dass sie sich von ihm trennen will. August Wilhelm, der sich wohl nie falsche Vorstellungen gemacht hat, nimmt das zumindest äußerlich gelassen hin. Insofern lebt er die Moral der Romantiker sehr wohl. „Du wirst dir das sicher gut überlegt haben", sagt er, „ich liebe dich sehr, bin aber gewiss nicht der Mann deiner Träume. Caroline, ich habe das immer gewusst, war aber immer auch sehr glücklich, dass du meine Frau bist oder warst. Ich weiß nicht, ob ich das immer so zeigen konnte. Du sollst aber wissen, dass es so ist." Caroline schaut ihn besorgt und mit sichtbar schlechtem Gewissen an: „Ich weiß, August Wilhelm, ich weiß das alles sehr genau und schon von Anfang an. Die Ehe mit dir bin ich aber aus Überzeugung eingegangen. Es sind nicht immer nur die erotische Gefühle, die einen Mann anziehend machen. Bei dir sind es Gefühle der Achtung, des Respekts und der Geborgenheit. Du wärst für mich immer da gewesen, das weiß ich. In der Gewissheit konnte ich nach all den Verfolgungen sicher leben" „Was ist es dann?" „Die Liebe, August Wilhelm, gegen die ich nichts machen kann. Ich bin wie gesteuert von Gefühlen, die ich nicht beeinflussen kann. Das ist es und ich kann es nicht erklären." „Ich schon, meine Liebe, ich schon und dabei muss ich dich frei sprechen, so schwer mir das auch fällt. Liebesgefühle sind nach Auffassung der Naturphilosophen biochemische Vorgänge in uns, die wir nicht verstehen oder steuern können. Goethe nennt das Wahlverwandtschaften. Wir sind ihnen ausgeliefert. Beides – wenn wir ihnen nachgeben oder wenn wir sie verdrängen – hat unvermeidlich Folgen. Du hast dich nach wahrscheinlich langen inneren Kämpfen entschieden, den Gefühlen zu folgen. Das ist schwer für mich, aber für dich die einzige Lösung. Ich wünsche dir Glück in deinem künftigen Leben, danke dir für die vielen schönen Stunden, in denen du meine unvergleichlich begehrenswerte Frau warst und wünsche mir nur eins, dass wir Freunde bleiben. Komm zu mir, wenn du Kummer hast." Caroline schlägt die Hände vors Gesicht, um ihre Tränen zu verbergen und verlässt wortlos und etwas gebeugt den Raum.

Die anderen nicht, unmittelbar, sondern verdeckt und indirekt Betroffenen, reagieren nicht so gelassen. Dorothea Veit und Friedrich Schlegel kübeln Gift und Galle über Caroline aus. Die Motive dürften sehr unterschiedlich sein. Friedrich träumte wohl immer schon von einem Verhältnis mit Caroline, hielt sich aber anfangs zu Gunsten seines Bruders zurück. Jetzt, wo Carolines Unlust an ihrer Ehe offenbar wird, mag er sich vorstellen, dass er nun hätte zum Zuge kommen können. Er hat aber stets Rücksicht auf Dorothea genommen und seine kleinen Vergnügen auswärts gesucht. Dorothea Veit war immer schon auf Caroline neidisch und eifersüchtig und lässt ihrem Hass jetzt freien Lauf.

Caroline – die zuvor schon krank und kaum genesen war - Auguste und Schelling verlassen das Schlegelsche Haus in Jena und damit den Kreis der Romantiker und begeben sich auf eine gemeinsame Kur nach Bad Bocklet bei Bamberg. Für die tolerante Haltung August Wilhelms spricht, dass er Caroline und Auguste noch auf halbem Weg begleitet, wohl wissend, dass Caroline nicht mehr zu ihm zurückkehren wird. Caroline bleibt dann unter ärztlicher Aufsicht mit Auguste zurück am Kurort, während Schelling weiterreist nach Württemberg zu seinen Eltern. August Wilhelm kehrt nach Jena zurück und verhält sich als einziger „aufgeklärt" im Sinne der Romantiker Moral, sein Bruder Friedrich meint allerdings, er verhalte sich „schwächlich". Für die anderen macht er sich zum Gespött.

Anders und eher schon im Sinne der Romantiker verhält sich Dorothea Veit. Die beginnt sofort einen emsigen Schriftverkehr und offenbart darin ihre Denkweise. Sie meint, dass eine Trennung doch völlig unnötig gewesen wäre, hätte vor allem August Wilhelm einer Ehe zu dritt mit Caroline und Schelling zugestimmt. Auguste hätte vielleicht sogar das Ganze zu einer Ehe zu viert versüßen können. Sie nennt dabei nicht ausdrücklich Auguste, sondern schreibt von einem „Stubenmädchen", dürfte aber Auguste gemeint haben. So steht August Wilhelm jetzt als schwächlich und blamiert da. Der Gedanke, dass alle drei – August Wilhelm, Caroline und Schelling – klare Verhältnisse wollten, kam ihr offensichtlich nicht. Sie dürfte aber an ihr eigenes Verhalten gegenüber ihrer Familie gedacht haben, die sie ja auch verlassen hat und sie dürfte geahnt haben, dass die schönen Zeiten des Romantiker Kreises durch den Auszug von Caroline ihr Ende gefunden haben.

Über den Fortgang Carolines ist sie andererseits froh, da sie jetzt Carolines Rolle zu übernehmen gedenkt und für ihren angebeteten Friedrich Schlegel keinerlei Gefahr mehr wittert. Ohnehin kann man an der Aufgeklärtheit und Emanzipation von Dorothea ernsthaft Zweifel haben, wenn man in ihrem Tagebuch den Eintrag findet: „Und er soll dein Herr sein! Diese Worte des Schöpfers sind nicht Moralgesetz, sondern Naturgesetz.... Es können Frauen durch die unvernünftige Herrschaft der Männer unglücklich sein, ohne diese Herrschaft sind sie aber auf immer verloren und das ohne alle Ausnahme." Wie bitte? Wie gut, dass Tagebücher nicht öffentlich sind. Bestimmt haben auch die unvernünftigen Männer im Hause der Schlegels das Tagebuch nicht gekannt. Sie hätten sich sonst ernsthaft fragen müssen, wer lebt da eigentlich mit uns?

Ein Skandal nimmt seinen Lauf

Was ist das Wesen eines Skandals? Skandale entstehen in der Wahrnehmung der nicht betroffenen Menschen, also der Außenstehenden. Bei den Betroffenen – also den Menschen, deren Verhaltensweisen oder Lebensumstände für skandalös erklärt wird – existiert in der Regel ein schwerwiegendes Problem, das zur Lösung drängt.

Da gibt es viele Ursachen. Beispielsweise: Überzeugungen und Meinungsäußerungen, die der mehrheitlich gebildeten Auffassung widersprechen. Mit Wahrheitsfindung muss das nicht einhergehen; als Tabubruch empfundene Verhaltensweisen, ungeachtet dessen, ob sich die Mehrheit möglicherweise auch so verhält. Der Skandal besteht dann darin, dass es herausgekommen ist; schwer durchschaubare Ereignisse im Leben der skandalisierten Zielpersonen.

Fehlendes Faktenwissen wird dann durch Vermutungen und Gerüchte ersetzt. Einmal in die Welt gesetzter Klatsch verselbstständigt sich und wird dann als Wahrheit empfunden.

Zur Zielperson wird man vor allem dann, wenn man sich die Freiheit nimmt, nach eigenen Wertvorstellungen zu leben und sich um die Meinung der Anderen - jedenfalls nach außen erkennbar - nicht zu kümmern. Die Lebensweise der Romantiker bot sich dafür an. Sie wurden neugierig beäugt, nach allgemein für richtig gehaltenen – nicht auch unbedingt praktizierten – Regeln von Sitte und Moral beurteilt und – möglicherweise auch von Neid getriebenem – Gerede begleitet. Wer lebt, wie die Romantiker im Hause Schlegel, kann sich Fehler nicht erlauben. Delikat in diesem Fall ist, dass der Skandal aus der Mitte der Romantiker selber befeuert wird. Was ist geschehen?

Caroline Schlegel ist mit Ihrer Tochter Auguste und Schelling glücklich im Kurort angekommen, als bei Caroline eine schon in Jena aufgetretene Krankheit jetzt ganz ausbricht. Man kann vermuten, dass außer einer Infektion – man vermutet Ruhr - auch der Stress der vergangenen Tage und Wochen dazu beigetragen hat. Nun war Schelling nicht nur universal in verschiedenen Wissenschaften gebildet, er hatte sich auch mit Medizin beschäftigt, was er für unabdingbar für seine Naturphilosophie erachtet. Schelling hielt bekanntermaßen von den Methoden der traditionellen Medizin gar nichts, sondern war Anhänger der „Brownschen Erregungstheorie". Diese auf den schottischen Arzt John Brown zurückgehende Theorie geht davon aus, dass das gesamte organische Leben von einer Polarität von Reiz und Erregbarkeit beeinflusst wird. Auf ein gesundes Verhältnis kommt es an. Zu hohe Körperkraft führt demnach zu Überregbarkeit, zu geringe Erregbarkeit führt zu Körperschwäche. Demgemäß sind die Therapien angelegt. Als Behandlungsmethoden sah man an:

Verabreichung von Bitterstoffen, Bäder, Wärme, reine Luft, Moschus, Opium, Musik, auch Wohlgerüche.

Auch Wein wurde verabreicht, Goethe schickt ungarischen Wein in den Kurort, man darf vermuten Tokaier. Schelling übernimmt de Facto die Behandlung und die Verantwortung. In Bad Bocklet gibt es einen Arzt –Andreas Röschlaub – der die Brownsche Methode praktiziert und so kann Schelling unbesorgt zu seinen Eltern nach Württemberg weiterreisen. Auguste bleibt bei ihrer Mutter und berichtet ihm regelmäßig in liebevollen Briefen, die nicht nur über den Zustand ihrer Mutter Bericht erstatten, sondern auch durchaus verdeckte Anspielungen und Koseworte enthalten. Da nennt Auguste Schelling auch schon mal „Mull" und schließt mit ihrem Kosenamen „Uttelchen".

Nachdem es Caroline schließlich besser geht, kehrt Schelling an den Kurort zurück, wohl in der Absicht, jetzt gemeinsam eine schöne Zeit zu verbringen. Doch daraus wird nichts. Jetzt erkrankt Auguste – ebenfalls an der Ruhr – und zwar so schwer, dass sie trotz oder gerade wegen der fragwürdigen Behandlung durch Schelling und Röschlaub in kürzester Zeit verstirbt. Es gibt noch kein Mittel gegen Infektionskrankheiten und Auguste wäre wohl auch bei der damaligen klassischen medizinischen Behandlung gestorben. Man kann sich das Unglück von Caroline und Schelling vorstellen. Eine Welt bricht für beide zusammen. Ihr neues Leben hat noch gar nicht begonnen, da liegt es bereits in Trümmern.

August Wilhelm Schlegel fährt sofort nach Bad Bocklet – er ist immer zur Stelle, wenn Caroline in Not ist - und zu dritt beerdigen sie Auguste in Bamberg. Damit ist der Fall aber noch nicht abgeschlossen, denn jetzt setzen die übelsten Gerüchte und Verleumdungen noch in Abwesenheit der Trauernden in Jena ein. Friedrich Schlegel startet eine Hetzkampagne der besonderen Art. Er führt den „Opfertod" Augustes auf die sündhaften Vorgänge in ihrer Umgebung zurück, spricht von „Sühneopfer" und macht Caroline und Schelling unmittelbar für den Tod von Auguste verantwortlich. Friedrich Schlegel und Dorothea Veit verhetzten aus dem Kreis der Romantiker den jungen Hardenberg, das Ehepaar Tieck und das Professorenehepaar Paulus, das vermutlich nur deshalb zur Kur nach Bad Bocklet fährt, um weitere Erkundigungen für üble Nachrede einzuholen. Dorothea Veit geht soweit, dass sie Caroline verdächtigt, sie wollte in der Tochter eine Nebenbuhlerin zu Schelling loswerden, ihre Trauer ist nur Heuchelei. Was für ein Abgrund menschlicher Verworfenheit tut sich hier auf?

Man kann sich die Verzweiflung der Trauernden vorstellen, der Verlust von Auguste und die üble Nachrede bringen sie fast um den Verstand. So kommt, was kommen musste. Von Selbstvorwürfen und Verzweiflung geschüttelt, trennen sie sich und jeder geht an einen anderen Ort, um mit der Situation fertig zu werden. Caroline wagt es nicht, nach Jena zurückzukehren, sondern begibt sich über Gotha – wo sie bei ihren Freunden, den Gotters, wohl vergeblich Hilfe sucht - zu ihrer Schwester und Mutter nach Braunschweig, wo sie ein halbes Jahr bleibt. Schelling verfällt in Depressionen, geht zwar nach Jena zurück, wird aber bald eine Stelle als Professor in Würzburg antreten, wo nach angemessener Zeit wieder ein normales und gemeinsames Leben mit Caroline möglich sein wird.

Friedrich Schlegel und Dorothea Veit betrachten es wohl als ihre Lebensaufgabe, Caroline auch weiterhin mit ihrem Hass zu verfolgen. Die Art der Verunglimpfungen nimmt psychopathische Züge an, wenn sie über Caroline schreiben, „an ihr müsse ein Exempel der Teufelsaustreibung statuiert werden, mit viel Gestank, Schwefel und Rauch müsse der Satan aus ihr entweichen, wenn er sich auch nicht in seiner ursprünglichen Missgestalt mit Klauen, Hörnern und Schwanz zeige." Man kann vermuten, dass es vor allem im Charakter und in der Psyche von Friedrich und Dorothea schwerwiegende Probleme geben muss. Normale Menschen können so nicht handeln.

Dem Manne muss geholfen werden

Goethe ist ein Bewunderer des jungen Schelling, genauer, er bewundert Schellings Naturphilosophie. Darin verbinden sich Natur und Geist in einer Weise, die Goethe vollkommen überzeugt. Er liest seine Schriften, lässt sich von anderen Wissenschaftlern – unter anderem von Niethammer – die Philosophie Schellings erklären und stellt Schelling in eine Reihe mit Kant und Fichte als drittes Wunder des Jahrhunderts. Schiller, dem das nicht verborgen bleibt, staunt darüber.

Caroline, die in Braunschweig weilt, macht sich große Sorgen über Schelling und sie grübelt, wie ihm in seiner Not wohl geholfen werden kann. Schelling wird sich persönlich für den Tod Augustes verantwortlich fühlen. Wer soll ihm diesen Irrglauben nehmen? Sie kann es jedenfalls noch nicht, da sie sich eine erneute Verbindung, jedenfalls zurzeit noch nicht, vorstellen kann. Die Trauerarbeit ist noch nicht geleistet. Da kommt sie auf die Idee, sich an Goethe zu wenden. Sie weiß, dass Goethe viel von Schelling hält und schreibt ihm und Schelling jeweils lange Briefe. An Goethe schreibt sie: „Lassen sie einen hellen festen Blick auf sich tun. Sie werden durch jeden Wink auf ihn – gemeint ist Schelling - wirken... Sein Wesen öffnet sich innerlich vor Ihnen, wenn Sie sich zu ihm wenden... Wenn ich einen Wunsch besonders aussprechen darf, so ist es der, dass Sie ihn um Weihnachten aus seiner Einsamkeit locken – Schelling wohnt noch in Jena - und in Ihre Nähe einladen."

Goethe handelt unverzüglich, lädt Schelling ein und schickt ihm seine Equipage. Schelling bleibt nicht nur über Weihnachten – er kommt am zweiten Weihnachtsfeiertag in Weimar an - sondern auch noch bis in das neue Jahr hinein. Goethe kümmert sich rührend um den leidgeprüften Schelling, spricht viel und ausgiebig mit ihm, macht lange Spaziergänge durch Weimar und gibt ihm das Gefühl, nicht alleine zu sein. Sie durchwandern gemächlich den Schlosspark und Schelling beginnt sich zu öffnen: „Ich habe schwer versagt. Ich allein bin Schuld an Augustes Tod. Ich hätte niemals allein die Verantwortung für ihre Behandlung übernehmen dürfen und ich hätte nicht nur auf die Kunst von Röschlaub setzen dürfen, sondern einen weiteren Mediziner hinzuziehen müssen. Ich werde mir das nie verzeihen. Auch die gerechte Strafe, dass ich jetzt auch noch Caroline verloren habe, kann diese Schuld nicht tilgen." Beide haben auf einer Bank Platz genommen. Goethe überlegt, wie er diesem vorwiegend geistig ausgerichteten Menschen, der sich im Augenblick aber ganz in seinen Gefühlen verfangen hat, helfen kann. „Wir müssen die schmerzliche Seite eines jeden Todesfalls von der diagnostischen Seite trennen", tastet sich Goethe vorsichtig heran, „Tatsache ist, dass Krankheiten durch Ansteckungen heute von niemandem geheilt werden können, auch nicht von den normalen Medizinern. Es muss biologische Krankheitserreger geben, die wir noch nicht kennen, weil sie so winzig klein sind. Uns fehlen dazu die handwerklichen Mittel. In Jena gibt es den Professor Abbé, der sich mit Vergrößerungsapparaten beschäftigt. Dazu schleift er Gläser in bestimmten mathematisch berechneten Formen, die einen Vergrößerungseffekt bewirken sollen. Der Professor spricht von hundertfacher Vergrößerung. Er will so den Kleinstlebewesen auf die Spur kommen. Wenn wir sie erst einmal sehen können, dann können wir auch gegen sie vorgehen und beobachten, wie sie auf verschiedene Medikamente reagieren. Das Ziel ist natürlich, sie abzutöten, nicht aber den Menschen natürlich." Lessing hat gespannt zugehört. „Ich habe von ihm gehört. Warum erzählen sie mir das?" „Nun, wenn der Tod an einer vermutlichen Infektionskrankheit von Auguste etwas bewirken soll und sie einen Beweis für ihre Unschuld brauchen, dann sollten sie sich mit Professor Abbé in Verbindung setzen und ihn nach ihren Möglichkeiten unterstützen. Das würde dem Fortschritt der Medizin dienen und ihnen helfen, ihren Kummer zu bewältigen." „Daran habe ich noch gar nicht gedacht", gesteht Schelling, „aber das wäre eine Möglichkeit aus meinem Tal herauszukommen." „Noch etwas", sagt Goethe, „sie sind ein begnadeter

Philosophieprofessor, wie es ganz selten einen gibt. Sie tragen auf ihre Art zum Fortschritt der Wissenschaft bei, aber nur wenn sie arbeiten. Es hilft niemandem, schon gar nicht der leider verstorbenen Auguste, noch ihrer geliebten Caroline, wenn sie sich der Schwermut hingeben. Arbeiten sie Tag und Nacht und erzählen sie ihren Studenten ihre Ergebnisse. Diese jungen Leute warten auf ihren Professor." Schelling schaut Goethe lange an. „Sie sind nicht nur ein genialer Mensch, sie sind auch ein unglaublich guter Freund. Ich werde alles bedenken, was sie mir gesagt haben." „Das ist gut", sagt Goethe, „und schreiben sie Caroline. Sie braucht ihre Hilfe."

Die Silvesternacht verbringen Goethe und Schelling zusammen mit Schiller in Goethes Haus am Frauenplan. Sie führen lange, ernste Gespräche bei Wein und gutem Essen. Ernsthaft diskutiert wird unter anderem die Frage, wie viel Bewusstsein dem künstlerischen Schaffensprozess zuzurechnen ist. Schiller bringt das Thema zur Sprache: „Mir ist die Abwertung der Intuition von Künstlern durch die sogenannten Idealisten in ihren geistigen Höhenflügen – und damit meine ich auch die Wissenschaftler – ein Dorn im Auge". Goethe steht auf dem Standpunkt: „Ich glaube, dass alles, was das Genie tut, unbewusst geschieht."

Wen er wohl zu den Genies rechnet? Nicht ganz so ernsthaft wird die Frage diskutiert, ob das neue Jahrhundert in dieser Silvesternacht anbricht – es ist der Übergang von 1800 nach 1801 – oder ob der Jahrhundertwechsel schon vor einem Jahr war, ein Problem, um das noch in späteren Jahrhunderten gestritten werden darf. Das Ziel ist erreicht, Schelling ist in Gesellschaft und verlässt im neuen Jahr gestärkt wieder Weimar, um sich nach Jena zurück zur Universität und an seine Arbeit zu begeben. Er wird alles beherzigen, was Goethe ihm nahegelegt hat. Vor allem aber möchte er Caroline wieder zurück gewinnen.

Es ist tragisch. Schon drei Tage danach erkrankt Goethe schwer an einer Wundrose. Die Krankheit ist so heftig, dass er zeitweise das Augenlicht und das Bewusstsein verliert. Goethe schwebt in Lebensgefahr und kann erst nach einem Monat wieder das Bett verlassen und seine normalen Tätigkeiten wieder aufnehmen. Christiane – die zu dieser Zeit noch wie eine Haushälterin Goethes angesehen wird – hält sich, wie immer, im Hintergrund. Sie führt den Haushalt, betreut die Familie und die Gäste und hat Goethe für sich nur in den gemeinsamen Nächten und natürlich am Krankenbett, wenn keine Gäste mehr im Haus sind. Das Leben „nicht aufgeklärter, also nicht emanzipierter Frauen" ist ein Leben im Hintergrund. Das geht aber nicht nur Christiane so.

Der Meister braucht Luftveränderung

Goethe ist unzufrieden mit sich und der Welt. Die überstandene Krankheit und das schon Alltagsmerkmale annehmende Verhältnis zu Schiller bereiten ihm Unwohlsein. Hinzu kommt, dass er eine gewisse Schaffenskrise durchmacht, während Schiller wie besessen schreibt. Schiller zieht sich regelmäßig in sein Gartenhaus nach Jena zurück, um dort ungestört arbeiten zu können. Goethe sieht das mit wohlwollenden, vielleicht auch etwas neidischen Gefühlen. Dies umso mehr, wenn er an seine immer noch umfangreichen Pflichten am Hof und in der Repräsentation denkt.

Zurzeit hat sich Schiller vorgenommen, die Johanna von Orleans fertigzustellen. Dazu muss er – wie es seine Art zu schreiben ist - intensive Geschichtsstudien betreiben und sich im wahrsten Sinne des Wortes ein Bild von der siebzehnjährigen Johanna machen. Er entschließt sich, ihr die Rolle einer gefährlichen Amazone zuzuschreiben, was prompt dazu führen wird, dass Herzog Karl August eine Aufführung des Stückes in Weimar nicht wünscht. Dahinter steckt die Befürchtung, dass seine Mätresse, die Schauspielerin Karoline Jagemann, in dieser Rolle auf der Bühne unfreiwillig komisch wirken könnte und dass sie für ein Stück mit revolutionärer Tendenz auftreten soll. Für Karl August ist das undenkbar.

Andere Bühnen reißen sich allerdings schon vor der Premiere um das Stück. Es bleibt wieder einmal Goethe vorbehalten, seinem Freund Schiller die Absage des Herzogs zu erklären und ihn zu trösten. Dazu begibt sich Goethe noch vor seiner Abreise zur Kur nach Jena, wo er Schiller bei konzentrierter Arbeit in seinem Gartenhaus vorfindet. Schiller umarmt Goethe und freut sich sichtbar über seinen Besuch. Dann schaut er Goethe streng an: „Irgendetwas bewegt ihr Gemüt. Heraus damit, was ist es?" „Zwei Dinge bewegen mich: Zum einen muss ich einmal raus aus Weimar, so wie sie und zum anderen habe ich eine schlechte Nachricht." „Lassen wir die schlechte Nachricht am besten ganz weg. Ich fühle mich hier eigentlich auch ohne äußere Einflüsse sehr wohl." „Schön wär's", brummt Goethe, die Nachricht kommt aber von Herzog Karl August." „Er will die Johanna nicht in

Weimar aufführen, ist es so?" „Leider haben sie Recht, genauso ist es." „Aber der Herzog kennt das Stück doch noch gar nicht." „Ich musste ihm in kurzen Zügen den Inhalt schildern. Nehmen sie mir das nicht übel, aber das gehört zu meinen Aufgaben als Kunstberater und Theaterintendant." „Und die Gründe?" „Immer die gleichen. Sie sind ihm zu liberal und fortschrittlich. Das würde sich auch dann nicht ändern, wenn sie ein Stück über die Heimatglocken in Tirol schreiben würden. Der Herzog traut ihnen einfach nicht." „Aber wozu hat er einen so guten Berater?" Goethe schaut schuldbewusst: „Jetzt sprechen sie den wunden Punkt an. Glauben sie mir, ich habe stundenlang auf ihn eingeredet und ihm klar zu machen versucht, dass Weimar nur dann die erste Rolle in der Theaterszene spielen kann, wenn wir vor allem Premieren von ihnen aufführen, man könne doch in der Regie noch das eine oder andere gestalten. Ich habe ihm sogar in meiner Not angeboten – und verzeihen sie mir bitte diesen Alleingang – dass ich die Regie dieses Mal übernehme und die Szenen mit ihm abspreche." „Und ich soll wohl den Vorhang schieben?" „Seien sie bitte gnädig mit ihrem schon von so viel Kummer belasteten Freund. Ich kann wirklich nichts dazu." „Was ist mit der Jagemann. Die hat doch auch immer etwas zu krähen?" „Die ist diesmal unschuldig. Sie würde liebend gerne die Johanna spielen, aber der Herzog lässt sie nicht." „Wissen sie", sagt Schiller nach einer kurzen Denkpause, „die ist mir herzlich egal, die kann als Amazone dem Herzog wilde Nächte bereiten. Eine wie sie finden wir überall. Aber ich habe jetzt eine Entscheidung getroffen. Sie können dem Herzog sagen, dass Schiller es ablehnt, die Johanna in Weimar uraufzuführen. Das Stück geht nach Dresden und nach Berlin, dann auch nach Mannheim. Ein

Bühnenstück von Schiller wird es in Weimar nicht mehr geben, höchstens postum." Goethe begibt sich nach diesem deprimierenden Gespräch zur Kur nach Bad Pyrmont. Schiller reist erst einmal nach Dresden, um seinen Freund Körner zu besuchen und sich um eine Uraufführung zu kümmern. Beide trennen sich mit schmerzenden Seelen und brauchen jetzt dringend Abstand.

Goethe muss jetzt raus aus seiner Umgebung. Ihn überkommt dieses Gefühl regelmäßig, in diesem Fall aber besonders wegen der völlig unbefriedigenden Verhältnisse in Weimar, wegen seiner Verstimmung mit Schiller und seines nach wie vor angeschlagenen Gesundheitszustandes. Es muss ja nicht gleich wieder Italien sein. Ein Aufenthalt in Bad Pyrmont, zu dem ihm auch Christiane rät, die selber schon dort war, verspricht zumindest Ruhe und Erholung. Goethe reist ohne Christiane, aber mit seinem Sohn August und seinem Sekretär Geist. Man wird sie in Bad Pyrmont die Dreifaltigkeit nennen.

Inmitten sanfter Hügel und dichter Wälder ist Bad Pyrmont mit seinen herrlichen Kur- und Parkanlagen ein idealer Ort, um zu entspannen und etwas für die Gesundheit zu tun. Therapeutische Anwendungen, Solebäder und Trinkkuren – gemeint ist nicht der Wein, der wird erst abends eingenommen – bekommen Goethe gut. Bei langen Spaziergängen kann er in Ruhe über seine Situation nachdenken. Goethe hält es auch nach der Devise, dass Lebenspartner in der Kur nichts zu suchen haben; sie gefährden höchstens den Kurerfolg, zu dem es auch gehört, sich ungezwungen mit anderen Menschen zu treffen und unbeschwert und unverdächtig, Beziehungen zu pflegen. Das müssen nicht immer nur Männer sein.

Der Meister ist mittlerweile so bekannt, ja berühmt, dass er überall, wo er auftritt, bewundert und umgarnt wird. Er lässt sich das gerne gefallen, da es seinem Ego guttut. Aber, welch ein Wunder, selbst emsige Geschichtsschreiber werden diesmal keinen Grund finden, um ihn einer romantischen Affäre zu bezichtigen. Woher er nach Rückkehr aus der Kur über Göttingen nach Weimar den Stoff für zwei Theaterstücke findet – es handelt sich um „Eugenie" und um die „Natürliche Tochter" wird für immer sein Geheimnis bleiben. Es kann ja auch sein, dass er mittlerweile auch Meister darin ist, seine Beziehungen äußerst diskret zu handhaben. Wir werden es jedenfalls in diesem Falle nicht erfahren.

Überliefert ist allerdings eine Anekdote. Goethe ist von der Dunsthöhle fasziniert, ein Naturphänomen, in dem Kohlendioxyd frei gesetzt wird. Er lässt sich einige Flaschen mit diesem Gas abfüllen und wird zurück in Weimar zur allgemeinen Belustigung seiner Gäste, damit brennende Kerzen ausgießen. Goethe ist eben nicht nur Künstler, er ist auch an Naturwissenschaften interessiert und darin gebildet.

Da fehlt noch ein Planet

Georg Wilhelm Friedrich Hegel, ein Studienfreund von Schelling und Hölderlin kommt nach Jena. Er war herzoglicher Stipendiat in

Württemberg, hat Theologie und Philosophie studiert, bekleidete mehrere Hauslehrerstellen und strebt jetzt nach Jena an die Universität. Schelling überzeugt Goethe von den Qualitäten Hegels und der setzt sich für eine Berufung an die Universität ein. Mit Schelling zusammen gibt Hegel das „Kritische Journal der Philosophie" heraus, das durch glänzende Artikel und wissenschaftliche Qualität bekannt wird. Dass die Meinungen der Verfasser von denen Fichtes abweichen, wird noch zu Ärger führen. Daher ist es gut, dass Schelling schon seine Berufung nach Würzburg hat. Entfernung hilft auch bei wissenschaftlichen Unterschieden.

Goethe, der in seinem Arbeitszimmer Aufsätze aus dem „Athenäum" rezensiert, wird der Besuch von Hegel gemeldet. So ganz passt Goethe dieser Überraschungsbesuch jetzt nicht, aber er hat den jungen Professor noch nicht persönlich kennen gelernt und entschließt sich, ihn zu empfangen. Antrittsbesuche sind morgens zwischen elf und zwölf Uhr üblich, eine an sich praktische Angelegenheit. Ist der Besuchte nicht da oder möchte er nicht empfangen, so hinterlässt der Besucher seine Karte und der Fall ist erledigt. Hegel wird aber vorgelassen. Auch er muss durch den großzügigen Empfangsbereich mit vielen Kunstgegenständen und Skulpturen und ihm geht bei seinem Aufstieg durch das Treppenhaus ein Licht auf, wen er hier zu besuchen beabsichtigt.

Goethe begrüßt Hegel freundlich und kann feststellen, dass ihm der Mann sympathisch ist. Man setzt sich und plaudert. Goethe ist sehr interessiert am Werdegang des jungen Professors. Besonderes Interesse hat er für dessen längeren Aufenthalt in

Bern, wo er die Kinder des Kapitäns Karl Friedrich von Steiger unterrichtete. In Frankfurt war er Hauslehrer der Familie des Weingroßhändlers Johann Noe Gogel. Goethe findet eine Tätigkeit bei einem Weinhändler sehr praktisch. Hegel muss lachen: „Ja, der Wein spielte im Hause Gogel natürlich eine große Rolle."

Goethe staunt, womit sich der junge Hegel alles befasst hat. Er hat alle Klassiker der Literatur bis zur Antike gelesen, sich außer seinen Studienfächern der Theologie und Philosophie auch mit Sozialwissenschaften, Politik, Volkswirtschaft und Ökonomie beschäftigt. Er weiß über die Zustände nach der französischen Revolution genau Bescheid und hat sehr begründete Meinungen darüber. Das alles ergibt sich aus Nachfragen schon im ersten Gespräch.

Vollends irritiert ist Goethe, als Hegel auf die Naturwissenschaften zu sprechen kommt, Goethes zweite Leidenschaft. Hegel sagt: „Ich habe großes Interesse an der Astronomie. Nirgendwo sonst, außer im Universum, werden wir die Wurzeln der Menschheit, des Lebens überhaupt, erkennen können." Goethe findet das interessant. Hegel erklärt im Vertrauen: „Ich bin nach umfangreichen Himmelsbeobachtungen zu der Überzeugung gelangt, dass es zwischen unserem Nachbarplaneten Mars und dem Riesenplaneten Jupiter noch einen weiteren Planeten geben muss." „Interessant, wie kommen sie darauf?" möchte Goethe wissen. „Nun, es ist die Entfernung", erläutert Hegel, „der Abstand zwischen Mars und Jupiter ist einfach zu groß. Dort gehört ein Planet hin. Schon Kepler und Galilei haben sich über die Bewegungen der Planeten Gedanken gemacht, die sich ja in ihrer Gravitation gegenseitig beeinflussen. Auch sie fanden keine

Erklärungen für manche Bewegungen des Mars." Goethe fragt, ob Hegel die Sternwarte in Gotha kenne? Der bejaht, hat aber keinen Zugang dazu. Goethe bietet an, mit dem Herzog Ernst zu sprechen und mit Hegel einmal die Sternwarte zu besuchen. Hegel bedankt und verabschiedet sich. Goethe bleibt noch eine Weile sitzen und denkt über das Gehörte nach. Er staunt über die außerordentliche Bildung Hegels. Der Meister erkennt, dass auch er noch manches Gebiet entdeckt, über das er noch viel besser Bescheid wissen muss.

Man lache nicht!

Goethe muss als Intendant des Theaters versuchen, möglichst viele Geschmacksrichtungen zu treffen. Das ist nicht immer leicht. Wäre es nach ihm und Schiller gegangen, so wären nur niveauvolle Klassiker zur Aufführung gekommen, jedenfalls, was sie als solche einstufen, ihre eigenen Stücke zum Beispiel. Der Herzog hat einen anderen Geschmack. Nichts Kritisches gegen die gottgewollte Ordnung darf enthalten sein. Die Herzogin Mutter Amalia motiviert Goethe, vor allem für sie zu schreiben. Da ist aber noch das Bürgertum und das hat Gefallen an leichteren Boulevardstücken gefunden, über die man herzhaft lachen kann. Kotzebue ist ein Autor, der beim Volk ankommt. Aus Goethes und Schillers Sicht sind das „exzentrisch verwilderte" Stücke oder sogar eine „Schlammflut des Banalen". Es hilft aber nichts. Das Theater muss gefüllt werden.

Die Schlegel Brüder, denen man ja immerhin wieder einigermaßen gut gesonnen ist, versuchen sich auch als Bühnenautoren. August Wilhelm hat ein Stück geschrieben, das er „Ion" nennt. Friedrich Schlegel schreibt ein Stück, das „Alarcos" heißt. Beide Stücke werden mit einigen Bedenken für die Weimarer Bühne inszeniert und schließlich auch aufgeführt. Beide Schlegel Brüder befassen sich in ihren Stücken mit der Antike. Also soll es gewagt werden.

Es beginnt mit August Wilhelm Schlegels „Ion". Das Stück spielt in der antiken Götterwelt der Griechen. Ion ist der Sohn des Apollo und der Kreusa, Tochter des Erechtheus, König Athens. Das Stück ist deutlich dem ähnlichen Stück des Euripides nachempfunden, um nicht zu sagen, abgeschrieben. Antike Themen sind ja dank Goethe und Schiller wieder in Mode gekommen.

Die Götter leben und handeln in dem tragischen Drama wie Menschen. Liebe und Leid, Treue und Untreue, Mord und Totschlag, Glaube und Frevel, alles ist enthalten. Gesetzt in kompliziertester Sprache, vorgetragen mit Leidenschaft und Inbrunst, die vor allem Schiller von den Akteuren fordert, nicht banales Herunterleiern von Texten. Das Stück kommt aber gar nicht gut an. Betrachtet man den Auftritt Ions am Anfang des Stückes vor dem Tempel des Apollo zu Delphi, so gewinnt man einen Eindruck, warum?

„Sich, schon bepurpurt des Parnassus Gipfel
der Frühe Schein, der goldene Sonnenwagen
erhebt sich glorreich in die blaue Bahn;
Und kaum doch scheuchte den gesunden Schlaf

des Morgens frischer Hauch mir von den Wimpern.
Drum eifrig an mein Werk, den heilgen Dienst!
Vor allem aber muss ich dich begrüßen,
Apollo, heiterer Gott, der du von droben
das milde Licht herab zur Erde sendest
und hier im Tempel mit der Weisheit Sprüchen
die dunkle Brust den Sterblichen erleuchtest.
O küsse meine Stirn mit reinem Strahl,
du, den Gebieter ich und Vater nenne,
weil du im Heiligtum mich auf erzogst."

Das Publikum staunt verwundert. Manch einer denkt wohl, er habe nicht das rechte Verständnis für große klassische Kunst. Es hilft nichts. Man muss da durch.

Den Schlussmonolog hält Apollo:

„Eh das Gestirn den Jahresumlauf noch vollbringt,
trägt einen zweiten Sprössling deiner Gattin Schoß,
den nenn Achäus: Hochgewaltig wird sein Ruhm
In Pelops' Eiland; unsers Erstlings Nam und Volk
soll aus Athen aufblühen weit nach Asien.
Nun feiert mit Päanen dieses Tages Rest
und kehret friedeselig morgen alle heim.
Gedenkt, mir gastbefreundet, fern an Delphi noch,
der sonnumstrahlten Erde Mittelsitz und Thron."

(Der Vorhang fällt unter Donner und Blitz)

An den lyrischen Fähigkeiten August Wilhelm Schlegels soll nicht gezweifelt werden, zumal Goethe diese auch hoch einschätzt. Tatsache ist aber, dass das Stück offensichtlich niemand mehr sehen will – man merkt das, wenn niemand mehr ins Theater kommt - und deshalb abgesetzt werden muss. In einer Rezension von Perthes in der Allgemeinen Literatur Zeitung heißt es: „Den griechischen Geist sieht man nur, den modernen hört man poltern."

Goethe versucht es jetzt mit Friedrich Schlegels Bühnenstück: Alarcos. Ein Trauerspiel. Es ist das einzig vollendete Drama aus der Feder Schlegels, so wie es auch nur einen Roman „Lucinde" gibt. Friedrich Schlegel ist fast schon tragisch bemüht, mit seinem Bruder und den schon großen Dichtern mitzuhalten. Es wird ihm nicht gelingen und es dauert lange, bis er seine Profession richtig einschätzt und darin auch Erfolg haben wird, nämlich als Redakteur und beratender Legationsrat später am Wiener Hof.

Bei der Aufführung wird es sogar zu einem richtigen kleinen Skandal kommen, über den sich auch Goethe nach Kräften ärgert. Das Drama hat Friedrich Schlegel einem anderen Stück nachempfunden. Seine Quelle nach spanischem Vorbild, setzt Friedrich Schlegel in seinem romantisch verstandenen Stil in Verse. Vielleicht ist es eine Stelle, wie die Folgende, die das Publikum in einem als Drama gedachten Thema zu lautem Gelächter veranlasst:

„O Nein,. Kein Fremder werde jemals mein Gemahl! Wie sollt ich gleich verlassen Dich mein Vaterland! Wo Rittertum und hohe Liebe freudig strahlt, wenn mich zur Frau begehrt irgendein Barbar, weil ihm zum Erbteil etwa eine Krone ward. Es sei der, dem ich folgen soll, ganz meine Wahl."

Im Theater bricht jedenfalls Gelächter aus, was Goethe, der einen eigenen erhöhten Sitz im Parkett hat, dazu veranlasst, sich mit bösem Blick umzudrehen und zu sagen: „Man lache nicht!" Auch dieses Stück wird abgesetzt. Es sind wohl Freunde des Antiromantikers Kotzebue, die versucht haben, die Aufführung lächerlich zu machen.

Goethe und Schiller setzen sich nach jeder Aufführung noch zu einem Glas Wein im Gasthaus „Zum weißen Schwan" zusammen und tauschen ihre Eindrücke über die Theaterstücke aus. Im Grunde genommen fühlen sie sich durch die Misserfolge der Stücke der Schlegel Brüder bestätigt. Der Publikumsgeschmack scheint doch besser zu sein, als manche Autoren glauben. Dennoch bleibt ein ungutes Gefühl bei August Wilhelms „Ion". Beide sind doch der Meinung, dass antike Stoffe ihren Platz im Theater haben sollten. Nun wird man abwarten müssen, was die Kritiker sagen werden. Die Kritiken sind dann aber niederschmetternd. Die Schlegel Brüder hatten als Theaterautoren nur ein sehr kurzes Gastspiel und daran tragen Goethe und Schiller diesmal keine Schuld.

Unangenehme Nachbarschaft

An die Spitze der Kritiker setzt sich August von Kotzebue, kein Freund von Goethe und Schiller, dennoch ein erfolgreicher Theaterschriftsteller. Seine Stücke sind beim Publikum beliebt und so kommt auch Goethe nicht um ihn herum. Der Meister behält sich allerdings vor, Passagen der Stücke eigenmächtig wegzulassen, was schließlich zum Entzug der Aufführungserlaubnis führt.

Zu den Mittwochskränzchen im Hause Goethes wird Kotzebue nicht eingeladen, was diesen veranlasst, eine eigene regelmäßige Runde in seinem Hause einzurichten, zu der natürlich Goethe auch nicht eingeladen wird, Schiller dagegen schon. Der nimmt auch gelegentlich teil. Kotzebue versucht, die beiden Meister auseinander zu bringen, was ihm natürlich nicht gelingt, aber dennoch für Missstimmungen sorgt. Etwa, wenn Kotzebue Schiller mit einer Büste zu seinem Namenstag ehren möchte, was diesem aber eher peinlich ist. Die Herausgabe der Büste wird vom Museumsdirektor verweigert und der Rathaussaal bleibt für den Empfang verschlossen. Man vermutet und kolportiert, Goethe stecke dahinter, dieser weiß jedoch von allem nichts. Jedenfalls wird behauptet, Goethe gönne Schiller diese Ehrung nicht. Man erkennt die Absicht und ist verstimmt. Immerhin löst dieses Verhalten gegenüber Kotzebue einige Empörung aus und Goethe verliert mehrere Teilnehmer seines Kränzchens, die zu Kotzebue überlaufen, wo es überhaupt lustiger zugeht.

Was allerdings auch für guten Zulauf zu den Kränzchen Kotzebues sorgt, ist der Umstand, dass dort ordentlich etwas auf den Tisch kommt. Kotzebue, der vom russischen Hof großzügig gefördert wird, nachdem man ihn versehentlich als Spion nach Sibirien schickte und etwas wieder gut zu machen hatte - eine Ehrenpension und ein Landgut zur Abbitte - kann es sich leisten, seine Gäste großzügig zu bewirten.

Es sind nicht nur die Stücke der Schlegel Brüder, die Kotzebue mit Kritik überzieht, nein, auch ein Lieblingsstück Goethes nimmt er sich vor. Ausgerechnet „Die natürliche Tochter", die Goethe aus kulturphilosophischen Gründen sehr wichtig ist, wird von Kotzebue niedergemacht. Wegen des Entzugs seiner Stücke schafft Kotzebue dem Intendanten Goethe zudem richtige Probleme, denn Weimar soll ja ein leuchtender Theaterstandort sein. Jetzt fehlen ihm Stücke.

Das ist wohl der wesentliche Grund, wenn Goethe seinem Freund Schiller schließlich einen schon unfreundlichen Brief schreibt und ihn schon ultimativ auffordert, mehr Produktionen zu liefern. Schiller kontert sehr geschickt. Er bedankt sich und erklärt dem Meister, dass er diesen Brief als Aufforderung versteht, mehr Künstlerisches zu liefern, was nicht gleichbedeutend ist, mit mehr Bühnenstücken. So verdreht man geschickt die nicht genehme Absicht des anderen in die eigene Richtung und fasst ihn bei der Ehre. Er erinnert Goethe freundschaftlich daran, dass auch er – Goethe - liefern muss und erkundigt sich zum wiederholten Male nach dem Stand des Stückes „Faust", auf das die Welt schon seit Jahren wartet.

Goethe revanchiert sich wiederum sehr freundschaftlich, indem er Schiller vorschlägt, den Stoff des „Wilhelm Tell" zu übernehmen, zu dem er – Goethe – im Augenblick nicht komme. Dieser Vorschlag wird Folgen haben. Nachdem Schiller sich in die historischen Ereignisse der Schweizer Eidgenossenschaft vertieft, elektrisiert ihn dieser Stoff. Eines seiner erfolgreichsten Stücke wird daraus entstehen.

Im Wirtshaus erklärt Schiller seinem Freund, was ihn an dem Wilhelm Tell so begeistert. Man genießt kühles Bier und Schiller kommt so richtig in Fahrt: „Das ist die Geschichte der Schweizer Eidgenossenschaft. Der Fürst hat es tatsächlich geschafft, alle Eidgenossen gegen sich aufzubringen und damit sein eigenes Ende zu besiegeln. Er hat sich erdreistet, an einem viel begangenen Weg, seinen Hut auf einer Stange aufzustellen und jeder musste im Vorbeigehen diesen Hut grüßen, was für eine Provokation." Entspricht das der Wahrheit?" möchte Goethe wissen. „Es klingt unglaublich, aber es ist wahr. Mein Titelheld, Wilhelm Tell, hat den Hut ignoriert, wurde daraufhin gefangen genommen und öffentlich verurteilt." „Wie lautete das Urteil?" „Stellen sie sich vor, Tells Sohn sollte sich mit einem Apfel auf dem Kopf als Zielscheibe hinstellen und der Vater den Apfel mit der Armbrust treffen. Das war das Urteil." „Wie ging das ganze aus?" „Der Fürst hat damit sein eigenes Todesurteil gesprochen. Tell hat den Schuss erfolgreich gesetzt und dann den Fürsten ebenfalls mit der Armbrust getötet. Ein Höhepunkt ist dann die Szene, wo Tell auf den Fürsten im Hinterhalt wartet: „Durch diese hohle Gasse muss er kommen, hier vollend' ich's. Der Fürst wird getötet und die Eidgenossenschaft wird eine demokratische Republik. Ein Traum."

Goethe schaut seinen Freund bewundernd an: „Und solch einen Stoff habe ich abgetreten. Sie sind mir sicher noch ein Bier schuldig. Aber im Ernst, das Stück wird sicher auch nicht in Weimar aufgeführt werden können." „Natürlich nicht. Für Weimar schreibe ich überhaupt nicht mehr. Das habe ich doch gesagt."

„Ja, das haben sie gesagt. Aber auch ein Künstler muss von etwas leben. Schreiben sie doch einmal etwas, was Karl August gefällt."

„Ich bin doch kein Hofschriftsteller, der dem Fürsten nach dem

Munde schreibt. Etwa so: „Er lebe hoch, er lebe hoch, unser Fürst, den wir verehren. Wir alle hier, wir alle hier, die Krone des Lebens für ihn begehren!" Goethe fällt vor Lachen fast das Glas aus der Hand. „Sehn sie", sagt er immer noch lachend, „sie können es doch."

Romantiker scheiden glücklich

Es kommt, was sich nicht mehr vermeiden lässt. Caroline und August Wilhelm Schlegel wollen sich nach längerer Trennung scheiden lassen. Vorher kehrt Caroline noch einmal in das Haus am Löbdergraben in Jena zurück und findet einen total verwilderten Haushalt vor. Die Spuren eines Gelages verstärken den Eindruck. Porzellan ist zerschlagen. Viele Gegenstände des Haushalts sind verschwunden. Es überrascht sie jedoch nicht, dass Dorothea keine besonders gute Hausfrau ist. Noch weniger überrascht sie, dass Romantiker „Mein und Dein" nicht unterscheiden können.

Nach der Trennung, jetzt also die Scheidung. Das ist aber nicht so einfach. Der Herzog muss zustimmen und Goethe muss helfen. August Wilhelm lebt schon überwiegend in Berlin und hatte dort auch schon eine neue Geliebte, steht aber in unproblematischem Kontakt zu Caroline. Diese nähert sich wieder vorsichtig Schelling an. Friedrich und Dorothea entwickeln ihren Hass auf Caroline bis zur Paranoia und fallen als Helfer bei Problemen aus. Nichts Neues also in Jena.

August Wilhelm und Caroline treffen sich noch einmal in ihrem Haus und richten ein persönliches Schreiben an Herzog Karl August. Sie arbeiten lange an dem Text. Neue Liebschaften werden nicht genannt, stattdessen schicksalhafte Ereignisse beschworen – so der Tod der Auguste – der das Lebensglück der beiden schließlich unvermeidlich zerstört hat. Man wolle auseinander gehen, um sich nach angemessener Zeit vielleicht wieder zu finden. Kann man dem Herzog so etwas glaubhaft machen? Man werde das Herzogtum bis dahin verlassen.

Goethe spricht beim Herzog vor. „Sagen sie", möchte Karl August wissen, „die Romantiker leben ja ganz gegen ihre Überzeugungen, oder irre ich mich?" „Nein", sagt Goethe, „sie irren sich bestimmt nicht. Die Romantiker täuschen sich, vielmehr, sie machen sich etwas vor. Das, was sie vorgeben, können sie gar nicht halten. Sie können vor allem die menschlichen Unzulänglichkeiten nicht durch ihre Ideologie ausschalten. Auch Romantiker sind eifersüchtig, allemal ein Grund für Probleme." Karl August zeigt Goethe den Brief der Schlegels: „Wollen die mich auf den Arm nehmen?" Goethe liest den Brief und lacht. Ich wusste, dass August Wilhelm Schlegel das Zeug zum Poeten hat. Der Brief ist eine Meisterleistung, der es ihnen ermöglichen soll, zuzustimmen." „Und? Soll ich?" „Ich würde sagen, mit Blick auf den Frieden im Herzogtum, ja. Die Romantiker haben sich selber erledigt. Sie waren für den gesellschaftlichen Frieden immer ein Problem. Ich empfehle ihnen, die Scheidung zu genehmigen. Alle ziehen fort und im Herzogtum kehrt wieder bürgerlicher Frieden ein." „Na gut", sagt Karl August, „wenn sie das sagen. Aber ihre Begründung ist viel besser, als die der Petenten."

Der Herzog stimmt zu und die Scheidung wird vollzogen. Beide verlassen Jena für immer. Caroline geht mit Schelling nach Würzburg, später nach München und August Wilhelm geht wieder nach Berlin und wird sich später einem gesellschaftlichen Wirbelwind anschließen, Madame de Stael. Die sorgt bei ihrem angekündigten Besuch in Weimar für ordentlichen Wirbel und neuen Schwung.

Die verkörperte Intelligenz Weimars wird zu den Waffen gerufen

Es ist Dezember und Weimar tief verschneit. Madame de Stael kommt mit großem Gefolge, einer Einladung Herzog Karl Augusts folgend. Man rätselt, was diese Einladung wohl zu bedeuten haben könnte. Wer ist diese Madame de Stael und welche Bedeutung hat sie? Wenn der Herzog sie einlädt, erübrigen sich solche Überlegungen im Grunde. Der Herzog kennt nur bedeutende Menschen. Also muss man freundlich zu ihr sein.

Madame de Stael ist eigentlich immer auf Reisen. Zu ihren Lieblingsorten gehören: Paris, Genf, London, Stockholm, Berlin und jetzt auch Weimar. Kommt sie Goethes wegen oder wegen Schiller? Man wird sehen. Sie hat in Gotha einen Zwischenstopp gemacht und sich dort – man höre und staune – eine Mundharmonika gekauft. Jetzt fährt sie in ihrer gemütlichen Kutsche durch das Thüringer Land und ist ganz entzückt von den kleinen Ortschaften, dem ausgedehnten Wald und von dem vielen Schnee, der die Landschaft verzaubert und jeden Schmutz unter sich begräbt. Den ganzen Tag übt sie auf der Mundharmonika, ihre Begleiter müssen es aushalten. So kommt sie nach Weimar, wo ihr der Hof ein angemessenes Haus frei räumen ließ. Unmittelbar nach ihrer Ankunft stellt sie sehr zu ihrem Unmut fest, dass Goethe – der Meister – gar nicht anwesend ist. Das ist unerhört und führt sofort zu einer Beschwerde. Der Herzog lässt Goethe, der sicher nicht ohne Grund in Jena weilt, sofort nach Weimar beordern. Er soll Madame die Honneurs machen.

Schiller hat Pech. Er befindet sich zufällig in Weimar und muss sich in Goethes Vertretung um Madame de Stael kümmern. Goethe hat es gar nicht eilig, nach Weimar zu kommen. Er lässt sich Zeit und liest schmunzelnd, wie Schiller die Dame in einem Brief beschreibt: „Korpulent und raumgreifend ist die Dame, dabei äußerst beredt. Man muss sich ganz in ein Gehörorgan verwandeln, um ihr folgen zu können. Es genügt, ihr zuzuhören. Auf ihre intelligent gemeinten Fragen, antwortet sie meistens selber, was das Gespräch mit ihr weniger anstrengend macht. Alles, wohin sie nicht mit ihrer Fackel hin leuchten kann, ist nicht vorhanden. Philosophie ist für sie Mystik und für Poesie hat sie keinen Sinn." „Warum will sie dann ausgerechnet uns kennen lernen?" geht Goethe beim Lesen des Briefs durch den Kopf.

Als Goethe schließlich nach fast schon ungebührlichem Zögern doch nach Weimar kommt, stellt sie in ihrer unnachahmlichen Art fest: „Die verkörperte Intelligenz Weimars wird jetzt zu den Waffen gerufen." Das lange Ausbleiben Goethes soll sich jetzt rächen. Der Herzog erwartet von ihm, Madame de Stael in seinem

Haus zu empfangen. Zu Weihnachten findet also ein größerer Empfang in Goethes Haus Am Frauenplan statt. Goethe sagt sich, je mehr Leute ich einlade, umso leichter habe ich es. Auch Schiller wird natürlich eingeladen, kann sich aber heute – Dank der Anwesenheit Goethes – sehr zurück halten.

Natürlich sind die Gäste sehr gespannt auf diese Frau. Schon ihre Aufmachung führt bei manchem zum Staunen. Schweres Brokatkleid, tiefer Ausschnitt mit schwerem Schmuck nur dürftig verdeckt, hoher Turban. So betritt sie die Arena und nimmt das erste Mal Goethe in Augenschein. Sie wird sich später enttäuscht äußern von dem berühmte Mann: „Ein untersetzter Mann mit nicht besonders auffallender Physiognomie, den sie sich feuriger vorgestellt hat. Aber vielleicht entwickelt er ja andernorts Feuer. Man stelle sich vor. Dieser große Dichter schläft mit seiner Haushälterin."

Die Gesellschaft ist dennoch amüsiert. Madame de Stael holt ihre Mundharmonika hervor und trägt das vor, was sie sich bis dahin beigebracht hat. Äußerst stümperhaft spielt sie vor und die Gesellschaft rätselt, um welches Lied es sich wohl handeln könnte. Tuschelnd einigt man sich auf Weihnachtslieder und als sie Anstalten macht, ihr spontanes Konzert zu beenden, erhält sie höflich Beifall, aus welchem Grund wohl?

Es erweist sich schließlich als Vorteil, dass August Wilhelm Schlegel aus Berlin herüber gekommen ist, um an dem Empfang teilzunehmen. Er soll Madame de Stael nach Berlin begleiten und lernt sie auf dem Empfang, nach vorherigem ausgiebigen Schriftverkehr, erstmals persönlich kennen. Das verschafft Goethe und Schiller auf angenehme Weise Ruhe vor der Dame, die August Wilhelm vollständig unter ihre Fittiche nimmt. August Wilhelm verfügt über alle Eigenschaften eines idealen Begleiters für Madame; er kann zuhören und widerspricht niemals. Das soll ihm eine Lebensstellung mit guter Honorierung bei ihr einbringen. Niemand missgönnt ihm das. Es besteht sogar Hoffnung, dass Madame mit August Wilhelm bald abreist.

Als sie erfährt, dass am Weimarer Theater Goethes „Eugenie" aufgeführt werden soll, ein Bühnenstück, das der „Natürlichen Tochter" nachempfunden worden ist und von Schiller speziell für die Bühne inszeniert worden ist, entschließt sie sich spontan, noch bis Januar zu bleiben, damit sie der Aufführung noch beiwohnen kann. Goethe und Schiller sind „begeistert". Weniger begeistert äußert sich dagegen Madame von dem Stück. Sie findet es langweilig. Möglicherweise fehlt auch der Eugenie das Feuer.

Vor der Abreise kommt es noch zu einer weiteren Begegnung mit Goethe. Madame äußert sich   verwundert: „In Frankreich erzieht das Publikum die Autoren. Hier ist das offensichtlich umgekehrt." Goethe sieht keinen Grund, ihr zu widersprechen: "Das haben sie richtig beobachtet, Madame. Wir Künstler lassen uns hier von niemandem vorschreiben, was wir zu dichten haben. Wie kann das Volk jemanden erziehen, wenn es doch von der Dichtung gar nichts versteht. Wir Dichter schaffen mit unseren Stücken den Genuss. Das Volk kann bestenfalls feststellen, ob es schmeckt." „Das ist ja eine Einstellung", meint Madame de Stael, „aber sie schreiben doch für das Volk." „Wir schreiben für Kunstliebhaber und allgemein Gebildete, Madame. Um an ihrem Beispiel zu bleiben. Sie lieben doch ihre Hündchen. Was würden sie sagen, wenn jemand auf die Idee käme zu fordern, dass die Hündchen ihre Frauchen erziehen sollen?" Das ist zu viel. Sie wechselt das Thema.

Sie spricht Goethe auf die aus ihrer Sicht unglaublichen Wirkungen des „Werther" an und Goethe macht klar, dass er Literatur schafft. Wie viele Selbstmorde sich daraus entwickeln, sei ihm gleichgültig. Er fühle sich geschmeichelt und finde diese Reaktionen ehrlicher, als die manchen Kritikers, von dem er sich manchmal das gleiche wünschen würde. Madame beendet das Gespräch jetzt abrupt und verlässt den Ort ihrer Niederlage. Goethe wird für sie immer ein Banause sein, der aus nicht verständlichen Gründen Erfolg beim Publikum hat. Man kann im Leben eben nicht alles erklären.

Nach drei Monaten verlässt Madame de Stael Weimar und Schiller meint: „Mir ist nach der Abreise unserer Freundin nicht anders zumute, als wenn ich eine große Krankheit ausgestanden hätte." Als die Dame auf ihrer Rückreise noch einmal in Weimar Station machen möchte, verlässt Schiller fluchtartig den Ort und begibt sich nach Berlin, wo sie gerade herkommt und folglich nicht mehr sein kann.

Kann diese Frau nicht irgendjemand totschlagen?

Der Kreis der Romantiker ist zerbrochen. August Wilhelm Schlegel ist nach Berlin gegangen und hat sich endgültig der Madame de Stael als Literarischer Berater angeschlossen. Von der Apanage kann er einigermaßen leben, zumal Kost und Logis frei sind. Mancher fragt sich, wovon diese Frau eigentlich lebt und wie sie ihren aufwendigen Lebensstil finanziert. Die Sache ist ganz einfach. Sie hat mehrfach geheiratet, immer nur ganz wohlhabende Männer mit Titeln und Besitztum, hat mehrere Kinder von ihnen bekommen und ihre Männer überlebt. Sie starben vor Kummer oder an einer Krankheit Dadurch hat sie Schlösser und Ländereien geerbt, Apanagen und Einkünfte aus den Ländereien bezogen. Kurz gesagt, sie verfügt über mehr, als sie ausgeben kann. Das ist sicher auch ein Grund für einen nüchtern denkenden Mann, wie August Wilhelm Schlegel, sich von ihr aushalten zu lassen. Einen Fehler begeht er jedoch nicht. Er wird sie nicht heiraten. August Wilhelm Schlegel möchte nämlich alt werden.

Dorothea und Friedrich Schlegel sind nach Paris gezogen. Novalis ist tot und nur zu Ludwig Tieck und dessen Frau Amalie halten Caroline und Schelling weiterhin Kontakt, vielmehr ist es umgekehrt. Ludwig Tieck hält Kontakt, indem er die Schellings mit großem Gefolge besucht – Caroline meint heimsucht – und sich dann bei ihnen über lange Zeiträume aushalten lässt. Aber darüber ist später noch zu berichten.

Caroline und Schelling verlassen Jena für immer. Zunächst geht es auf Reisen. Man besucht Schellings Eltern im schwäbischen Murrhardt, an der Grenze zu Franken. Die Landschaft fasziniert Caroline, aber auch Schellings Familie findet sie großartig. Der Vater Schellings ist Prälat und wohnt standesgemäß in einem schönen Haus mit Park. Die Eltern, aber auch die Schwester Schellings und zwei Brüder, nehmen die beiden freundlich und ohne Vorurteile auf.

Dorothea und Friedrich Schlegel behaupten in einem emsigen Briefverkehr an Gott und die Welt zwar, die Eltern hätten starke Vorbehalte gegen Caroline, die sie angeblich als Dämon ansehen würden. Das alles ist aber frei erfunden und soll Caroline nur schlecht machen. Beide haben es sich zur Lebensaufgabe gemacht, sie zu verteufeln, so dass Caroline sogar zu der Bemerkung kommt, ob denn nicht jemand so gnädig sein könnte, Dorothea endlich totzuschlagen.

Weiter geht die Reise über Stuttgart nach Tübingen, wo Schelling studiert hat und wo er jetzt als großer Sohn der Universität bewundert und hofiert wird. Ähnlich geht es ihm auf den weiteren Stationen der Reise über Ulm und Augsburg nach München. Hier fühlt sich Caroline besonders wohl. Sie ist angetan von der Urwüchsigkeit der Bevölkerung, von ihrer tiefen Religiosität im für sie fremden, katholischen Glauben, aber auch von der bayerischen Gemütlichkeit; den Biergärten und Volksfesten und von den starken Frauen mit Dirndlkleidern und üppigen Ausschnitten. Das alles schreibt sie ihrer Schwester Luise.

Eine Reise nach Italien muss wegen der Kriegswirren aufgegeben werden. Napoleon ist mittlerweile dabei, ganz Europa zu erobern. Stattdessen geht es dann nach Würzburg, das nach dem Reichsdeputationshauptschluss, beschlossen beim Reichstag in Regensburg, jetzt zu Bayern gekommen ist. Die Universität Würzburg wird vergrößert und etliche Professoren werden berufen, darunter auch Schelling.

In Würzburg muss man sich zunächst provisorisch einrichten. Die Universität hat ein größeres Haus zur Verfügung gestellt, in dem die Schellings, aber auch noch andere Professoren Wohnungen beziehen. Darunter sind drei Professorenehepaare, ausgerechnet aus Jena, ja sogar Sympathisanten des ehemaligen Kreises der Romantiker. Es handelte sich um die Professoren Hufeland, Paulus und Niethammer, die früher alle gerne am Mittagstisch Carolines in Jena Platz genommen haben und ihr das jetzt mit Feindseligkeit danken.

Dabei reiben sich die Herrn Professoren eher in wissenschaftlichen Fragen mit Schelling, die Frauen aber in primitivster Weise an Caroline. Die Schlimmste von allen ist die Frau des Medizinprofessors von Hoven, die bedauerlicherweise auch im gleichen Haus wohnt und die Caroline böser Einflüsse verdächtigt, sie auch als Madame Luzifer bezeichnet. Paulus meint sagen zu müssen, man solle doch das Haus der Schellings nach guter katholischer Sitte ausräuchern. Seine Frau pflegt, wohl vor allem aus Langeweile - möglicherweise auch aus Neid - einen regen Schriftverkehr unter anderem nach Jena und Paris und verbreitet so ihre Scheußlichkeiten über die gehasste Caroline.

Auch Schiller wird an dem Schriftverkehr beteiligt und es ist vor allem Charlotte Schiller, die sich an dieser Hexenjagd beteiligt, die eine oder andere Bemerkung beisteuert, Caroline jedenfalls nicht vor diesen arglistigen Verleumdungen in Schutz nimmt. Friedrich Schiller scheint in dieser Hinsicht keinen Einfluss mehr auf Charlotte zu haben. Ganz anders Goethe. Auch ihn versucht man aufzuhetzen. Der Meister aber ist immun gegen den bösartigen Klatsch. Er hat für Caroline und Schelling viel Sympathie und wird ihnen stets eine Stütze sein. Dabei mag Goethe sich an Shakespeare halten: „Was Große tun, beschwatzen oft die Kleinen." Vielleicht hat er auch an seinen ehemaligen Freund Johann Kasper Lavater gedacht, dessen Freundschaft aus kaum erklärbaren Gründen verloren ging, dessen Andenken Goethe aber bewahrt. Lavater sagte einmal: „Sprich nie Böses von einem Menschen, wenn du es nicht gewiss weißt, und wenn du es gewiss weißt, so frage dich, warum erzähle ich es."

Deine natürliche Tochter gefällt mir besser, als dein natürlicher Sohn

Johann Gottfried Herder war im Leben Goethes immer von besonderer Bedeutung und das blieb lebenslang so, auch jetzt in Weimar. Neben Goethe, Schiller und Wieland gehört Herder in Weimar zu den „Großen Vier."

Goethe hatte den nur fünf Jahre älteren schon ganz früh in Straßburg kennen gelernt, seine intellektuelle Ausstrahlung und sein gravitätisches Auftreten bewundert und sich ihm mit anhänglicher Bewunderung untergeordnet. Herder hat den jungen Goethe nach seiner Vorstellung erzogen. Es setzte viel Kritik, selten Lob. „Er hat mir den Kopf neu aufgesetzt", sagte Goethe gelegentlich zu guten Freunden.

Goethe vertraut sehr auf Herders Urteil. So schickte er ihm sein Frühwerk „Götz von Berlichingen" zur Begutachtung und setzte die Veröffentlichung aus. Herder ließ ihn ein halbes Jahr warten und beurteilte das Stück sehr kritisch. „Es wirke sehr ausgedacht", meinte er und Goethe überarbeitete alles noch einmal. Nach der Veröffentlichung wurde es ein großer Erfolg.

Das Verhältnis zwischen den beiden änderte sich auch nicht, nachdem Goethe schon berühmt war und Herder auf Zuspruch und mit Goethes Hilfe eine Anstellung im herzoglichen Weimar fand. Herder hatte sich um eine Berufung an die Universität Göttingen bemüht, als er durch Goethes Vermittlung das Amt des Generalsuperintendenten, Mitglied des Oberkonsistorial- und Kirchenrats, Oberpfarrer und erster Prediger an die Stadtkirche St. Peter und Paul zu Weimar berufen wurde, eine Aufgabe, die ihn von da an sehr ausfüllen würde. Herder klagte daher sogar, dass seine zeitliche Belastung in keinem Verhältnis zu seinen Einkünften stehen würde. Goethe habe es da wesentlich besser.

Herder ist wieder einmal zu Besuch bei Goethe. Die Häufigkeit des Umgangs der beiden macht Schiller beinahe eifersüchtig. Herder – ganz der oberste Würdenträger – findet die privaten

Zustände im Hause Goethes zu ungeklärt. Er spielt darauf gelegentlich an. Goethe kennt das schon. Als oberster Kirchenvertreter muss er das wohl so sehen. Man kommt auf das neueste Bühnenstück Goethes zu sprechen und Herder macht ganz seiner fast schon an Überheblichkeit grenzenden Art die sicher nicht böse gemeinte Bemerkung: „Deine natürliche Tochter gefällt mir besser als dein natürlicher Sohn." Goethes Sohn August, den er unehelich mit Christiane Vulpius hat, ist für ihn selbstverständlich ein ganz natürlicher Sohn und wann er sich entschließt zu heiraten, ist Goethes ureigene Entscheidung. Goethe quittiert die Bemerkung Herders mit eisigem Schweigen. Der Besuch wird rasch beendet, eine Freundschaft ist zerbrochen.

Man geht sich aus dem Wege und trifft sich noch einmal bei einem Essen, zu dem die Herzoginmutter Anna Amalia eingeladen hat. Auch hier hat man sich nichts mehr zu sagen. Man ignoriert einander. Goethe hört, dass es Herder schlecht geht. Zu einem Versöhnungsbesuch kann er sich nicht aufraffen, obwohl Christiane ihm dazu rät. Nein, Goethe ist nicht bereit, nachzugeben. Dann kommt die Nachricht von Herders Tod, der Goethe natürlich äußerst nahe geht. Da er grundsätzlich zu keinem Begräbnis geht – Goethe meint nur bei seinem eigenen werde er eine Ausnahme machen – sieht man ihn auch nicht bei der eindrucksvollen Trauerfeier. Man wird noch lange in Weimar über den Grund des Zerwürfnisses rätseln.

Der Grund war eigentlich banal. Eine flapsige Bemerkung unter Freunden, bei der sich Herder sicher nicht viel gedacht haben mag. Es war eben seine Art, einseitig kritisch, immer etwas von oben herab formulierte Kritik von sich zu geben. Wer seine Gunst wollte, musste das ertragen. Die Reaktion Goethes kann daher auch nur tiefenpsychologisch verstanden werden. Herder – eigentlich nur fünf Jahre älter – war für ihn immer eine Art Übervater. Goethe hat es ihm immer gedankt, dass sich Herder damals in Straßburg seiner angenommen hat, als er noch ein ganz unbedeutender, junger Mann war. Das schon an Selbstgefälligkeit grenzende Selbstbewusstsein Herders hat Goethe immer imponiert und es scheint so zu sein, dass man sich wohl lebenslänglich unterordnet, wenn man das einmal in der Jugend zugelassen hat. Mit der letzten, durchaus geschmacklosen Bemerkung über Goethes unehelichen Sohn, hat Herder das Rad überdreht. Er hat Goethes zurzeit empfindlichsten Punkt in seinem Leben getroffen und ohne jede erkennbare Empathie über die familiäre Situation zum Gegenstand einer vermeintlich launigen Kritik verpackt. Wer Goethe kennt – und Herder musste ihn kennen, es sei denn er wäre lebenslang ein reiner Selbstdarsteller gewesen – der musste wissen, dass Goethe in einem Augenblick vom Freund zum Feind werden konnte. Keiner, von denen er sich abgewendet hat – und es waren einige in seinem Leben – hat jemals wieder eine Chance auf Versöhnung erhalten. Wer seine Freundschaft verloren hatte, war für Goethe gestorben.

Ausdrücklich verbitte ich mir jedes Andenken

Ernst Herzog von Sachsen- Gotha- Altenburg ist tot. Ein liberaler und aufgeklärter Herrscher, der auch wissenschaftlich und künstlerisch interessiert und engagiert war, ist in Gotha verstorben. Er hat verfügt, ihn „in ein leinenes Tuch in gewöhnlicher alltäglicher Kleidung gewickelt und solchergestalt in der blanken Erde zu begraben." Weiterhin verfügte er: „Ausdrücklich verbitte ich mir jedes zu meinem Andenken zu errichtende Denkmal, es sei ein Leichenstein, Grabschrift oder irgendein Monument bei oder auf meinem Grabe. Will man einen Baum pflanzen, so habe ich nichts dagegen einzuwenden, damit meine gänzliche Auflösung nicht aufgehalten, vielmehr durch letztgedachte vermehrte Vegetation eher befördert und nützlich werde."

Seinem Wunsch entsprechend, wird er auf der Schlossteichinsel des Schlossparks in einem einfachen Grab beigesetzt. Auf dem Grab wird eine Akazie gepflanzt, Symbolbaum der Freimaurer. Wir ahnen es schon. Bei der Beisetzung vermisst man einen besonderen Freund des herzoglichen Hofes. Goethe, der zu Lebzeiten des Herzogs ein durchaus enges Verhältnis zum Herzog von Gotha gepflegt hat, nimmt – wie es immer seine Art ist – nicht an der Beisetzung teil. Man spricht verwundert darüber. Der junge Erbprinz und neue Herzog Emil Leopold August erklärt das aber: „Bei Todesfällen von Personen, die ihm nahestanden, zieht er sich zurück und trauert ganz allein. So verhält sich Goethe ausnahmslos. Er wird später kommen und auf seine Weise vom Verstorbenen Herzog Abschied nehmen."

Mein Herzogtum ist so groß, wie Sie befehlen, Sire

Die Nachfolge als Herzog von Sachsen- Gotha- Altenburg tritt der zweitgeborene Emil Leopold August an, der erstgeborene Bruder Ernst starb schon vor Jahren. Ernst war immer kränklich und etwas scheu. Es gab noch einen zwei Jahre jüngeren Bruder Friedrich, ein dritter Bruder war schon kurz nach der Geburt gestorben. Die ungewöhnliche Kindersterblichkeit machte auch in Fürstenhäusern keine Ausnahme.

Emil August ähnelt seinem Vater wenig. Mit zweiunddreißig Jahren ist er - vor allem wegen seiner intensiven Ausbildung - sehr gut auf die Regentschaft vorbereitet. Wohl geprägt von seinen Erziehern, ist er – als Erbe der Dynastie eigentlich unverständlich - von den Zielen der französischen Revolution – die sich ja mit Freiheit, Gleichheit, Brüderlichkeit gegen Dynastien richten – sehr angetan, so dass man ihn auch einen Jakobiner nennt. Ein merkwürdiger Widerspruch zu seiner herausgehobenen Stellung. Folgerichtig bewundert er Napoleon und richtet seine Politik – ganz anders als der Herzog von Weimar - vollständig auf ein Zusammengehen mit Frankreich aus. Das verschafft ihm in der napoleonischen Zeit viele Vorteile, muss aber später Folgen in der Zeit nach dem Sturz Napoleons haben. Wegen seiner unkritischen Bewunderung Napoleons gibt es auch viele Anekdoten, die sich über sein Verhalten lustig machen.

Zum früh verstorbenen Bruder des Herzogs, Prinz Friedrich, hatte Goethe ein gutes Verhältnis. Er mochte den jungen Prinzen und förderte ihn auch künstlerisch. Besonders angetan ist Goethe von der Stimme des Prinzen, der gelegentlich in Gesellschaften auch seinen Gesang vorträgt. Goethe bedauert daher, dass nicht Friedrich Nachfolger des Herzogs werden konnte. Mit der neuen Situation muss er sich arrangieren.

Entsprechend angespannt ist Goethes Verhältnis zum jungen Herzog Emil August. Den mag er nicht – ein ganz und gar unangenehmer Mensch, soll er einmal geäußert haben - darf dies aber niemals zeigen. Er hat kein Interesse, das bisherige gute Verhältnis fortzusetzen. So findet Goethe immer wieder Ausreden, wenn er an den Hof von Gotha eingeladen wird. Er entzieht sich dem Wunsch, literarischer Berater des Herzogs zu werden und findet sogar Ausflüchte, an einem Empfang beim Herzog in Weimar teilzunehmen, bei dem auch Emil August zugegen ist. Das geht allerdings zu weit.

Herzog Karl August bemerkt diese Aversion wohl und verpflichtet Goethe schließlich, den jungen Herzog aus Gotha in seinem Haus am Frauenplan zu empfangen, was Goethe nun nicht mehr ausschlagen kann. Das Haus ist voller Gäste und Anekdoten machen die Runde. Als Napoleon Emil August einmal nach der Größe seines Herzogtums gefragt hat, erzählt ein Besucher, soll er geantwortet haben: „Mein Herzogtum ist so groß, wie Sie befehlen, Sire". Man belustigt sich auch über die Schmeicheleien und Anbiederungsversuche gegenüber Napoleon. Diesem habe er im Schloss Friedenstein ein eigenes Schlafzimmer einrichten lassen, mit Mond und Sternen an der Decke und der Abbildung Napoleons. Der große Herrscher über Europa hat dort aber niemals übernachtet.

Vollends auf Ablehnung stößt die höchst aufwendige Hofhaltung von Emil August und seinen schon als lächerlich empfundenen Verhaltensweisen. So findet er nichts dabei, Audienzen in seinem Schlafzimmer und sogar im Bett zu halten. Man weiß nicht, ob das Dummheit ist oder Geringschätzung ausdrückt. Das eine ist so „schmeichelhaft", wie das andere.

Herzog Emil August hat Goethe während des Empfangs schließlich gestellt, ein Ausweichen ist nicht mehr möglich: „Ich wundere mich, dass sie so scheu sind, Geheimrat, das habe ich von ihren Besuchen in Gotha gar nicht so in Erinnerung." „Verzeihen Sie, Durchlaucht, aber sie sprechen mit einem kranken, schwächlichen Mann. Das Reisen fällt mir schon schwer." „Aber Gotha ist viel näher als Rom. Ich will hoffen, dass ihre Abstinenz nichts mit mir zu tun hat?" „Ganz gewiss nicht. Nein, es sind die Umstände, die mich zurückhalten." „Ich hoffe, dass sie noch arbeiten können?" „Ja, das wohl." „Woran arbeiten sie?" „Ich habe noch einige bisher unvollständige Werke zum Abschluss zu bringen, arbeite an meinen Memoiren und da ist natürlich noch das große Drama Faust, das meine ganze Kraft erfordert." „Das ist nicht wenig. Wie wäre es, wenn sie uns einmal in nächster Zeit bei Hofe eine abendliche Dichterlesung schenken würden? Sie haben in Gotha viele Verehrer, ich wollte meinen, beinahe mehr als ich." Der Herzog muss über seinen Scherz als einziger lachen. „Ich will sehen, was sich tun lässt, Durchlaucht."

Als sich der Herzog von Gotha in vorgerückter Stunde von Goethe verabschiedet, ist dieser sehr erleichtert, das Publikum nach all den Geschichten, die die Runde gemacht haben, auf das höchste belustigt. Dem Ansehen des Hauses Goethe hat dieser Besuch sicher nicht geschadet. So war das damals und so ist es ja auch heute noch. Illustre Gäste heben immer das Ansehen des Gastgebers.

Alles Gute zum letzten Neujahrsfest

Zwischen Goethe und Schiller schleichen sich leichte Verstimmungen ein, die der unbefriedigenden Lage am Theater geschuldet ist. Der Spielplan an der Weimarer Bühne ist eine Katastrophe, die Schlegelstücke sind durchgefallen, Kotzebue verweigert seine Stücke, kaum ein Autor drängt sich auf. Schiller wurden in Berlin attraktive Angebote gemacht – man hat ihm in Preußen mehr als das Doppelte seiner Einkünfte in Jena angeboten - die er aber ausgeschlagen hat. Jetzt sitzen beide in Goethes Arbeitszimmer und besprechen den augenblicklichen Zustand.

„Wir brauchen dringend ihr neues Stück, Wilhelm Tell", beginnt Goethe das längere Gespräch, „ich bin froh, dass es jetzt in Weimar doch uraufgeführt wird und nicht in Berlin. Der Herzog hat wohl eingesehen, dass seine ständigen Interventionen der Bühne in Weimar schaden." „Das tue ich nur aus Freundschaft für sie. Sie haben mir den Stoff dankenswerterweise überlassen und er hat mich richtig gepackt. Ein unglaublich bedeutsames, geschichtliches Ereignis. Ihr Vorwurf, ich müsse endlich wieder etwas Bühnenwirksames schaffen, hat mich sehr angespornt. Ich habe die Welt nicht verstanden. Da hatte ich „Die Jungfrau von Orleans" abgeliefert und vor allem für Weimar inszeniert und dann entfällt die Uraufführung wegen dieser unsäglichen Querelen. Sie müssen diese Zustände an und um das Theater beenden." „Ich weiß", sagt Goethe erkennbar schuldbewusst.

Goethe setzt aber nach: „Von Herder habe ich eines gelernt. Kritik hilft dem Künstler, nur keine sentimentalen Gefühle zulassen. Herders Tod macht mir sehr zu schaffen." Schiller erkundigt sich vorsichtig, was zwischen ihnen am Ende vorgefallen ist, aber Goethe schüttelt nur schweigend den Kopf. Er möchte darüber lieber nicht sprechen, fragt nur, wie unvernünftig der Mensch wohl ist, wenn er eine lebenslange Freundschaft an einem Wort zerbrechen lassen kann. Schiller fragt nicht weiter nach. Er fühlt, dass es jetzt besser ist, das Thema zu wechseln. Er kennt das. Es gibt Themen, über die man nicht einmal mit seinem besten Freund sprechen würde.

Beide tauschen sich über ihren jeweiligen Gesundheitszustand aus. Es geht ihnen beiden nicht gut. Man beschließt, in der Arbeit nicht nachzulassen und tauscht Aufträge aus. Arbeit ist die beste Medizin. Nach diesem Prinzip leben beide. Goethe möchte dem Freund noch etwas ganz im Vertrauen sagen, zögert aber noch etwas. Was es sei, möchte der jetzt ganz gespannt lauschende Schiller wissen. Es ist ganz unangenehm, meint Goethe verlegen. Ich habe ihnen nach Neujahr geschrieben – sie erinnern sich doch noch an das Zusammensein mit Schelling - und dabei habe ich ohne nachzudenken formuliert: „Zum letzten Neujahrsfest wünsche ich ihnen alles Gute. Zum letzten Neujahrsfest sollte natürlich bedeuten, zum vergangenen. Kann ich als Dichter schon nicht mehr vernünftig formulieren? Oder ist das schon eine Vorsehung?" Schiller denkt nach: „Vielleicht wird es einen von uns beiden in diesem Jahr treffen?" Goethe winkt ab: „Nur falsche Formulierung, sonst nichts."

Ohne Aufhebens ist er gekommen und so auch wieder gegangen

In Goethes Haus klopft es an der Haustür, ganz aufgeregt wird geklopft. Der Adlatus Meyer nimmt die Nachricht entgegen, Schiller sei gestorben. Entsetzt gibt er die Nachricht an Christiane weiter und verlässt fluchtartig das Haus. Er möchte nicht anwesend sein, wenn der Meister das erfährt. Auch Christiane zögert. Ihr ist klar, was das jetzt bedeutet. „Um Gottes Willen", denkt sie, „wie ist das möglich? Ich kann es gar nicht glauben. Der Ärmste, wie soll ich es ihm nur sagen?"

Vorsichtig geht sie zu Goethes Arbeitszimmer, wo Goethe aber nicht ist. Ihm geht es auch nicht gut. Eine Gürtelrose quält ihn wieder. Er hat sich in seinem Schlafzimmer hingelegt und schläft. Christiane weckt ihn nicht und begibt sich selber in ihren Schlafraum. Am nächsten Morgen wird sie wach und hat ein ganz schlechtes Gewissen. „Mein Gott, er weiß es noch gar nicht." Man begegnet sich im Esszimmer zum Frühstück und Goethe sieht wirklich schlecht aus. Er begrüßt Christiane und schaut sie lange an. „Was ist los?" möchte er wissen und Christiane bricht in Tränen aus.

Goethe ist sofort klar, was passiert ist. Christiane nimmt ihn in den Arm. „Ist Schiller tot?" möchte er wissen. Christiane nickt. „Warum er?" fragt er leise, „mein Gott, er hätte noch so viel schaffen können." Goethe begibt sich in den hinteren Teil des Hauses, wo es noch ein Lesezimmer gibt, in das er sich zurückzieht, wenn er ganz ungestört sein will. Man wird ihn tagelang nicht mehr zu Gesicht bekommen. Niemand wagt es, ihn zu stören. Nur Christiane schaut hin und wieder nach ihm, um ihn zu versorgen.

Nach zwei Tagen findet sie Goethe zu ihrer Überraschung in seinem Arbeitszimmer. Er arbeitet an dem letzten Stück von Schiller, dem „Demetrius", das Schiller nicht mehr vollenden konnte. Das ist seine Art um den verlorenen Freund zu trauern. Er wird versuchen, das monumentale Stück als letztes gemeinsames Werk fertig zu schreiben. Es wird aber nicht gelingen und die Unfähigkeit dazu macht ihm zusätzlich zu schaffen. Dann erhält er ein Manuskript über die Farbenlehre zurück, das Schiller noch korrigiert hat. Jetzt fühlt er sich doppelt schuldig und der endgültige Verlust seines Freundes wird ihm so richtig bewusst.

In Weimar ist man bestürzt. Die Menschen trauern um Schiller, den sie – genau wie Goethe – verehren und auf dessen Anwesenheit in Weimar man so stolz war. Schiller wird im Kassengewölbe auf dem Friedhof in Weimar beigesetzt, einer Ruhestätte für höhere Stände. In der großen Trauergemeinde fehlt einer: Goethe. Er kann einfach nicht an Begräbnissen teilnehmen und trauert auf seine Art. Viele Tage später begibt er sich zu Schillers Ruhestätte zusammen mit Christiane. Er wirkt wie versteinert, als er sagt: „Ohne Aufhebens ist er gekommen und so auch wieder gegangen." Um das Begräbnis des Freundes wird es viele Jahre später noch ein seltsames Nachspiel geben.

Alles aufs Geratewohl ins Blaue gedichtet

Das Leben muss auch nach dem plötzlichen Tod Schillers weitergehen. Nach dem Scheitern der Vollendung des „Demetrius" und der Fertigstellung der Farbenlehre – Goethe verkriecht sich immer noch in seinem Hinterhaus – beginnt die wahre Trauerarbeit. Jetzt erst wird Goethe das Fehlen des Freundes bewusst, jetzt erst beginnt Schiller für ihn „zu verwesen." Er überlegt, ob er zum Gedenken an Schiller eine Totenfeier mit szenischen Darstellungen schreiben soll. Dazu möchte er Musik haben, die ihm Zelter – ein Altersfreund, der in Berlin lebt - schreiben soll. Carl Friedrich Zelter ist ein Musiker und Komponist, den Goethe in Weimar kennen gelernt hat und mit dem er für den Rest seines Lebens in enger Verbindung bleiben wird. Aus der Musik wird nichts, da Goethes Skizzen dazu nicht ausreichen. Stattdessen wird eine Gedenkfeier in Lauchstädt vorbereitet und auch durchgeführt. Dann muss sich Goethe neu finden, ohne den Freund. Das wird sehr schwer werden und sehr lange dauern.

Er erinnert sich jetzt an Schillers ständige Ermahnungen, den Faust endlich fertigzustellen. Die Welt warte darauf. Jetzt muss er diesem Ratschlag folgen, ein letzter Dienst an seinem verstorbenen Freund. Begünstigt wird sein Schaffensdrang auch dadurch, dass der Verleger Cotta ihm jetzt einen Termin für die Veröffentlichung setzt. Immerhin hat Goethe einen nicht unbeträchtlichen Vorschuss erhalten.

Ein junger, nach Jena berufener Historiker, Luden, meldet sich bei Goethe und wird empfangen. Man spricht über die Werke des Künstlers und über den Faust, von dem es schon Fragmente gibt. Nach ausreichender Lobhudelei möchte Goethe wissen, was der junge Mann denn nun selber über den Faust denkt. Dabei kommt überraschendes zu Tage. Befreit von Höflichkeitsfloskeln sagt Luden: „Ich halte die bisher veröffentlich Teile für unzusammenhängend. Man erkennt, was in Abständen geschrieben wurde und wo dies wohl seinen Ursprung haben könnte. Alles ist aufs Geratewohl ins Blaue hinein geschrieben. Ich erkenne aber nicht den übergeordneten Sinn des Ganzen. So habe ich mir zur Auflage gemacht, mich wenigstens an den Teilen zu erfreuen, soweit sie vorliegen."

Das sitzt. Goethes Mine verdüstert sich. Er bricht das Gespräch ab und verweist auf die Gesamtveröffentlichung, die ja noch bevorstehe. Man werde den Zusammenhang dann wohl erkennen. Der junge Mann wird hinaus komplimentiert. Ein weiteres Gespräch wird es nicht mehr geben. Goethe wäre aber nicht das Genie, für das ihn alle halten, wenn er nicht auch aus diesem Gespräch seine Lehren ziehen würde. Man muss dem jungen Luden daher dankbar sein, dass er den Meister auf diese kecke Weise dazu bringt, aus Faust jetzt ein wirkliches Meisterwerk zu machen. So, wie er es bisher behandelt hat, kann es nicht gelingen. Da muss erst so ein junger Mann kommen, um ihm das klarzumachen.

Die Franzosen in Weimar

Zur weiteren Trauer bleibt auch aus einem anderen Grund wenig Zeit, denn es kommen aufregende Ereignisse auf Goethe und Weimar zu. Preußen stellt sich nach langem Zögern Napoleon entgegen und verliert die Entscheidungsschlachten bei Jena und Auerstedt. Das hat auch Folgen für Weimar, das auf der Seite Preußens steht und von den Franzosen besetzt wird. Besetzung hört sich harmlos an, bedeutet aber: Gewalt, Plünderung und Demütigung. In Goethes Haus soll sich ein ranghoher französischer Offizier, Marschall Michele Ney, mit seiner Entourage einquartieren. So bleibt das Haus hoffentlich vom Treiben der einfachen Soldaten verschont. Goethe hat vermeintlich wieder einmal Glück, denn eine zufällige Begegnung mit dem Sohn seiner früheren Geliebten Lili Schönemann, dem französischen Husarenoffizier Baron von Türckheim, hat ihm diese Einquartierung besorgt. Jetzt versucht Goethe, sich zu arrangieren. Aber noch ist der französische General nicht da.

Was wird wohl werden? Herzog Karl August ist − anders als der Herzog von Gotha - kein Franzosenfreund. Er ist Befehlshaber in der Preußischen Armee und hat nach der Niederlage Weimar verlassen. Über seine Mutter Anna Amalia ist er mit dem früheren preußischen König Friedrich verwandt. Das lässt nichts Gutes für Weimar erwarten, zumal auch der Sohn des Herzogs, Erbprinz Karl Friedrich, mit der Schwester des russischen Zaren, Maria Paulowna, verheiratet ist.

Auch vom Heiligen Römischen Reich Deutscher Nation und dem Kaiser Franz ist keine Hilfe mehr zu erwarten. Napoleon hat das Reich in eigener Selbstherrlichkeit mit einem Federstrich aufgelöst. Über die Frage, was man von Napoleon zu halten habe gehen die Meinungen auseinander. Goethe ist gerade von einem Kuraufenthalt in Karlsbad zurückgekehrt. Da muss er erleben, dass während der Rückfahrt sogar sein Diener Johannes Gensler sich mit dem Kutscher über die Franzosenfrage derart zerstritten hat, dass es auf dem Kutschbock zu Handgreiflichkeiten kommt, dabei die führerlos gewordenen Pferde durchgehen und die Kutsche fast umgefallen wäre. Goethe ist derart verärgert, dass er den Kutscher in Jena der Gendarmerie übergibt, die ihn erst einmal einsperrt.

Nach Weimar zurückgekehrt hat Goethe das Gefühl, dass er sein Leben biografisch aufarbeiten müsste, auch Schillers wegen. Er entschließt sich, das in Episodenform und künstlerisch zu gestalten. Es entsteht das Werk „Dichtung und Wahrheit", ein autobiografisches Werk, das in dieser Form Maßstäbe setzen wird. Zum Schreiben braucht er aber sein Haus, seine Arbeitsräume und seine Helfer. Diese Umgebung ist jetzt aber in Gefahr, schlimmstenfalls muss er mit Totalzerstörung seiner Heimstadt rechnen. Das wäre das Ende.

Die Preußen sind jetzt fort und die Franzosen haben Weimar besetzt. Der Stab eines französischen Regiments ist im Haus am Frauenplan eingezogen, allerdings ist der Kommandeur noch nicht eingetroffen, der für Ordnung und Sicherheit sorgen würde. Goethe versucht, mit seiner kleinen Familie so viel Normalität aufrecht zu erhalten, wie es unter diesen Umständen eben noch möglich ist. Daher schreibt er auch wieder. Die Situation ist gespenstisch und entbehrt auch nicht einer gewissen Komik. Lachen kann er allerdings nicht. Dazu sind die Sorgen über die nahe Zukunft einfach zu groß.

Goethe hat es immer verstanden, seinen Lebensraum ganz nach seinen Vorstellungen zu schaffen und ihn gegen äußere Einflüsse konsequent abzuschirmen. Nur er hat bestimmt, wer zu seinem Lebensraum Zugang haben konnte. Jetzt ist das außer Kraft gesetzt. Andere bestimmen über ihn. Seine Privatsphäre ist verletzt. Sein gesamtes Umfeld im Freundes- und Bekanntenkreis bis in den herzoglichen Hof ist zunächst einmal gestört. Schlimmer noch ist, dass die Ankunft von Marschall Ney sich verzögert und wild gewordene französische Soldaten in das Haus eindringen und nach dem Hausherrn fragen.

Goethe, der sich schon zur Nacht ausgekleidet hat, erscheint in seinem „Prophetenmantel" genannten Morgenmantel und versetzt die eher schlichten Geister der französischen Soldaten in einiges Erstaunen. Immerhin erreicht er, dass sie sich bewirten lassen und mit Hinweis auf Marschall Ney sich einigermaßen gesittet benehmen. Aber eben doch nur einigermaßen gesittet, denn im Laufe der Nacht entfaltet der Alkohol seine enthemmende Wirkung und die Soldaten erscheinen in Goethes

Schlafzimmer mit aufgepflanztem Bajonett. Er befindet sich zweifellos jetzt in Lebensgefahr, denn im ´Krieg gibt es kein Recht und keine Ordnung mehr und der geringste Soldat ist Herrscher über Leben und Tod und über Opfer kräht nach dem Krieg kein Hahn mehr.

Jetzt beweist Christiane, wozu sie fähig ist. Irgendwie schafft sie es, einige handfeste Kerle vor dem Haus zu finden, die mit ihr in das Schlafzimmer eindringen und die betrunkene Soldateska aus dem Haus drängen. Das nicht mehr passiert, grenzt an ein Wunder. Während Goethe in den nächsten Tagen mit den Nerven am Ende ist, schafft sie es auch, im Haus die notwendige Ordnung aufrecht zu erhalten, bis der Marschall endlich eintrifft und wieder eine Autorität im Hause ist. Jetzt scheint das Schlimmste erst einmal überstanden. Goethe wird später dem Herzog schreiben, „dass er in dem Augenblick etwas Physisches erlitten habe, dass noch so nahe stehe und er es noch nicht ausdrücken könnte."

Wie viel Glück Goethe in dieser Nacht hatte, wird erst in den nächsten Tagen klar, als er erfährt, wie es anderen ergangen ist. Häuser wurden geplündert und angezündet. Das gesamte Inventar wurde vielfach geraubt oder vernichtet, Akten und Papiere wurden auf Scheiterhaufen verbrannt. Die Menschen sind in die Wälder geflohen, nichts ist ihnen geblieben. Die öffentlichen Einrichtungen wurden vernichtet, die Kassen geplündert, wer Widerstand leistete, wurde kurzerhand erschlagen. Den Schopenhauers ging es so, ebenso der Witwe Herders. Goethe wird – noch den Schrecken in den Gliedern - in der allernächsten Zeit seine privaten Verhältnisse neu ordnen und bürgerlich gestalten. Dazu gehört auch, Christiane zu heiraten und dem gemeinsamen Sohn August eine Familie zu geben. Er nimmt sich vor, die Besitz- und Erbverhältnisse an seinem Haus mit der herzoglichen Verwaltung vollständig zu klären und Restrechte und -pflichten abzulösen. Vor allem aber muss er seine Werke sichern, nach Möglichkeit in gesammelter Form zum Druck freigeben, damit sie sicher der Nachwelt erhalten bleiben.

Goethe denkt auch über diese Form, gegeneinander Krieg zu führen nach. Was sind das für Horden, die da auf die besetzten Städte losgelassen werden? Weiß Napoleon eigentlich, dass seine Armee aus Verbrechern und Strauchdieben besteht? Gibt es überhaupt noch eine Disziplin und Ordnung in dieser räuberischen Armee? Als er mit Christiane darüber spricht, fragt sie ihn: „Glaubst du, dass die preußische Armee sich anders verhält?"

An Leib und Seele verderbliche Immoralität

Napoleon Bonaparte beherrscht fast ganz Europa. Er hat die Schwächen der kleinen und mittleren Länder und ihre Uneinigkeit genutzt, indem er sie sich einzeln vornimmt und unterwirft. Am Ende löst er sogar das Heilige Römische Reich Deutscher Nation auf, setzt den Kaiser ab und reduziert Franz zum österreichischen Kaiser. Durch diktierte Friedensverträge schafft er ganz nach seinen Vorstellungen neue Länder und macht mit der Kleinstaaterei ein Ende. Die neu geschaffenen Länder schließen sich ihm mehr oder weniger freiwillig an, so auch das neu geschaffene Königreich Bayern, das mit Teilen Tirols und Vorarlbergs ein beträchtliches Ausmaß angenommen hat. Maximilian ist jetzt sogar König von Bayern und von Napoleons Gnaden.

Von der neuen Größe und dem wissenschaftlichen Anspruch des bayerischen Königs Maximilian Joseph profitieren jetzt die Schellings. In München besteht die Bayerische Akademie der Wissenschaften, an die bedeutende Wissenschaftler und Professoren berufen werden. Sie können frei forschen und publizieren, sind von Lehrveranstaltungen befreit und leben von einem auskömmlichen Gehalt bei hoher allgemeiner Wertschätzung. Ein Paradies auf Erden.

Die Schellings beziehen in München ein Haus, von dem aus Caroline die Tiroler Berge sehen kann, wie sie ihrer Schwester schreibt. Es muss wohl Föhn gewesen sein, da sonst die Alpenkette unsichtbar bleibt. Natürlich machen sich die Schellings einige Sorgen um die Schwester Luise und die Verwandten Carolines in Braunschweig, wo es nach dem verlorenen Krieg nicht ganz so gemütlich ist. Man macht sich Sorgen, aber man ist auch klammheimlich etwas schadenfreudig, wenn man an Jena denkt und die schlimmen Menschen, die ihnen gegenüber garstig waren und jetzt der Willkür der Franzosen ausgeliefert sind. Das gilt natürlich nicht für alle. Um den lieben Goethe macht man sich natürlich auch Sorgen. Das alles kann aber ihr neues, freies und sorgloses Lebensgefühl nicht beeinträchtigen.

Schelling stürzt sich in seine wissenschaftliche Arbeit, die er vorwiegend zu Hause ausüben kann, veröffentlicht seine Ideen und streitet wissenschaftlich mit dem gebotenen Niveau mit anderen Wissenschaftlern. Normale Menschen haben zu diesen Auseinandersetzungen und geistigen Höhenflügen keinen Zugang. Caroline vermerkt dies mit gelegentlichem Spott, wie schon in Jena. „Sie verstehen einander und sich selber wohl nicht immer."

Dafür findet Caroline Zeit, sich um ihre Verwandtschaft und verbliebenen Freunde zu kümmern, für die München immer eine Reise wert ist. So Clemens von Brentano und seine Schwester Bettina, von der Caroline sagt, „sie sei töricht und leide am Brentanoschen Familienübel, einer zur Natur gewordenen Verschrobenheit". So taucht eines Tages auch ihr sehr lieber August Wilhelm Schlegel mit seiner neuen Herrin Madame de Stael in München auf. Man bleibt acht Tage. Schelling und Schlegel sind nach ihrer Meinung unzertrennlich und kein bisschen böse miteinander. Auch Madame de Stael gewinnt Schelling sehr lieb und ist nach Carolines Beobachtung „ein Phänomen von Lebenskraft, Egoismus und unaufhörlich geistiger Regsamkeit. Ihr Äußeres wird durch ihr Inneres verklärt und bedarf dieses wohl auch. Nach ihrer Kleidung – Madame de Stael trägt beachtliche Übergröße - könnte man sie manchmal wohl auch für eine Marketenderin halten." Caroline hat nichts von ihrer Beobachtungsgabe und Scharfzüngigkeit verloren.

Nachdem August Wilhelm und Madame de Stael in Richtung Wien abgereist sind, meldet sich, aus Wien kommend, Ludwig Tieck mit einer ganzen Reisegesellschaft an. Mit Tieck reisen: seine Schwester Sophie Bernhardie, geborene Tieck, mit ihren drei

Kindern, einem Bediensteten, drei Domestiquen und einem Hofmeister für die Kinder. Sophie lebt in Scheidung und hatte während ihrer Ehe früher eine Liaison mit August Wilhelm Schlegel, möglicherweise der Scheidungsgrund. Sie hat in Wien eine Verbindung mit Baron Knorring, der sie unterhält, selber aber erhebliche finanzielle Probleme hat, da dessen Vater wiederum nicht mehr für Knorrings Schulden aufkommen kann oder will.

Die Reisegesellschaft der Tiecks lebt auf großem Fuß, wohnt in Gasthöfen oder in guten Privatquartieren und bleiben acht Wochen, ohne Geld. Es ist bekannt, dass die Tiecks notorisch zahlungsunfähig sind, das Geld von Knorring nur unzureichend kommt, Ludwig Tieck selber nichts hat und dass sich an ihren Aufenthaltsorten immer Wohltäter finden müssen, die für ihre Rechnungen aufkommen. Wozu hat man schließlich Freunde? Das alles vollzieht sich mit großer Würde. Caroline bezeichnet Tieck als „anmutigen, würdigen Lump, der die Unverschämtheit nahezu erfunden haben muss." Da die Tiecks auch versuchen, Menschen zum katholischen Glauben zu bekehren und dafür Geld von der Kirche fordern – aber nichts bekommen, die Kirche nimmt zwar gern, gibt aber ungern - kommt sie zu dem Schluss: „Ich habe nie unfrommere, in Gottes Hand weniger ergebene Menschen gesehen, als diese Gläubigen." Ihr abschließendes Urteil: „An Leib und Seele verderbliche Immoralität." Ein Vers über Tieck ist im Umlauf: „Wie ein blinder Passagier, fahr ich auf des Lebens Posten, einer Freundschaft ohne Kosten, rühmt sich keiner je mit mir." Es ist heute unvorstellbar, dass man zu dieser Zeit so, wie die Tiecks, tatsächlich leben konnte.

Das er mit so einem geringen Menschen reden möge

Es kehrt wieder eine kurze Zeit des Friedens ein. Nach Weimar zieht es regelmäßig alle, die in der Literatur Rang und Namen haben oder auf sich aufmerksam machen möchten. Viele, die später auch berühmt werden sollten, kommen noch als unbedeutende Schriftsteller nach Weimar, um Goethe aufzusuchen. Es gehört schon zum guten Ton, zumindest einmal von Goethe empfangen worden zu sein. Der Meister weiß das natürlich und hält es auch für seine Pflicht, jeden, der seine Nähe sucht, auch zu empfangen. Man muss aber etwas Geduld haben und manchmal auch ein wenig warten können.

So geht es auch Wilhelm Grimm, der mit seinem Bruder Jacob Literatur- und Sprachwissenschaft betreibt, in Kassel eine bedeutende Bibliothek aufbaut, auch eine private Bibliothek. Die eng verbundenen Brüder erstellen das erste Wörterbuch, sammeln Märchen, verlegen diese in mehreren Ausgaben und lehren als Professoren an verschiedenen Universitäten. Bekannt werden sie, als sie sich zusammen mit anderen Professoren in Göttingen, gegen ihren Fürsten wenden, der die Verfassung ganz nach seinen Vorstellungen ändern will.

Jetzt befindet sich Wilhelm Grimm in Weimar, ist im weit über Weimar hinaus bekannten Gasthof Elephant abgestiegen und wartet auf eine Audienz bei Goethe. Am Vortag hat er im Hause Goethes ein Empfehlungsschreiben von Achim von Arnim abgegeben und vom Sekretär Philip Seidel erfahren, der Meister erhole sich gerade von einer Krankheit. Die Aussichten sind auch dieses Mal nicht besonders günstig. Immerhin hat er bei Seidel hinterlassen, wo er ihn finden kann. Dann hat Wilhelm Grimm Johanna Schopenhauer aufgesucht, die als Salondame Weimars gilt. Bei ihr trifft man Leute und erfährt immer das Neueste.

Zurück im Hotel erscheint der Adlatus von Goethe, Riemer, mit dem Auftrag, sich um Grimm zu kümmern, ihm Weimar zu zeigen und mit ihm abends ins Theater zu gehen. Die Chancen steigen. Am nächsten Tag besichtigt Grimm zunächst die Bibliothek zu Forschungszwecken. Er geht in jedem Ort in die Bibliothek, studiert die Bestände und macht sich Aufzeichnungen über Titel und Inhalte. Später kann er Titel bestellen, die ihm noch fehlen. Dann erhält er den ersehnten Termin für die Audienz und eilt zum Haus am Frauenplan, wird sofort eingelassen und in Goethes Arbeitszimmer geführt.

Grimm hat schon Zeichnungen von Goethe gesehen, ist aber nach eigenem Bekunden sehr überrascht, von der „Hoheit und vollendeten Einfachheit und Güte der Erscheinung" des Dichterfürsten. Goethe begrüßt ihn freundlich und parliert mit ihm zunächst über eine Stunde über verschiedene Dichtungen: das Nibelungenlied, nordische Poesien, über die Edda und alte Romane. Während Grimm später sagen wird, „er sei überrascht gewesen, dass er – Goethe - mit so einem geringen Menschen, dem er doch eigentlich nichts zu sagen habe, reden möge".

Dabei verkennt er Goethe voll und ganz. So ist Goethe: freundlich und respektvoll gegenüber jedem, der seine Nähe sucht. Bei Wilhelm Grimm erkennt Goethe sofort, welch kluger und gebildeter Wissenschaftler auf seinem Gebiet ihm gegenüber sitzt, der durchaus etwas zu sagen hat und für Goethe auch in Zukunft wichtig sein kann. Vor allem ist Goethe immer ein perfekter Gastgeber.

Beim Abschied lädt Goethe den jungen Grimm am nächsten Tag sogar zu einem Gastmahl ein, das von ein Uhr bis halb vier dauern wird. Es gibt unter anderem: Gänseleberpasteten, Hasen und viele Köstlichkeiten. Wilhelm Grimm weiß gar nicht, wie ihm geschieht. Goethe stößt mit ihm und mit gutem Rotwein an und hat viele Fragen an Grimm und dessen wissenschaftliche Arbeit. Auch Christiane zeigt sich, die Grimm sehr hübsch findet. Grimm versucht, Goethe noch zu einem Vorwort für eine herauszugebende Sammlung zu bewegen, hat aber damit keinen Erfolg. Am ersten Weihnachtstag macht sich Wilhelm Grimm schließlich auf die Heimreise über Gotha nach Kassel. Diesen Besuch bei Goethe wird er lebenslänglich in Erinnerung behalten.

Was Wilhelm Grimm aber in der Nachbetrachtung etwas seltsam vorkommt – und er erzählt dies natürlich seinem Bruder Jacob – ist die Tatsache, dass Goethe in langen, sehr allgemein gehaltenen Gesprächen nichts über seine Werke sagte, nichts über seine geplanten Veröffentlichungen. Er vermied auch das Thema der Eheschließung mit Christiane und das Thema der überstandenen schrecklichen Besetzung durch die Franzosen, war Tabu. Grimm ist ein guter Beobachter, aber auch ein höflicher und diskreter Gast. Außer seinem Bruder Jacob, wird er niemandem seine Beobachtungen erzählen.

Den unwürdigen Redereien ein Ende machen

Für Goethe ist trotz eines zunehmenden Abstands, die Besetzung durch die Franzosen keineswegs vergessen. Gerade der Versuch, alles so normal wie möglich erscheinen zu lassen, beweist geradezu die innere Anstrengung der Bewältigung dieser scheußlichen Ereignisse, die in ihm und in seinen weiteren Handlungen ganz entschieden nachwirken. Goethe gehört zu den Menschen, die über ihre Lage regelmäßig nachdenken, aus Erlebnissen aber Schlüsse ziehen und diese Erkenntnisse dann auch in Handlungen umsetzen. In diesem Fall bedeutet das: sein Eigentum und das Erbe zu sichern, seinen Nachlass herauszugeben, seine Finanzen in Ordnung zu bringen und Christiane zu heiraten.

Auf die Heirat mit Christiane reagiert die Presse boshaft und anzüglich. In der weit verbreiteten Allgemeinen Zeitung konnte man lesen: „Goethe ließ sich unter dem Kanonendonner der Schlacht mit seiner vieljährigen Haushälterin Vulpius trauen, und so zog sie allein einen Treffer, während viele tausend Nieten fielen." Nun sind ja nicht alle Kommentare auch in heutigen Zeitungen besonders intelligent, geschweige denn fair. Diesen Kommentar kann man aber getrost als äußerst geschmacklos bezeichnen, bringt er doch das persönliche Glück eines Menschen mit dem Tod vieler Soldaten in Verbindung, die dann auch noch als Nieten bezeichnet werden. Es soll solche Journalisten auch heute noch geben.

Ausgerechnet sein Verleger Cotta ist der Herausgeber dieser Zeitung, und so schreibt Goethe ihm einen geharnischten Brief, den er dann aber lieber vor dem Versand vernichtet. Man kann sich ungefähr vorstellen, was Goethe in diesen Brief hineingeschrieben haben muss. Er zieht es dann aber vor, einen etwas gemäßigteren Brief zu schreiben, in dem er zum Ausdruck bringt, „dass er keinen Bruch mit Cotta wünscht" – schon um die großzügigen Vorauszahlungen auf seinen Faust nicht zurückgeben zu müssen – „dass er sich aber unschicklich und unanständig behandelt fühlt und dass er erwartet, dass diesen unwürdigen Redereien ein Ende gemacht wird, da sonst das wechselseitige Vertrauen sehr bald zerstört sein müsste." Eine mehr als deutliche Warnung. Cotta wird der Schreck in die Glieder gefahren sein. Er gehört wohl auch zu den Herausgebern, die nicht mitbekommen, was ihre Redakteure so von sich geben. Auch das soll es heute noch geben.

Er ließ mich gleichsam gelten

Die Einstellung Goethes, Napoleon betreffend, hat sich durch die Hausbesetzung geändert. Einerseits bewundert er den schneidigen Korsen und seine von vielen Reformen und einem unnachahmlichen Gestaltungswillen getriebene Politik, andererseits hat er die Folgen dieser Politik am eigenen Leibe erfahren und er fragt sich, ob Napoleon über das Verhalten seiner

Soldaten informiert ist. Napoleon herrscht jetzt auch in Sachsen-Weimar.

Als auf Napoleons Anordnung, die Geheimräte von Weimar vor ihm erscheinen müssen, lässt Goethe sich wegen Krankheit entschuldigen. Als Napoleon später die Fürsten zu einem Kongress nach Erfurt beruft, muss Goethe auf Anordnung Herzog Karl Augusts ihn begleiten. Jetzt kann er Napoleon nicht mehr ausweichen. Er wird mit anderen zu einer Audienz gebeten. Das Ganze ist eine mehr als skurrile Veranstaltung. Napoleon präsentiert sich den von ihm Vorgeladenen als Multitalent, sicher nicht ganz ohne Absicht. Indem er bei Audienzen immer mehrere Dinge nebenbei erledigt, unterstreicht er seine Bedeutung und die Kleinheit des Besuchers.

Während der Audienz frühstückt Napoleon, es ist ein Kommen und Gehen. Regierungsgeschäfte werden nebenbei gemacht. Es ist also keine besondere Ehre für die Teilnehmer der Audienz, wohl mehr eine Formsache, die vor allem die Bedeutung Napoleons unterstreichen soll. Wie sich die Audienzteilnehmer dabei fühlen, ist dem Feldmarschall egal. Es kommt nur auf ihn an.

Schließlich erhält Goethe einen Wink von einem Bediensteten, vorzutreten. Ob Napoleon wirklich gesagt hat: „Voila' un homme" wird Goethe später nicht bestätigen, er bestreitet es aber auch nicht. Napoleon spricht Goethe auf das französische Theaterstück „Mahomet" an, das Goethe übersetzt hat. Er findet es nicht gut. Voltaire habe einen Weltüberwinder auf die Bühne gebracht, der von sich selber nicht einmal überzeugt ist.

Dann spricht Napoleon über den „Werther", den er durch und durch studiert habe. Er spielt auf eine Stelle an, die er nicht für überzeugend halte und fragt, warum er das getan habe? Goethe lächelt und antwortet geschickt. Der Kaiser habe Recht, man möge einem Dichter aber verzeihen, dass er sich eines nicht leicht zu entdeckenden Kunstgriffs bedient habe. Goethe wird später niemandem sagen, um welche Stelle es dabei ging. Viele sollten sich mühen und den Werther immer wieder lesen, um diese Stelle zu finden. Gibt es eine bessere Werbung für ein Buch? Ganz sicher stehen sich zwei Intellektuelle auf Augenhöhe gegenüber. Der Unterschied ist nur, dass der eine die Macht hat.

Dann bringt Napoleon das Gespräch auf die Mode, immer nur Schicksalsstücke zu verfassen. Das soll keine Frage sein. Er bemerkt vielmehr: „Was will man jetzt von dem Schicksal, die Politik ist das Schicksal." Wen er damit wohl gemeint hat? Dann wendet sich Napoleon den persönlichen Verhältnissen Goethes zu. Er möchte wissen, wie es ihm geht und – das scheint der Kern seiner Fragen gewesen zu sein – wie es am Hof von Weimar ginge. Hier antwortet Goethe diplomatisch ausweichend, was Napoleon durchaus gefallen haben dürfte. Er versucht immerhin, einen Subalternen über seinen Fürsten auszufragen. Aus den Antworten wird er auch auf den Charakter der so Angesprochenen schließen können. Goethe dürfte gut dabei weggekommen sein.

Goethe kann erleichtert und zufrieden nach Weimar zurückkehren. An Cotta schreibt er: „Ich will gerne gestehen, dass mir in meinem Leben nichts Höheres und Erfreulicheres begegnen konnte, als vor dem französischen Kaiser und zwar auf eine solche Weise zu stehen, …indem er mich mit besonderem Zutrauen …

gleichsam gelten ließ." Dann wird Goethe wieder ganz der Geschäftsmann. Seinen ständigen Zeitverzug kann er diesmal elegant begründen. Natürlich habe die Arbeit sich jetzt verzögert. Er werde aber versuchen, wieder anzuknüpfen; noch aber will es nicht fließen."

Vom Untergang solch hoher Seelenkräfte kann in der Natur niemals die Rede sein

Schillers Tod ist jetzt zwei Jahre her und Goethe hat langsam wieder zu sich gefunden, da beginnt erneut eine Zeit des Abschiednehmens. So ist das eben, wenn man alt wird und andere, immer noch ältere, früher gehen. Mit dem Tod der Herzoginmutter, Anna Amalia, verliert Goethe eine fürstliche Freundin, eine Förderin der Kunst und eine Vertraute auch in persönlichen Angelegenheiten. Anna Amalia war es, die ganz maßgeblich dazu beigetragen hat, Goethe in Weimar zu halten, ihn mit Aufträgen zu versorgen, ihn künstlerisch anzuspornen und zu motivieren. Ihre Vertrautheit hat zeitweise sogar dazu geführt, ein Verhältnis der beiden zu mutmaßen. Auch Charlotte von Stein war auf ihre Herzogin zeitweise eifersüchtig, die ja nur unwesentlich älter als Goethe war.

Entsprechend ist die Trauer. Goethe verfasst einen Nachruf auf die hohe Frau, der von allen Kanzeln in Weimar verlesen wird. Darin preist er Anna Amalia als Urheberin einer glänzenden Epoche und in Anspielung auf eine gemeinsame Italienreise schreibt er ihr zu, „sie habe Italien uns auch in Germanien geschaffen." Und zeitkritisch kommt Goethe zu der Aussage, „ihr Herz habe gegen den Andrang irdischer Kräfte nicht länger gehalten." Welch schöne Worte für eine von ihm verehrte Frau. Wir ahnen es schon, dass Goethe auch an ihrer Beisetzung nicht teilnehmen wird.

Aus völlig anderen Gründen – es ist der großen Entfernung zwischen Weimar und Frankfurt geschuldet – nimmt Goethe auch nicht an der Beerdigung seiner Mutter teil, die nicht lange nach dem Tod der Herzoginmutter stirbt. Er erfährt vom Tod seiner Mutter nur einen Tag nach der Rückkehr aus einem Kuraufenthalt in Karlsbad und hat wohl sofort entschieden, nicht nach Frankfurt zu reisen. Überhaupt spricht er nur wenig über dieses Ereignis. Bekannten in Frankfurt schreibt er auffallend sachlich, „dass der Tod seiner Mutter seinen Eintritt in Weimar sehr getrübt hat und dass man menschlicher Weise bei ihrem hohen Alter ein herannahendes Ende hätte befürchten müssen." Bedenkt man, dass Goethe in der Vergangenheit immer nur von „dem Vater" aber immer über „meine Mutter" sprach, so fragt man sich doch, wie diese fast gefühllose Reaktion zu deuten ist?

Goethe hat ganz sicher niemanden in diesem Fall in sein Herz schauen lassen. Er weiß, wie stolz seine Mutter auf ihren berühmten Sohn war, dass sie alle seine Werke in ihrem Umkreis verteilte, mit anderen Dichtern und Verlegern über ihn sprach, ihm viele Briefe schickte und ihn nahezu aufforderte, sich die lange Reise nach Frankfurt nicht zuzumuten. Er hat seine Mutter nur viermal besucht und das auch nur auf der Durchreise. Eine Einladung an seine Mutter, doch mit ihm in Weimar zu leben, lehnte sie dankend ab. Was verbirgt Goethe durch seine vermeintlich kühle Reaktion? Wir wissen es nicht, aber wir können es ahnen. Ein schlechtes Gewissen? Macht er sich Vorwürfe, sich zu Lebzeiten nicht häufig genug um seine Mutter gekümmert zu haben? Wird man darüber mit anderen sprechen? Wohl kaum. Goethe wird lange brauchen, bis er die in seinem Herzen verschlossenen Probleme bewältigt hat. Goethe hat in Weimar stets gut über seine Mutter gesprochen, hat auch ihre Briefe weiter verteilt und die Herzoginmutter Anna Amalie dazu gebracht, sich mit seiner Mutter in Verbindung zu setzen, was dieser besonders geschmeichelt haben muss.

So verliert Goethe mit diesen beiden Frauen zwei bedeutende Pfeiler in seinem Leben. Als auch sein Freund Wieland kurz darauf stirbt – auch an seiner Beerdigung nimmt Goethe nicht teil – kommt er zu dem sicher Trost spendenden Schluss, „dass vom Untergang so hoher Seelenkräfte in der Natur niemals und unter keinen Umständen die Rede sein kann; so verschwenderisch behandelt sie ihre Kapitalien nie." Anna Amalia, Wieland und die Mutter haben eine unsterbliche Seele. Das ist wohl gemeint.

Freiheit ist eine Kunst, sich selbst treu zu bleiben

Caroline Schelling, geborene Michaelis, verwitwete Böhmer, geschiedene Schlegel ist für diese Zeit eine ganz ungewöhnliche Frau. Von der Natur mit natürlicher Schönheit und Intelligenz gesegnet, von vielen Männern begehrt, von Literaten geachtet, von Intellektuellen geschätzt, lebte sie zeitlebens außerhalb der gesellschaftlichen Normen und nur ihren eigenen Überzeugungen folgend. In diesem Sinne hat Caroline frei gelebt: frei von bürgerlichen Moralvorstellungen, frei von spießigen Frauenbildern, vor allem frei in der Partnerwahl, die mal Vernunftgründen folgte, mal ihrem Herzen. So ist es fast schon unvermeidbar, dass manche sie bewundern und manche sie hassen. Intellektuelle, selber frei in ihren Überzeugungen, vor allem frei von anderen Meinungen – wie Goethe – haben kein Problem, diese Frau zu achten und zu respektieren. Kleingeister, eingezwängt in die Grenzen eigener Doppelmoral, von Neid zerfressen auf die ihnen versagten Vorzüge freier Lebensführung, können nicht anders, als Caroline zu hassen. Das alles interessiert Caroline nicht. Sie lebte stets nach der Überzeugung, dass sie sich für die Meinungen anderer grundsätzlich nichts kaufen kann und dass jeder gefälligst vor der eigenen Türe kehren sollte. Für andere Freigeister empfindet sie Zuneigung, ja Liebe. Für die hinterhältigen Neider kann sie bestenfalls Mitleid empfinden. Freiheit, so zu leben, sagt Sabine Appel heute – ist eine Kunst, sich selbst treu zu bleiben. In diesem Sinne lebte Caroline frei.

Warum lebte? Caroline Schelling stirbt viel zu früh mit sechsundvierzig Jahren, wie ihre damals sechzehnjährige Tochter Auguste, an den Folgen einer Ruhr. Ihre letzten Tage verbringt sie im evangelischen Stift von Maulbronn, wohl behütet von ihren – auch frei denkenden Schwiegereltern - und in den Armen ihres geliebten Friedrich Schelling, den ihr Tod bis ins Mark erschüttert und dem eine weitere schwere Lebenskrise bevorsteht. Über den Tod seiner geliebten Frau findet er schöne Worte: „Auch im Tod verließ sie die Anmut nicht; als sie tot war, lag sie mit der lieblichsten Wendung des Hauptes, mit dem Ausdruck der Heiterkeit und des herrlichsten Friedens auf dem Gesicht." Schelling wird sehr viel später Pauline Gotter, die Tochter von Carolines lebenslanger Freundin Luise Gotter, heiraten. Das Leben wird weiter gehen, auch ohne Caroline. Ihre Freunde, zu denen auch Goethe zählte, werden sich über ihren frühen Tod tief bestürzt äußern. Was Dorothea und Friedrich Schlegel äußern, ist nicht wert, überliefert zu werden.

Ich will Gott bitten, dass ihm diese Stanzen verziehen werden

Napoleons Wesen und Handeln polarisiert die Menschen. Die von ihm profitieren, loben ihn. Wer unter ihm leidet, hasst ihn und wünscht ihn in die Hölle. Der Herzog Karl August ist kein Freund Napoleons. Goethe versucht sich in Neutralität, bewundert Napoleon einerseits und zweifelt gleichermaßen. Der Riss geht mitten durch ihn hindurch.

Selbst in höchst adeligen Kreisen ist das nicht anders. Der österreichische Kaiser Franz, von Napoleon als Kaiser des Heiligen Römischen Reichs einfach abgesetzt, wendet sich nicht von Napoleon ab, zumal der ja mit seiner Tochter Marie Louise verheiratet ist. Napoleon ist damit sein Schwiegersohn. Die Kaiserin Maria Ludovika Beatrix hasst Napoleon. Das ist aber nicht der ausschließliche Grund, warum die Ehe des Kaisers und der Kaiserin zerrüttet ist. Man hat sich auseinander gelebt. Ludovika unterhält eine Korrespondenz mit dem Bruder des Kaisers, Erzherzog Joseph, und teilt diesem im Vertrauen alles mit, was sie bewegt, so auch, dass sie ihre ehelichen Pflichten gegenüber dem Kaiser nur noch mit größter Abneigung erfüllen kann, da sie nichts mehr für ihn empfindet. Der österreichische Kanzler Metternich überwacht ihren gesamten Schriftverkehr und informiert den Kaiser, was Ludovika nicht ahnt. Wer Metternich kennt, muss ihm eigentlich jede Intrige und jede Schandtat zutrauen. Ludovika vertraut ihm. Ein schwerer Fehler.

Die kränkelnde Kaiserin begibt sich auf Anraten des Leibarztes Dr. Thonhauser zur Kur nach Karlsbad. Dort trifft sie Goethe, dessen Dichtung sie begeistert. Auch der Gothaer Prinz Friedrich ist anwesend. Man verbringt viel Zeit miteinander. Goethe liest aus seinen Werken vor. Man liest den Tasso in verteilten Rollen und man ist politisch bezüglich der Einschätzung Napoleons deutlich auseinander. Die Kaiserin ist dennoch zufrieden und wird Goethe nach der Kur eine wertvolle, mit Diamanten verzierte Dose schicken.

Nicht unerwähnt bleiben soll, dass die Kaiserin eine äußerst attraktive Frau im besten Alter ist, was in Goethe durchaus Gefühle erzeugt haben dürfte. Am Hof in Wien gilt sie als Perle jeden Empfangs, mit natürlicher Schönheit und Grazie gesegnet. Man fragt sich, warum der hölzerne, steife Kaiser Franz mit dieser begehrenswerten Frau so wenig anzufangen weiß?

Man trifft in Karlsbad auch den berühmten Musiker Beethoven, der beiden vorspielt. Goethe ist über Beethovens Künste auf dem Klavier begeistert. Die Virtuosität und Gewalt der Darstellung machen ihn sprachlos. Ja, es gibt außer der Dichtung auch andere Kunstarten, die Goethe nicht beherrscht. Neben einem Musiker, wie Beethoven, der mit seiner Musik und Ausstrahlungskraft am Flügel quasi in die Seelen seiner Zuhörer einzudringen vermag, muss sich selbst ein großer Dichter wie Goethe, klein vorkommen.

Goethe möchte Ludovika wohl eine Freude machen, indem er auf die Tochter des Kaisers Franz, auf Marie Louise, Verse dichtet, die sogenannten Stanzen. Er lobt und preist Napoleons Frau in den höchsten Tönen. Die Außenwelt findet das später peinlich und „schleimerisch". Die besonders kritische Dorothea Schlegel kommt zu folgender Einschätzung: „Ist er durch keine Marter zu diesen Stanzen gezwungen worden, so will ich Gott bitten, dass sie ihm verziehen werden." Mitleid und ein Rest von Sympathie kommen hier zum Ausdruck. Goethe wird das alles nicht zur Kenntnis nehmen. Er lebt mittlerweile in einer bewundernswert geschlossenen Welt. Sie macht ihn gegenüber jedweder Kritik immun, zumal dann, wenn sie von so unbedeutender Stelle kommt.

Natürlich macht man sich über jede Frau Gedanken, die Goethe kennen lernt, auch über die Kaiserin. Der Gedanke, dass beide etwas miteinander haben könnten, ist einfach zu delikat. Man kann sich doch ein solches Thema nicht einfach versagen. Es geht ja schließlich nicht um Tatsachen, sondern um Vermutungen. Die haben doch eine andere Qualität. Historiker haben es einfacher. Sie brauchen sich über diese Frage allerdings nicht den Kopf zu zerbrechen. Solange Metternich keine entsprechenden Erkenntnisse hatte, wird sie auch kein Historiker der Welt jemals haben. Eine hundertprozentigere Quelle als Metternich, hat es niemals gegeben. Gehen wir also von der Gewissheit aus, dass Goethe der Kaiserin Ludovika wirklich nur vorgelesen hat.

Ja wie meent er des?

Weimar gerät in stürmische Zeiten. Napoleon – formal noch zwangsweise mit Preußen verbündet – verliert seinen Russlandfeldzug, Moskau brennt und die alliierte Armee Napoleons wird auf einem mörderischen Rückzug aufgerieben. Herzog Karl August muss politisches Anpassungsvermögen aufbringen. Er ist nicht Feind Napoleons, auch kein Freund, preußisch verbunden und politisch unbedeutend, muss er versuchen, sein Fähnchen in den Wind zu hängen, um durch die sich jetzt abzeichnende Zeitenwende zu kommen. Die Stimmung ist gekippt. Russland und Österreich sind jetzt bereit, die Herrschaft Napoleons ein für alle Mal zu beenden. Der preußische König, Friedrich Wilhelm, mehr von den eigenen Offizieren, aber auch von den Studenten getrieben, schließt sich der Koalition gegen Napoleon an und verspricht seinen Landsleuten das Blaue vom Himmel, wenn sie mit ihrem König gemeinsam patriotisch gegen Frankreich ziehen.

Und Goethe? Der ist völlig hin und her gerissen von den Ereignissen. Durch Weimar ziehen Franzosen, Preußen, wieder Franzosen, wieder Preußen. Was soll man eigentlich glauben? Wem soll man sich anschließen? Wen unterstützen? Goethe kann noch gar nicht an einen Sieg über Napoleon glauben und verlässt genervt Weimar, um sich in Teplitz zur Kur zu begeben. Nach seiner Meinung gefragt, kann er sich nur zu der Äußerung aufraffen: „Schüttelt nur an euren Ketten, der Mann – gemeint ist Napoleon - ist euch zu groß, ihr werdet sie nicht zerbrechen." Hier wird er irren. Das Ende des „Scheusals Napoleon" steht unmittelbar bevor.

Goethe flieht also nach Teplitz, um all „den Flüchtigen, Blessierten und Geängstigten" zu entkommen. Aber auch im Kurort in Böhmen hört man den Kriegslärm, sieht nachts die Feuerzeichen am Himmel. Die Sorgen um Christiane und Weimar lassen ihn nicht los. So kehrt er vorzeitig nach Weimar zurück und es passiert in seinem Arbeitszimmer etwas Seltsames. Wenige Tage vor der Völkerschlacht in Leipzig, die das endgültige Ende Napoleons bedeuten wird, fällt eine Büste Napoleons aus Gips von der Wand, bleibt aber weitgehend unbeschädigt. Ein Menetekel?

Goethes Sohn August, angesteckt von den vaterländischen Tönen, will zu den Waffen eilen. Goethe bewirkt beim Herzog Karl August, dass er einen ungefährlichen Einsatz als Schreiber im Hauptquartier erhält. So kehrt August zwar unverletzt, aber tief frustriert nach Weimar zurück und muss sich als Drückeberger verspotten lassen. August schmollt und Goethe ist froh, seinen Sohn gesund als seinen Sekretär wieder zu Hause zu haben. Gegen einen übermächtigen Vater könnte selbst der tüchtigste Sohn nichts ausrichten. Was hätte August erreichen können?

Goethe ist Geschäftsmann. Kurz nach der Völkerschlacht bietet er seinem Verleger das Versepos „Hermann und Dorothea" an. Die Verse passen so richtig zu den Ereignissen des Befreiungskrieges:

„O, stellt sich die Brust dem Feinde entgegen. Und dächte jeder wie ich, so stände die Macht auf gegen die Macht, und wir erfreuten uns alle des Friedens." Das kam an und das Epos wurde ein Bestseller. Noch heute quälen sich Gymnasiasten mit den Hexametern von „Hermann und Dorothea", ohne recht zu verstehen, wozu? Zum Glück der heutigen Schüler hat Goethe von einer zunächst geplanten Fortsetzung abgelassen.

Stattdessen lässt er sich vom Regisseur Iffland dazu überreden, für eine geplante große Siegesfeier in Berlin ein Festspiel zum Sieg über Napoleon – dessen Niederlage er ja im Grunde bedauerte – zu verfassen. Der Zar, der österreichische Kaiser und der preußische König würden anwesend sein. Eile war also geboten.

Goethe nimmt den Auftrag an, hat auch schon eine Idee, will aber noch nichts verraten. Iffland ist begeistert über das Projekt. Er hat keinerlei Zweifel am Gelingen. „Es gibt keine höhere Feier als die, dass der erste Mann der Nation über diese hohe Begebenheit schreibt." Was Goethe schließlich liefert, löst in Iffland verwirrtes Grausen aus. Das Stück heißt „Des Epimenides Erwachen", spielt in der Antike und hat nichts mit dem großen Ereignis zu tun. Es handelt von einem Götterliebling, der eine ganze Lebensepoche verschläft, dafür aber nicht etwa bestraft wird, sondern mit der Erhöhung seiner Sehkraft belohnt wird. Epimenides spricht zerknirscht voller Selbstvorwürfe: „Doch schäm ich mich der Ruhestunden, mit euch zu leiden war Gewinn. Denn für den Schmerz, den ihr empfunden, seid ihr auch größer, als ich bin." Der Priester tröstet: „Tadle nicht der Götter Willen, wenn du manches Jahr gewannst. Sie bewahren dich im Stillen, dass du rein empfinden kannst." Wer ist hier eigentlich der Schläfer, fragt sich mancher Zeitgenosse verwundert? Der preußische König? Die Majestäten kommen zum Glück nicht, das Stück wird ein Jahr verspätet aufgeführt. Es ist kein Erfolg. Die Berliner spotten über den Titel „Epimenides" mit „Ja wie meent er des". Auch der größte deutsche Dichter hat nicht immer Sternstunden, oder kann es sein, dass die Zeit ihm schon davon geeilt ist?

Eine wahnsinnige Blutwurst

Bettine von Arnim, geborene Brentano, gehört zu den Verehrerinnen des großen Dichters Goethe. Sie lernt zuerst seine Mutter in Frankfurt kennen, schreibt ihm schwärmerische Briefe, die der Meister zunächst nicht beantwortet. Sie lernt ihn schließlich in Weimar kennen, wo sie Goethe besuchen darf. Man freundet sich an – Christiane ist das ja schon gewohnt – schreibt sich gegenseitig Briefe, mehr passiert aber nicht. Bettine ist schließlich frisch verheiratet, wohnt in Berlin, nutzt aber jede Gelegenheit, um nach Weimar zu kommen und ihren Brieffreund zu sehen. Christiane ist auf der Hut, weiß sie doch, dass eine Heirat normalerweise auch Treue bedeutet. In dieser Zeit ist das aber nie ganz sicher. Die beiden Frauen begegnen sich misstrauisch, wenn auch korrekt.

Goethe hat den gebürtigen Schweizer Heinrich Meyer als Sekretär und Kunstberater, vor allem in Fragen der Baukunst. Lange Jahre wohnt er bei Goethe im Haus, nachdem er nach Weimar umgesiedelt ist. Goethe hat Meyer auf seinen Italienreisen kennen und schätzen gelernt. Er wird wie ein Freund behandelt. Goethe gibt mit ihm eine Kunstzeitschrift, die Propyläen, heraus, verschafft ihm Aufträge im Weimarer Schloss und bedient sich intensiv seiner Unterstützung als Sekretär. Meyer ist auch Maler; er kann eigentlich alles.

Meyers Bilder werden in Weimar ausgestellt und Christiane und Bettine von Arnim besuchen diese Ausstellung. Dabei kommt es zu einem Eklat. Bettine muss sich wohl aus Christianes Sicht abfällig über Meyer geäußert haben, indem sie ihn als „Kunschtmeyer" bezeichnet. Nun war diese Bezeichnung durchaus allgemein bekannt. Freunde und Bekannte necken ihn gerne mit diesem der schweizerischen Mundart nachempfundenen Namen, man nennt ihn wohl auch „Goethemeyer", was auch nicht böse gemeint ist. Goethe weiß das, Christiane wohl nicht.

Es bedarf manchmal nur eines geringen Anlasses, um ein Fass zum Überlaufen zu bringen und dieser Anlass ist aus Christianes Sicht jetzt gegeben. Als Bettine von Arnim den Namen „Kunschtmeyer" in den Mund nimmt, rastet Christiane förmlich aus. Ist es die für sie unakzeptable Vertraulichkeit, die sich Bettine hier herausnimmt oder ist es der persönlichen Wertschätzung Meyers seitens Christiane geschuldet? Oder bricht sich hier eine lange verdrängte Eifersucht Bahn? Jedenfalls reißt Christiane der Bettine von Arnim die Brille aus dem Gesicht und überzieht sie mit unflätigen Beschimpfungen. Nachdem diese sich von dem ersten Schreck erholt hat, reagiert sie ebenso bösartig auf diesen Angriff, indem sie Christiane eine „wahnsinnige Blutwurst" nennt. Das

Tischtuch zwischen den beiden Frauen ist fortan zerschnitten, für immer.

Was macht Goethe? Was soll er machen? Er hält zu seiner Frau und verbietet Bettine von Arnim und ihrem Ehemann fortan das Haus. Als man sich ein Jahr später in Bad Teplitz trifft, wird das Ehepaar von Arnim von ihm ignoriert. Christiane schreibt er: „Ich bin froh, dass ich die Tollhäusler los bin." Weitere verzweifelte Briefe von Bettine von Arnim lässt er unbeantwortet. Wer Goethes Gunst verspielt hat, erhält keine Chance mehr für einen Neuanfang. Wir kennen das schon.

Magst du meine Jugend zieren mit gewaltiger Leidenschaft

Goethe reist zwar gerne in die böhmischen Bäder nach Teplitz und Karlsbad, aber er entscheidet sich in diesem Jahr, wieder einmal im Westen eine Kur zu machen. Es gibt mehrere Gründe dafür: eine Verabredung mit Carl Friedrich Zelter am Kurort, ein Treffen mit dem Künstler Sulpiz Boisserée, Besuche in Frankfurt und ein Treffen mit seinem Freund, dem Bankier Johann Jakob von Willemer. Viele Gründe also, um eine Kur in Wiesbaden zu machen. Schon auf der Kutschfahrt hat er ahnungsvolle Gefühle, als er dichtet: „So sollst du muntrer Greis, dich nicht betrüben, sind gleich die Haare weiß, doch wirst du lieben." Eine Vorahnung.

In Wiesbaden trifft er sich mit Zelter. Man hat sich viel zu erzählen. Man macht Anwendungen, spaziert durch den Kurpark.

Abends wird gut gespeist und getrunken. Dann empfängt Goethe seinen Freund von Willemer zu Besuch. Willemer wird begleitet von seiner Pflegetochter Marianne Jung, eine begabte Tänzerin, neunundzwanzig Jahre alt, eine Schönheit. Wir ahnen es schon. Goethe verliebt sich augenblicklich in die junge Frau. Willemer hat sie schon im Alter von fünfzehn Jahren in sein Haus genommen, wurde Witwer und hat wohl selber ein Auge auf Marianne geworfen, traut sich aber nicht, wahrscheinlich wegen der Leute. Goethe gegenüber deutete er einmal in einem Brief eine „törichte Hoffnung" an.

Mainaufwärts vor den Toren Frankfurts besitzt Willemer ein Anwesen, das er die Gerbermühle nennt. Auf Anraten Goethes hat Willemer seine Pflegetochter jetzt kurzfristig, vielleicht sogar eilig, geheiratet. Marianne ist jetzt die Geheimrätin von Willemer. Goethe bezieht nach der Kur die Gerbermühle und schon beim ersten Treffen ist Goethe mit Marianne allein. Man plaudert und kokettiert. Marianne spielt auf der Gitarre. Zum Jahrestag der Vielvölkerschlacht lodern auf den umliegenden Bergen Feuer und brennende Räder rollen zu Tal. Marianne hat Goethe eine Karte gebracht, auf der die Feuerstellen markiert sind. Sie schreibt eigens ein Gedicht zum Andenken an Goethes Besuch: „Zu den Kleinen zähl ich mich, liebe Kleine nennst du mich. Willst du immer so mich heißen, werd' ich stets mich glücklich preisen. Bleibe gern mein Leben lang,…. Als den Besten ehrt man dich, sieht man dich, muss man dich lieben." Das ist für eine frisch verheiratete Frau schon ziemlich deutlich.

Goethe gefällt das alles sicher gut, dennoch muss er nach Weimar zurück. An seinen Freund Christian Heinrich Schlosser schreibt

Goethe, „ihm sei in Frankfurt ein neues Licht fröhlicher Wirksamkeit aufgegangen." Er würde „gerne halb in Weimar und halb in Frankfurt leben, um verjüngt und zu früherer Tatkraft wiedergeboren zu werden." Die Kur, insbesondere die Nachkur entfaltet ihre Wirkung.

Schon im nächsten Jahr macht er sich wieder auf den Weg über Wiesbaden und Köln, wo er den Freiherrn vom Stein trifft, nach Heidelberg und nach Frankfurt wieder in die Gerbermühle. Er wird fünf Monate bleiben und frisch und verjüngt wieder nach Weimar zurückkehren. In dieser Zeit in der Gerbermühle entsteht eine Sammlung von Versen zum „West- östlichen Divan", mit lyrischen Zwiegesprächen erotischen Inhalts. Verse gehen hin und her und Marianne liefert eigene Verse, die man durchaus als pikant verstehen kann. Das alles ist getarnt durch den künstlerischen Anspruch einer Dichtung. Außenstehende würden nichts bemerken. Einige Beispiele?

Goethe schreibt: „Aber dass du, die so lange mir erharrt war, feurige Jugendliebe mir schickst, jetzt mich liebst, mich später beglückst, das sollen meine Lieder preisen, sollst mir ewig Suleiken heißen." Suleiken wird das Codewort für Marianne. Im Wechselspiel wird Goethe an seiner Stelle den Namen Hatem wählen: „Du beschämst wie Morgenröte, jener Gipfel ernste Wand. Und noch einmal fühlet Hatem, Frühlingshauch und Sommerbrand." Und weiter: „Nicht Gelegenheit macht Diebe, sie ist selbst der größte Dieb. Denn sie stahl den Rest der Liebe, die mir noch im Herzen blieb. Dir hat sie ihn übergeben, meines Lebens Vollgewinn, dass ich nun, verarmt mein Leben, nur von dir gewärtig bin." Darauf Marianne: „Hochbeglückt in deiner Liebe, schelt' ich nicht Gelegenheit, ward sie auch an dir zum Diebe, wie mich solch ein Raub erfreut! Und wozu denn auch berauben, gib dich mir aus freier Wahl, gar zu gerne möchte ich glauben. Ja, ich bin's, die dich bestahl." Und in einem anderen Vers führt Marianne alias Suleiken aus: „Nimmer will ich dich verlieren! Liebe gibt der Liebe Kraft. Magst du meine Jugend zieren, mit gewalt'ger Leidenschaft." Geht es noch deutlicher?

Das mag genügen. Das sind Verse zweier Verliebter und die Leser der Verse werden später darüber rätseln, wie weit es wohl zwischen den beiden gegangen sein könnte? Ob Willemer das gemerkt hat, ist ungewiss. Hätte er es bemerkt, mag man über seine Reaktion spekulieren. Vielleicht war aber auch er geschmeichelt, denn an der Freundschaft zu Goethe hat das alles nichts geändert. Als Goethe nach seiner Abreise eine Zeitlang nicht antwortet und Marianne darüber krank wird, schreibt er, eine Wohnung werde im Stadthaus freigehalten und „wenn Goethe kommt, damit die ewigen Gefühle nicht zu verstummen brauchen, und die Liebe alles zu geben habe, was sie vermag." Unglaublich, wie soll man das wohl verstehen? Es gehen noch einige Briefe hin und her. Zu einem Treffen wird es nicht mehr kommen. Was Goethe bleibt, sind die Erinnerungen und die Verse und ein paar Pantoffeln, mit gestickter Aufschrift: „Suleiken".

Leere und Totenstille in und außer mir

Ist das Liebesverhältnis Goethes seiner Frau Christiane verborgen geblieben? Wohl kaum. Christiane ist Kummer gewöhnt und sie weiß sehr genau, wie es um Goethe und die vielen schönen Frauen in seinem Leben steht, die ihn bewundern und umschwärmen. Goethe gehört eben allen, nicht nur ihr. Goethe und Christiane haben sich in den letzten Jahren auseinander gelebt. Ungeachtet aller Schwierigkeiten hat sie Goethes Haushalt geführt, für ihn gesorgt und sich mit dem zufrieden gegeben, was ihr hin und wieder bleibt.

Christiane führt auch ein eigenes Leben, hat Freunde, kocht gut, genießt den Wein und das Theater. Dann kommt die Krankheit mit Ohnmachtsanfällen, Magenkrämpfen und Blutstürzen. Als sich das Ende abzeichnet, wird auch Goethe krank. Den Todeskampf Christianes erlebt er kaum, der Sohn August ist aber zur Stelle. Goethe empfindet danach nur „Leere und Totenstille in und außer mir." Wie Christiane beigesetzt wird, ist nicht überliefert. Man darf wohl annehmen, dass Goethe dabei ist. Eine Ausnahme zu machen, wäre anständig. Danach stürzt er sich in die Arbeit. Eine Reise nach Baden- Baden ist geplant, auch die Willemers möchte er noch einmal sehen, man darf annehmen, vor allem Marianne.

Auf der Reise begleitet ihn Meyer. Nach zwei Stunden passiert das Unglück. Die Kutsche hat einen Achsenbruch und stürzt um. Meyer verletzt sich an der Stirn, Goethe ist unverletzt. Die Reise wird beendet. Man kehrt um. Goethe nimmt das als ungünstiges Orakel und beschließt, solch lange Reisen nicht mehr zu machen.

Die böhmischen Bäder sind schneller zu erreichen und bieten alles, was der Meister begehrt.

Auf den Hund gekommen

Zunächst heißt es aber, sich in Weimar, im Haus am Frauenplan ohne Christiane neu einzurichten und den Vorstellungen des Meisters anzupassen. Im Obergeschoss wohnen, genauer, streiten sich der Sohn August und die Schwiegertochter Ottilie ohne Unterlass. Goethe meint, „sie lieben sich nicht, sie passen aber zueinander." In Wirklichkeit lieben sie sich nicht und passen auch nicht zueinander. Hinzu kommt das Geschrei der Enkelkinder, das ihn aber weniger stört. Wenn es ihm zu viel wird, begibt er sich in das Gartenhaus, wo er seine Ruhe hat.

Viele Freunde und Bekannte aus den Zeiten der Romantiker, aber auch der Klassiker, sind nicht mehr da. Ein Anbahnungsversuch von Bettine von Arnim bleibt unbeantwortet. Wer bei Goethe einmal in Ungnade gefallen ist, bleibt dort für den Rest seines Lebens. Im Hause walten seine treuen Mitarbeiter: Eckermann, Riemer und Meyer. Man sitzt häufig schweigend zusammen und vernichtet Wein. Wenn Goethe nicht tief in Gedanken versunken ist, kann er durchaus auch einmal voller Energie und Leidenschaft ihm wichtige Themen zur Sprache bringen. Seine Mitarbeiter sind geübte Zuhörer.

Dann das große Ereignis. Auf dem Wiener Kongress, auf dem Europa nach Napoleon neu geordnet wird, genau genommen, wird das meiste unter intriganter Leitung Metternichs zurückgedreht, wird entschieden, dass Sachsen- Weimar nunmehr durch Landzugewinn Großherzogtum wird. Der Herzog nennt sich „Königliche Hoheit", Goethe wird Staatsminister. Das Gehalt steigt, die Aufgaben werden ihm weitgehend erlassen. Bei Staatsempfängen erscheint er regelmäßig, fast jeder bedeutende Gast besucht auch Goethe im Haus am Frauenplan. Zu diesen Anlässen wird immer großer Aufwand getrieben. Der Hof erstattet die Auslagen. Goethe trägt dann auch das ihm von Napoleon verliehene Ehrenkreuz, wovon nicht jeder Gast begeistert ist.

Um die Universität Jena muss sich Goethe nicht mehr kümmern, dafür kümmert er sich um seine persönlichen Finanzen. Wegen der vielen Besucher bittet er um Steuererleichterung, was ihm vom Herzog Karl August gewährt wird. In seiner Heimatstadt Frankfurt lässt er sich aus der Bürgerliste streichen und spart damit unnötige Abgaben. Einige Werke müssen noch herausgegeben oder vollendet werden. Seine Mitarbeiter haben zu tun. Sie schreiben, drucken, führen Korrespondenz, nehmen Diktate auf und sortieren die immer größer werdende Bibliothek. Es hat den Anschein, dass mit dem zunehmenden Alter – der Meister ist jetzt immerhin sechsundsechzig Jahre alt – seine Betriebsamkeit immer noch zunimmt. Die Arbeitsplätze der Helfer scheinen jedenfalls gesichert.

Dann gibt es Ärger am Theater. Die Mätresse des Herzogs und Hofschauspielerin, Karoline Jagemann, die sich jetzt Frau von Heygendorf nennt, möchte das Theater modernisieren und dem

Publikumsgeschmack mehr annähern. In einem französischen Boulevardstück soll ein Pudel mitspielen. Das ist für Goethe – immer noch Intendant – zu viel. Das Theater soll doch „nicht auf den Hund kommen". Es kommt zu einem ernsten Krach. Der Herzog – ausgleichend wie immer – entbindet Goethe von seinen Pflichten am Theater und lässt Frau von Heygendorf freie Hand. Fortan führt sie das Theater. Die Regierungskunst Karl Augusts wird hier deutlich. Er weicht den Problemen aus, gibt einem Recht und belohnt den Verlierer.

Politisch herrscht Unruhe in deutschen Landen. Nach der Vertreibung Napoleons ins Exil stellt sich eine vaterländische, patriotische Stimmung ein. Die Studenten feiern mit großer nationaler Begeisterung das Hambacher Fest. Der Wunsch nach einem gemeinsamen deutschen, republikanischen und demokratischen Vaterland wird durch die Farben Schwarz- Rot-Gold zum Ausdruck gebracht. In Jena wird eine Burschenschaft gegründet. In Weimar herrscht Pressefreiheit.

Man vertraut auf das Wort des Preußischen Königs, Friedrich Wilhelm, und wartet auf die versprochene Verfassung. Der König vergisst aber ganz einfach sein gegebenes Wort. Er passt sich der von Metternich betriebenen Politik der Restauration an. Die alten Zustände sollen erhalten bleiben. Beim Wiener Kongress hat er zwar keine besonders gute Figur gemacht, aber dennoch vieles für Preußen dazugewonnen. Jetzt soll das Volk Ruhe bewahren. Sein Gottesgnadentum weist ihm den Weg. Was wollen die Studenten eigentlich?

Als der Theologiestudent, Ludwig Sand, den Dichter Kotzebue erdolcht, sieht Metternich die Zeit für noch radikalere Maßnahmen gekommen. Ausgerechnet in Goethes Lieblingskurort Karlsbad treffen sich die Fürsten und treffen einschneidende Beschlüsse. Die Pressfreiheit ist vorbei. Vaterländische Aktivitäten werden verfolgt. Mit der kurzen Freiheitsperiode ist es vorbei. Goethe hat gegen diese Politik nichts einzuwenden. Für ihn ist Ruhe die erste Bürgerpflicht und von Gott gewollte Strukturen der Monarchie soll man nicht in Frage stellen. So begibt sich Goethe – jetzt im Alter von bereits einundsiebzig Jahren erneut zur Kur, diesmal nach Marienbad. Auch dieser Kuraufenthalt wird wieder einige Überraschungen für ihn bereithalten. Eine ganz junge Siebzehnjährige wird ihm diesmal den Kopf verdrehen, ohne es wahrscheinlich zu wollen.

Gab mir ein Gott zu sagen, was ich leide

Marienbad ist im Vergleich zu Karlsbad noch ein junger, aufstrebender Badeort in Böhmen. Überall wird noch gebaut. Man will Kapital anlegen. Es herrscht Goldgräberstimmung. Das stattlichste Haus im Ort gehört dem Rittergutsbesitzer Friedrich Leberecht von Brösigke. Er baute es auch mit Geldern des Grafen Klebelsberg, der diese finanzielle Unterstützung jedoch nicht ganz uneigennützig leistete. Er wartete vielmehr schon ungeduldig darauf, die Tochter Brösigkes, Amalie, endlich ehelichen zu dürfen.

Amalie ist bereits zweimal verheiratet gewesen. Die schöne Amalie war im Alter von fünfzehn Jahren von einem Levetzow geheiratet worden und hat aus dieser Ehe zwei Töchter. Nachdem sich ihr erster Mann von ihr trennte, heiratete sie dessen Vetter, der aber große Teile ihres Vermögens durchbrachte und dann schließlich bei Waterloo fiel. Nun hätte Graf Knebelsberg Amalie eigentlich heiraten können, was aber nach den Regeln der katholischen Kirche nicht ging. Der erste Mann Amalies lebte noch und so musste Knebelsberg erst dessen Tod abwarten. Wahrlich eine harte Prüfung.

Goethe hat Amalie schon vor Jahren in Karlsbad kennen gelernt und wie man Goethe kennt, war sie ihm sicher nicht unsympathisch. Er nannte sie im Tagebuch „Pandora", was so viel wie „holdes Vergnügen" bedeutete. Er verband das wohl nur mit Vorstellungen. Schließlich war Goethe seinerzeit noch mit Christiane verheiratet. Goethe nimmt also im Brösigkschen Haus Quartier. Amalie ist zugegen mit ihren zwei Töchtern. Die ältere der beiden ist die siebzehnjährige Ulrike, mit der er sich ausgiebig beschäftigt. Er plaudert mit ihr auf der Terrasse, zieht mit ihr in der Gegend herum, sammelt mit ihr Steine und beklopft diese. Ein Großpapa spielt mit einer Enkelin, könnte man meinen. So wird es auch Amalie sehen, sie, Anfang dreißig, nach Goethes Auffassung „ihre Anmut, durch manche Jahre und Schicksale durch, noch ganz hübsch gerettet hat." Es entsteht eine spannende Konstellation: eine attraktive Mutter mit ihrer hübschen Tochter, ganz nach dem Geschmack des Meisters. Wie soll da Kurfrieden aufkommen?

Ulrike ist eine hochaufgeschossene, schlanke, junge Dame, die noch in Straßburg in einem Mädchenpensionat untergebracht ist und ihre Ferien mit der Mutter und Schwester in Marienbad verbringt. Obwohl sie auch liest, hat sie von Goethe noch nichts gehört. Dass Goethe berühmt sein muss, wird ihr natürlich klargemacht. Der händigt ihr einige Bücher aus, in denen sie auch liest, die sie aber wohl nicht recht begeistern. Manches von dem, über das darin geschrieben wird, versteht sie noch nicht, hat sie noch nicht erlebt. Warum auch? Ulrike besucht gern Bälle, die auch im Hause stattfinden und Goethe nimmt gern daran teil.

So geht der schöne Sommer bei herrlichem Wetter dahin. Man lebt sorglos und frei; wandert, spielt, tanzt und befindet sich in angenehmer Gesellschaft mit den jungen Damen. Eine Inspiration für den Dichter und sein Vorstellungsvermögen und seine Sinne. Die Leute beginnen zu tuscheln, da es natürlich auffällt, dass der Meister sich besonders intensiv mit der ältesten Tochter Ulrike beschäftigt. Wo getuschelt wird, entstehen auch Gerüchte. Ist es wohl möglich, dass dieser für die Zeit alte Herr und die Jugendliche etwas miteinander haben? So geht der Aufenthalt zu Ende und man geht wieder auseinander. Für Goethe ist das aber nicht das Ende der Geschichte. Er kann Ulrike nicht einfach vergessen, obwohl ihm klar ist, dass schon der Umstand unmöglich ist. Frei sind aber die Gedanken, vor allem bei einem genialen Dichter.

Im folgenden Sommer trifft man sich wieder in Marienbad und alles ist wie im Vorjahr, nur zeitigt die Vorstellung und zunehmende Vertrautheit untereinander jetzt ihre Früchte. Das Undenkbare ist denkbarer geworden. Ulrike scheint in Goethe durchaus keinen Großvater zu sehen. Was genau, weiß Goethe natürlich nicht. In ihm wütet ein Schmerz, der vor keinem Alter halt macht und den man Liebe nennt. Ja, er liebt Ulrike und warum soll nicht mehr daraus werden? Schließlich lebt er seit Jahren wieder allein und er könnte doch gut für Ulrike sorgen. Das Problem ist da. Der zweite Abschied wird, zumindest für Goethe, schmerzhaft. Auf Weimar kann er sich gar nicht mehr freuen, eher schon auf den nächsten Sommer in Marienbad, zu dem man sich wieder verabredet hat. Es bleibt die Vorfreude und eine stille Hoffnung.

Zurück in Weimar wird Goethe schwer krank, verliert teilweise das Bewusstsein, hat Schmerzen im Unterleib und hat wohl auch einen Infarkt überstanden. Zu all dem kommen natürlich noch die vagabundierenden Gefühle und Zweifel, die ihn manche Nacht nicht schlafen lassen. Über die Ärzte sagt er: „Treibt nur eure Künste, das ist alles recht gut aber ihr werdet mich doch wohl nicht retten". Doch sie werden ihn retten. Goethe ist widerstandsfähiger, als er selber wahrhaben will.

So kommt der Frühling und mit ihm die Vorfreude auf den nächsten Sommer in Marienbad. Er wird Ulrike wiedersehen und kann es kaum erwarten. Im Brösigkschen Haus kann er diesmal nicht wohnen, da Herzog Karl August dort Quartier nehmen wird. So wird er gegenüber im Hotel „Goldene Traube" wohnen, ebenfalls ein sehr schönes Haus. Zur Terrasse gegenüber sind es nur ein paar Schritte und ein Zimmer außerhalb des Brösigkschen Hauses zu haben, hat ja auch Vorteile, wenn man es genau bedenkt. Er verbringt so viel Zeit, wie möglich, mit Ulrike. Zum Plaudern und Steine sammeln kommt jetzt noch die Wetterkunde. Wenn man im Grase liegt und die Wolken beobachtet, kommen einem viele Vergleiche und Deutungen und man kann sich von dieser Erde wegträumen. Doch Goethe träumt nicht nur. Er ist jetzt entschlossen, die Dinge anzupacken.

Goethe offenbart gegenüber dem anwesenden und befreundeten Herzog Karl August seine Heiratsabsichten. Der scheint gar nicht überrascht zu sein und gibt den Brautwerber gegenüber der Familie Ulrikes. Er möchte Goethe noch einen außerordentlichen Gefallen erweisen und macht der Familie Ulrikes ein großzügiges Angebot. Wenn sich die junge Braut entschließen könnte, so soll in der Nähe des Schlosses ein neues Haus zur Verfügung stehen und Ulrike soll eine hohe Pension erhalten, sollte sie einmal Witwe werden.

Die Familie Klebelsberg fällt aus allen Wolken und hält die Brautwerbung zunächst für einen Scherz. Wäre Goethe noch jünger gewesen, so hätte es kaum einer Überlegung bedurft, aber heute, in dem Alter? Man berät und man kommt zu dem Ergebnis, dass Ulrike selber entscheiden soll. Diese ist nicht vollständig abgeneigt. Sie hätte Goethe durchaus lieb, aber mehr wie einen Vater. Wenn er allein und hilfsbedürftig wäre, so würde sie ihn wohl nehmen. Aber er lebt nun mal mit der Familie seines Sohnes unter einem Dach und da wolle sie sich nicht hineindrängen. Der Heiratsantrag wird beim dritten Abschied nicht ausdrücklich zurückgewiesen. Er bleibt zunächst noch offen. Goethe verabschiedet sich noch einmal von Ulrike und ihrer Familie und begibt sich voller Hoffnung zurück nach Weimar. Noch während der Rückfahrt schreibt er ein schönes Liebesgedicht, das er später Wilhelm von Humboldt zeigen wird. Es ist aber voller Verzagtheit: „Und wenn der Mensch in seiner Qual verstummt, gab mir ein Gott zu sagen was ich leide."

Im Haus am Frauenplan herrscht dicke Luft. August, der von den Heiratsabsichten seines Vaters gehört hat, fürchtet um sein Erbe, macht seinem Vater schwerste Vorwürfe und Ottilie hat die Nase endgültig voll und verlässt das Haus nach Dessau, ohne sich zu verabschieden. Es kehrt eine eisige Atmosphäre ein.

Die Familie kümmert sich fortan nicht mehr um Goethe, den Zelter bei einem Besuch völlig unversorgt vorfindet. Die Diener sprechen kaum, zucken mit den Schultern. Sie wissen auch nicht, wie es weitergehen soll. Zelter ist unschlüssig. Soll er wieder gehen? Er fragt: „Ist Goethe tot?" „Ja, nein, nicht wirklich, aber sehr krank." Zelter entschließt sich, Goethe im Hause zu suchen und findet ihn schließlich in unwürdigem, ja erbärmlichem Zustand, in einem der oberen Räume.

Er entschließt sich zu bleiben und kümmert sich um Goethe durch Anweisungen, die er erteilt und durch Zuwendung. Auch Wilhelm von Humboldt erscheint und man schafft es gemeinsam, Goethe wieder ins Leben zurück zu holen. Es wird gesprochen, vorgelesen und die Gesellschaft tut gut. Die Angelegenheit mit Ulrike scheint beendet zu sein und Goethe schreibt in einem Vers: „Der Kuss der letzte, grausam süß zerschneidend. ... Das Auge starrt auf düstrem Pfad verdrossen. Es blickt zurück, die Pforte steht verschlossen."

Ihm ist klar, dass er sich da in etwas hinein gesteigert hat, was den normalen Verstand beleidigt. Er ist aber beileibe kein normaler Mensch. Er ist Goethe.

Wer nun glaubt, Goethe werde jetzt klüger sein und mit Geduld sein Ende abwarten, kennt ihn nicht. Im letzten Sommer in Marienbad hat er auch die bekannte Pianistin, Maria Szymanowska, kennen gelernt, die für ihn vorspielte. Sie ist ausgesprochen schön, in den Dreißigern und hoch gebildet. Auf Goethe hat sie Eindruck gemacht. Er kann sich kaum entschließen ihr zuzuhören, ohne sie anzusehen. In einem Vers schreibt er: „Da fühlte sich – o dass es bliebe – das Doppelglück der Töne, wie der Liebe."

Diese Maria Szymanowska kommt nach Weimar, gibt öffentliche Konzerte und spielt auch für Goethe in seinem Haus. Ihr zu Ehren gibt Goethe einen Empfang und man speist zusammen in kleiner Runde. Goethe hat auch auf sie Eindruck gemacht, auf welche Weise auch immer. Sie hatte sich schon verabschiedet und ist gegangen, als Goethe ein Gefühl der Panik überkommt. Er bittet den Kanzler Müller, der schönen Polin nachzueilen und sie noch einmal herzubitten. Sie kehrt noch einmal mit ihrer Schwester zurück. Es gibt eine große Abschiedsszene und Goethe ringt um Fassung. Wortlos schließt er die beiden Frauen in die Arme und segnet sie, Tränen in den Augen. Goethe fehlen die Worte. Nachdem die Frauen gegangen sind, ist den Zurückgeblieben klar, dass hier etwas passiert sein muss. Das war der Abschied eines Mannes von dem wesentlichsten Bestandteil seines Lebens, der Liebe zu schönen Frauen. Jetzt ist er wirklich alt geworden.

Dich höchsten Schatz aus Moder fromm entwendend

Nichts hilft besser gegen Altersdepressionen als Arbeit. Goethe hat noch viel zu erledigen. Eine Gesamtausgabe muss noch einmal verlegt werden. Sein Lebenswerk „Faust" muss endlich fertiggestellt werden. Seine Briefwechsel mit Schiller sollen der Öffentlichkeit zugänglich gemacht werden. Dazu müssen noch Gespräche mit Schillers Erben wegen des Honorars geführt werden. Um alles kümmern sich seine Mitarbeiter.

Mit dem Verleger Cotta hat er noch ein ernstes Wort zu sprechen. Als er sich bei seinem letzten Aufenthalt in Marienbad in einer Bücherei umsah, fand er eine Gesamtausgabe seiner Werke, von der er bisher noch nichts wusste. Sie stammte von seinem Verleger Cotta, der ihm dieses Geschäft verheimlicht hat. Goethe hat sofort Einspruch eingelegt, die dürftigen Erklärungsversuche Cottas entgegengenommen und hat ihn dann schwitzen lassen. Cotta musste davon ausgehen, Goethe als Autor zu verlieren. Aber mit Geld lässt sich Goethe auch in größtem Ärger immer überzeugen.

Dieses zum Anlass nehmend, schreibt Goethe an fast alle gekrönten Häupter und an den österreichischen Staatskanzler Metternich und fordert einen wirksamen Urheberrechtsschutz. Sein Credo: „Wer sonst im Leben fleißig sei, erhalte seinen Lohn, nicht so der Autor, der sich um die Bildung des Vaterlandes verdient gemacht hat und sich auf mannigfaltige Weise verletzt und um die billige Belohnung seiner unausgesetzten Arbeit getäuscht sehen muss." Er hat Erfolg und erhält als erster Autor einen Urheberrechtsschutz noch vor der Herausgabe seiner Gesamtwerke. Auf der Leipziger Buchmesse – so alt ist die schon – überbieten sich die Verlage um das Recht der Herausgabe. Schließlich erhält Cotta aus alter Treue den Zuschlag für sechzigtausend Taler, andere Verlage hatten fast das Doppelte geboten. Goethes Mitarbeiterstab hat Tag und Nacht zu tun.

In diese Schaffenszeit hinein kommt die Nachricht, dass die sterblichen Überreste Schillers nach zwanzig Jahren in die Fürstengruft umgebettet werden sollen. Goethe eilt sofort an den Ort des Geschehens und muss feststellen, dass die Gebeine mehrerer Toter ausgegraben wurden und durcheinander geraten sind. Niemand kann ihm sicher sagen, welcher Schädel zu Schiller gehört. Man habe den vermutlich richtigen Schädel in der herzoglichen Bibliothek deponiert. Goethe ist außer sich. Geht man so mit einem der größten deutschen Dichter und Klassiker um? Sofort begibt er sich in die Bibliothek, inspiziert den Totenschädel und meint, seinen Freund zu erkennen. Niemand bemerkt, dass er ihn einfach zu sich nach Hause mitnimmt, wo er zunächst in seinem Arbeitszimmer aufbewahrt wird. Goethe lässt sich zu einem Gedicht anregen. „Geheim Gefäß! Orakelsprüche spendend, wie bin ich wert, dich in der Hand zu halten? Dich, höchsten Schatz aus Moder, fromm entwendend." Goethe fällt immer etwas für die Ewigkeit ein.

Ganz besonders ausgewählten Besuchern wird Goethe den Schillerschädel zeigen. Dazu gehören Heinrich Heine und Alexander von Humboldt, dessen Geschichten und Erlebnisse auf seinen Weltreisen Goethe fesseln und faszinieren. Auch er hat Schädel bei den Menschenfressern in Südamerika in der Hand gehalten. Das ist für Goethe sicher interessant. Diese Unsitte gibt es gottlob im Großherzogtum Weimar nicht.

Ich habe gewusst, dass ich einen Sterblichen gezeugt habe

Großherzog Karl August ist nur acht Jahre jünger als sein lebenslanger Jugendfreund Goethe, bezeichnet ihn aber dennoch gelegentlich liebevoll als „Alter". Goethe geht ganz sicher davon aus, dass er noch vor dem Großherzog das Zeitliche segnen wird. Zu viele Jüngere sind schon gestorben und langsam wird es einsam um den Meister.

Trotz angeschlagener Gesundheit macht sich Karl August noch einmal auf den Weg nach Berlin. Als General der Preußischen Kavallerie leistet er sich eine Visitation seiner Truppe, besucht Verwandte, die Oper und fühlt sich zunehmend unwohl, wegen der Belastungen. Auf der Rückfahrt nach Weimar bekommt er einen Schwächeanfall und stirbt. Als Goethe davon erfährt, bemerkt er nur: „ Das hätte ich nicht erleben sollen." Er wird mit Erlaubnis des Hofs nicht an der Beisetzung teilnehmen, beteiligt sich auch an keinem Nachruf und zieht es vor, seines Freundes auf Schloss Dornburg zu gedenken. Er liebt diesen Ort, hat hier die „Iphigenie" geschrieben und viele schöne Erinnerungen an Karl August, mit dem er oft gemeinsam hier war. So kann man Trauer auch mit etwas nützlichem verbinden.

Die Zeit schleicht dahin oder rennt sie im Alter? Goethe stürzt sich wieder in die Arbeit. Der Faust muss noch fertig werden. Das ist er schon allein Schiller schuldig, der ihn zu Lebzeiten immer wieder ermahnt hat, das Werk beizeiten fertig zu stellen. In diese Schaffenszeit platzt die Nachricht vom Tode seines Sohnes August. Der war aus dem Haus am Frauenplan förmlich nach Rom geflohen, da er es nicht mehr aushalten konnte. Mit Ottilie war es definitiv vorbei. Man wollte sich einfach nicht mehr sehen. Die zerrüttete Ehe, vor allem aber der ständige Schatten des Übervaters, lasteten auf ihm und trieben ihn schier in die Verzweiflung. August war nicht der einzige Sohn eines großen Vaters, der mit seinem Leben nicht fertig wurde.

Als Kanzler Müller ihm die Todesnachricht bringt, sagt Goethe: „Ich habe immer gewusst, dass ich einen Sterblichen gezeugt habe." Goethe zieht sich wieder ganz in seine Einsamkeit zurück und erleidet einen Lungenblutsturz, erholt sich aber noch einmal davon. An Zelter schreibt er: „Noch ist Individuum beisammen und bei Sinnen." Er hat das Gefühl, dass er all die Dinge, die er Jüngeren übertragen hat, zunehmend selber erledigen muss. Auch um das Haus muss er sich jetzt mehr kümmern, was bisher August getan hat.

Es wird weiter gestorben. Zunächst stirbt die Großherzogin Luise, zu der Goethe stets ein Verhältnis gegenseitiger Achtung hatte. Er geht nicht zur Beisetzung und gibt auch keine Nachrufe heraus.

Dann stirbt seine lebenslange Freundin Charlotte von Stein, die er immer wieder besucht hat und die alle Eskapaden ihres Freundes immer wieder großzügig verziehen hat. Charlotte hat angeordnet, den Trauerzug keinesfalls an Goethes Haus am Frauenplan vorbei gehen zu lassen. Sie möchte nicht, dass ihr Freund erinnert und gestört würde.

Schau her: Über allen Wipfeln ist Ruh

Goethe sucht jetzt mehr die Tage und Stunden der Beschaulichkeit. Seine gesammelten Werke sind herausgegeben, auch seine Briefe mit Schiller. Hat er noch Projekte? Was bleibt zu tun? Er entschließt sich zu einer Ausfahrt.

Das Wetter ist schön. Es verspricht, ein schöner, sonniger Tag zu werden. Er bestellt die Kutsche, überzeugt seine beiden Enkel Wolf und Walter mit ihm zu kommen, auch der Diener Krause begleitet ihn zum Schloss Ilmenau. Es geht durch die Wälder Thüringens und an einen Ort, an den er so viele gute Erinnerungen hat. Schöne und lustige Erinnerungen zusammen mit Karl August, auch ernsthafte Erinnerungen an schöne Theateraufführungen und Empfänge. Von Ilmenau aus hat er sich lange Zeit um den Bergbau gekümmert. Seinen Enkeln kann er während der Fahrt vieles darüber erzählen und erklären.

Am zweiten Tag werden die Kinder in Obhut gegeben und Goethe möchte noch einmal eine Bergwanderung hinauf auf den Kickelhahn unternehmen. Sein Diener tut sich schwer beim Aufstieg und staunt, wie gut der alte Herr — er ist jetzt über achtzig Jahre alt — die Strapazen meistert. Durch Wälder, vorbei an hochstehenden Heidelbeersträuchern geht es hinauf zum

Jagdhaus, wo er einst übernachtete. Im Jagdhaus steigt er sogar noch in die oberen Räume hinauf und zeigt dem Diener, wo er einst eine Woche lang gewohnt hat. Und zum Beweis zeigt er ihm eine Schrift, die er damals an die Wand geschrieben hat: „Über allen Wipfeln ist Ruh." Dabei kommen Goethe ein paar Tränen und der Diener wendet sich diskret ab.

Er wollte eigentlich den Feierlichkeiten zu seinem Geburtstag ausweichen, muss aber - zurück in Weimar - doch hinnehmen, dass man sich dort nicht hat beirren lassen. Eine Blaskapelle gibt ihm ein Standkonzert, ein Mädchenchor singt Volkslieder, viele Gratulanten sind gekommen. Zur Feier des Tages gönnt er sich noch ein Gläschen Wein und verwendet dazu einen Becher, den ihm Amalie von Levetzow geschenkt hat. Er denkt an schöne Erinnerungen in den Marienbader Sommertagen, auch an Ulrike. Wo sie wohl ist und ob es ihr gut geht? Vielleicht war alles richtig so. Er hätte sie vielleicht doch nur unglücklich und früh zur Witwe gemacht, denn dass sein Leben sich ganz langsam dem Ende zuneigt, ist ihm gerade bei diesem Geburtstag sehr bewusst.

Dann kommt das rasche Ende in großen Schritten. Goethe macht noch eine Ausfahrt und erkältet sich wahrscheinlich. Schmerzen setzen ein. Er ist kaum noch ansprechbar. Der Leibarzt Vogel erkennt sofort, dass es jetzt zu Ende geht. Man versucht, ihm behilflich zu sein. Im Bett kann er nicht mehr liegen. So lehnt er sich bequem in seinen Lehnstuhl, mit einem weichen Kissen im Nacken und schläft schließlich ganz ruhig ein. Das Leben des Größten deutschen Dichters geht zu Ende.

Epilog

In einer Zeitspanne von fünf Jahrzehnten wurde in dem kleinen Herzogtum Sachsen-Weimar-Eisenach Kultur- und Wissenschaftsgeschichte geschrieben. Eine wohl einmalige Konstellation hat Menschen in den Städtchen Weimar, Jena und Gotha zusammengeführt. Ihr gesellschaftliches Zusammenleben ähnelte sicher dem allgemein Üblichen dieser Zeit. Was diese Epoche jedoch zu einer besonderen macht, sind die Namen der Beteiligten, die aus heutiger Sicht noch als Genies angesehen werden. Sie haben Einmaliges geleistet und Kulturelles und Wissenschaftliches von einmaliger Größe und Bedeutung hinterlassen.

Wie sie aber zusammengelebt haben, ist heute weitgehend nicht mehr bekannt. Dieses Zusammenleben ist in nichts anders, als es alle Menschen zu allen Zeiten erlebt haben. Das Einfache und Profane hat dort ebenso eine Rolle gespielt, wie der Hang, Großes zu schaffen. Dabei haben sie – genau wie heute – kritisch auf das Zeitgeschehen geschaut, waren optimistisch oder pessimistisch, jedenfalls kritisch. Diese vielen kleinen Unzulänglichkeiten und Fehler im menschlichen Zusammenleben bewegen den Autor zu der Meinung: Genies sind auch nur Menschen. Vielleicht wird der Leser diese Meinung am Ende dieses Buches teilen.

Goethe schrieb an seinen Freund Zelter: „Junge Leute werden viel zu früh aufgeregt und dann im Zeitstrudel fortgerissen; Reichtum und Schnelligkeit ist, was die Welt bewundert und wonach jeder strebt; Eisenbahnen, Schnellposten, Dampfschiffe und alle mögliche Fazilitäten der Kommunikation sind es, worauf die gebildete Welt ausgeht, sich zu überbieten, zu überbilden und dadurch in Mittelmäßigkeit zu verharren. ... Lass uns so viel als möglich an der Gesinnung halten, in der wir herankamen. Wir werden, mit vielleicht noch Wenigen, die Letzten sein, einer Epoche, die sobald nicht wiederkehrt."

Dem möchte der Verfasser nichts mehr hinzufügen.

E n d e